大統領の料理人⑤

誕生日ケーキには最強のふたり

ジュリー・ハイジー　赤尾秀子 訳

Affairs of Steak

by Julie Hyzy

コージーブックス

AFFAIRS OF STEAK
by
Julie Hyzy

挿画／丹地陽子

遅ればせながら、心をこめて
ディーンとクリスに

謝辞

いつものこととはいえ、名編集者ナタリー・ローゼンスタインはじめ、バークリー・プライム・クライムのロビン・バーレッタ、ケイトリン・ケネディ、エリカ・ローズにこの場を借りてお礼申し上げます。そしてテクノ・ブックスのみなさん、わけてもマーティン・グリーンバーグ、ジョン・ヘルファーズにもたいへんお世話になりました。

オリーとわたしに斬新で最高においしいレシピを伝授してくれたデニス・リトルには、感謝の言葉もありません。ほんとうにありがとう、デニス！

パトリック・スミスからは、シークレット・サービスの美しいメダルを三ついただきました。いまはわたしの大切な宝物です。パトリックの著書のおかげでホワイトハウスの生活を学ぶことができ、どんな資料をあたればよいか、パトリックはいつも懇切丁寧に教えてくれました。ほんとうに、何度ありがとうをいってもいいたりないほどです。

本書の執筆中、ワシントンDCのニューヨーク・アヴェニュー・ノースウェスト地区はまだ工事が完了していませんでした。そのため、オリーがミルトンと出会う場所の風景は、わたしの想像の産物です。

最後になりましたが、アメリカ探偵作家クラブ、シスターズ・イン・クライム、アメリカ・スリラー作家協会の友情とサポートに感謝いたします。

そして最後の最後に、わが愛しい家族のみんなに――。愛してるわ！

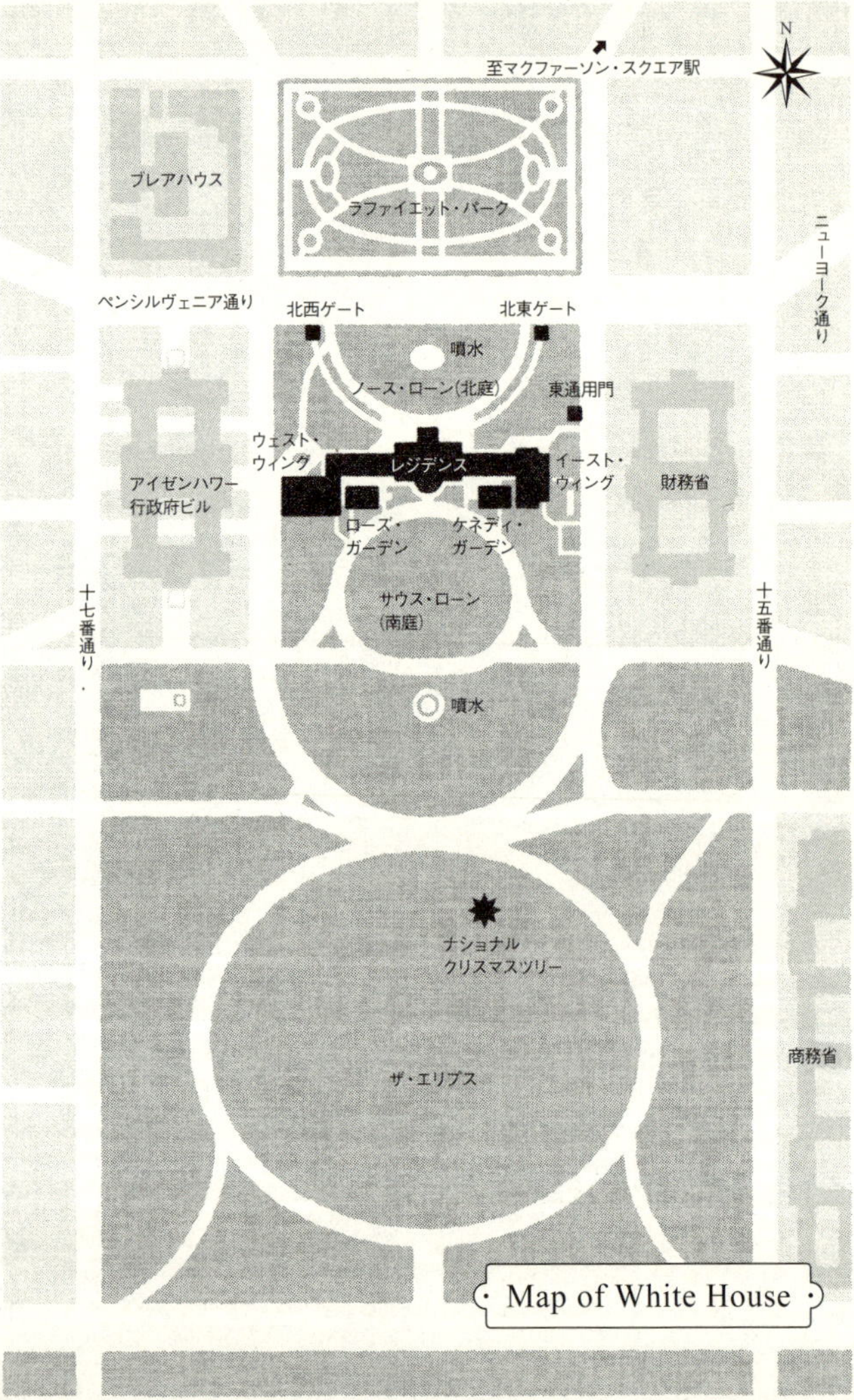

Map of White House

誕生日ケーキには最強のふたり

主要登場人物

オリヴィア（オリー）・パラス……ホワイトハウスのエグゼクティブ・シェフ
シアン……アシスタント・シェフ
バッキー……アシスタント・シェフ
ヴァージル・バランタイン……大統領家の専属シェフ
ピーター・エヴェレット・サージェント三世……式事室長
ポール・ヴァスケス……総務部長
ダグ・ランバート……総務部長の臨時代理
パティ・ウッドラフ……大統領夫人のアシスタント
マーク・コーリー……首席補佐官
ワイアット・ベッカー……ソーシャル・エイド
ジェラルド・キノンズ……国務長官
イーサン・ナジ……キノンズの秘書官
トーマス（トム）・マッケンジー……シークレット・サービスPPDの主任。オリーの元恋人
レナード・ギャヴィン（ギャヴ）……主任特別捜査官
ミルトン……サージェントの甥
ウェントワース……オリーの隣人

1

　ピーター・エヴェレット・サージェント三世とわたしはHストリートの東を、どっちも短い足で精一杯急いでいた。寒い四月の空はどんよりして湿っぽい。でも雨に降られるのがいやで早足なのではなく、暗黙の了解のもとでこうなった――お互いに少しでも早く、この仕事を終わらせたい。

　ファースト・レディの意向で、国務長官ジェラルド・キノンズの豪華な誕生日パーティが開かれることになった。それだけでも異例なのに、エグゼクティブ・シェフのわたしが、式事室長のサージェントといっしょに複数の候補会場を下見して比較検討するなんて、異例どころじゃないおかしな仕事というしかなかった。

「つぎの会場まで、あとどれくらいだ、ミズ・パラス？」サージェントはわかっているくせに訊いてきた。いつだって、わたしがけつまずくのを待ってるような人だから、いまも残りの距離を意識させ、滅入らせたいのだろう。

　サージェントは肩で息をしながら、わたしの少し後ろでいった。

「いまだに理解できない」おなじ台詞はホワイトハウスを出てから十回以上。「大統領夫人はなぜ、この仕事にきみとわたしを割り当てたのか」

いまさらどう思われたってかまわないから、彼をふりむき、露骨に目をくるっと回してみせた。でもサージェントには見えなかったらしい。バーバリーのトレンチコートの襟を立てているからだけど、寒さでそうしているわりに、早足のせいでほっぺたは赤い。わたしのほうは、髪が風に吹かれて乱れまくりだ。こんなことなら帽子をかぶってくればよかった。

「ねえ、ピーター」わたしは小柄な式事室長にいった。「いくら理由を想像しても、レキシントン・プレイスでパティに訊かないかぎり、わからないと思うわ」

パティ・ウッドラフはファースト・レディのいちばん新しいアシスタントで、このユニークなコンビの発案者だ。その理由を、わたしはあとで個人的に、しっかり尋ねてみたいと思っている。

サージェントの眉間の皺《しわ》が深くなった。

「わたしはホワイトハウスの式事室の室長だ。誕生日会の会場をさがして、町を歩きまわるような立場ではない。宴会なら、ホワイトハウスでやればいいものを」

その点に関しては、わたしも同感だった。サージェントは最初からずっとそれをいいつづけている。豪華な宴会場をすでに三カ所訪ね、どれもホワイトハウスから近かった。でもこれから行くところは、最後の候補会場なのだけど、少し遠くて数ブロック先にある。改装されたばかりの建物で、グリーン建築基準《LEED》の最高クラスの認証も得ているし、ゲストはぎゅうぎゅう詰めじゃなく、広いスペースでゆったりできるだろう。

パティの話によれば、ファースト・レディはここを最有力候補と考えているらしい。だから最後に訪問させて、わたしとサージェントの了解を得たかったのだろう。といっても、わたしたちの意見なんてそれほど影響しないと思うから、よほどのことがないかぎり、レキシントン・プレイスでたぶん決まりだ。

ともかく、わたしとサージェントをコンビにしたパティの気持ちがわからない。それとも、わからないのはわたしとサージェントだけ？

ファースト・レディ主催のパーティとはいえ、これは公式なものではない。それもあって、わたしが候補地選定にかかわるのは異例だと思った。わたしの仕事はホワイトハウスで出す献立を考え、食材の調達をして料理を仕上げることだ。公式晩餐会の成否は、初の女性エグゼクティブ・シェフであるわたしの肩にかかっている。だからファースト・レディが、公式ではない私的な誕生日パーティの準備にわたしをかかわらせるのには首をかしげた。しかもハイデン夫人はファースト・レディになってすぐ、ハイデン家の私的な食事をとりしきるシェフ、ヴァージル・バランタインをホワイトハウスに連れてきたのだ。ただしヴァージル本人は、エグゼクティブ・シェフになるつもりでホワイトハウスにやってきた。

「これまでも数えきれないゲストをホワイトハウスに招いたというのに――」サージェントの愚痴はやまない。「それと今回の誕生日会と何が違うんだ？　先週のイースター・エッグとおなじように、サウス・ローンにテントを張ればすむものを」

わたしはどんよりした空を指さした。「たぶん天候が気になるんでしょう。当日のお天気はこっちの都合で変えられないから。イースター・エッグはお天気に関係ない恒例のイベントで、今年はすごく恵まれただけよ」先週、イースター・エッグの当日は抜けるような青空で、気温も二十度を超え、きょうとは比べものにならないほど暖かかった。「誕生日パーティは準正餐で、大勢のお客さまが来るから、ホワイトハウスの大統領家の部屋だと対応できないわ。来月、大雨が降るかもしれないし。大統領ご夫妻が礼装で、濡れた芝生を歩きまわるのは避けたほうがよくない？」

「大勢というのは、どれくらいだ？」

サージェントは最新情報をチェックしていないのかしら？

「ディナーに百十人。ショーと余興に千四百二十二人」

「悪夢だな」

わたしは何もいわない。

「そもそも、ハイデン大統領とキノンズは政敵といっていい。方針の対立するキノンズが国務長官になっただけでも驚きだというのに、今度は誕生日パーティときた……」すっぱいレモンをかじったような顔つきでわたしを見る。「まったく理解に苦しむよ」

どうやらサージェントは、回覧状を読んでもいなければ、世間の噂も知らないらしい。

「これがオリーブの枝——和解策だというのはご存じよね？」

「もちろん知っている」

だったら、あなたからもわたしに一本、差しだしてくれたらうれしいのだけど。と思いつつこういった。

「キノンズ国務長官は支持者を固めているようだし、方針の違いといってもいまはそれほどでもないから、これで少しは溝を埋められるかもしれないわ」

「さあ、どうだろうね、わたしは疑問だが」

しかめた眉にうっすら汗が浮かんでいるのがわかり、わたしは歩くペースをおとした。年齢差は十五歳くらい。当然、体力差はある。だけどサージェントはそんな気遣いを無視し、自分の腕時計を指でこつこつ叩いた。

「のんびりしてる場合ではない。早く終わらせよう」

「わかりました」といって、わたしはペースをもどした。いまでも予定より二十分は早い。そんなにあせる必要はないのだけど。

「車のほうが、はるかに楽だ」

おまえなんかと歩くより――と、いいたいのはよくわかる。

「でも十ブロック歩くわけでもないから。それに歩くほうが健康的で、環境にもいいわ」

「おそらく環境にはよい。そして間違いなく、寒い」立てた襟をぐっと引き寄せる。「まったくな」

それからしばらく黙って歩いて、ワシントンＤＣでも有名な国立女性美術館の前を通り過ぎた。

「もうじきね」

するとサージェントが交差点で歩をゆるめ、「ここを渡ろう」といった。

「でもレキシントン・プレイスは道路のこちら側よ、つぎのブロックの」

「ふむ」サージェントは背を丸めてもっと襟を立て、またすたすた歩きはじめた。まえよりもっとハイ・ペースで。「止まると寒い」

ショップとレストランを何軒か通り過ぎ、寒さのなかで明るい照明に気持ちがなごむ。そのひとつがトゥ・ル・モンドで、一度は訪ねてみたいレストランだった。ちょっとなかをのぞこうかと思ったけど、サージェントはまったく無関心で目もくれず、そのまま早足で歩いていく。コートのなかにもぐりこむようにして、いまよりもっと小柄になりたいみたいだ。

「仕方ないわね……」わたしは急いで彼に追いついた。空には黒い雲がたれこめて、雨か雪になりそうな気配だ。こんな天気でも歩く人たちはいたけれど、車のタイヤがこすれる音や、遠くから聞こえるクラクション、ビルの谷間を吹き抜ける風の音は、天気とおなじように寒々と響いた。二軒のレストランにはさまれた小道（歩道よりは広いけど路地というほどでもない）をなかばあたりまで行ったところで、トゥ・ル・モンドの通用口の外に、煙草休憩中らしい男性が三人いた。みんな白い調理服を着ている。その前をわたしたちが早足で通り過ぎるとき、三人のうちよれよれのトレンチコートをはおった人が顔をあげた。

冷たい風が髪をまきあげ、首筋に鳥肌がたつ。ともかく寒くてたまらなかった。あと一カ所で終わりなのが、せめてもの救いだ。サージェントのいうように、帰りはホワイトハウスまで車を使うのがいいかもしれない。

するとと小道を出てすぐ、背後でわめき声と駆け足の音がした。この何年か、思いがけない騒ぎに巻きこまれた経験から、ふつうと少しでも違うことがあると警戒心が芽生える。わたしは立ち止まり、来た道をふりかえった。

あれはさっきのトレンチコートの男性だ。危険な雰囲気はまったくない。背は低く、黒髪には白いものが混じっている。その人はいったん走るのをやめてから、多少の急ぎ足で近づいてきた。コートの前は風に吹かれてはだけ、やはり襟を立てている。これといって目立つところはないけど、ただひとつ、その目はわたしたちを見すえていた。それもとくに、サージェントを。

「ピーティ！」その人が声をあげた。

サージェントはわたしが立ち止まったのを無視して歩きかけたけど、大きな声が聞こえるとすぐ、すくめていた首をのばしてふりかえった。そしてその顔が、苦々しげにゆがむ。

「ピーティって呼ばれてるの？」わたしが訊くとサージェントは、歯をむき出してにらみつけた。追ってきた男性は数秒でわたしたちのところに着き、サージェントは両手をげんこつにしてポケットに入れる。

「やあ、ミルトン――」

男性は息をきらせている。

「きょう、店に寄ってくれるといったのに、見向きもせずに通り過ぎて……」

「寄れたら寄る、といっただけだ」サージェントは嚙みしめた歯の隙間からしぼりだすようにいった。「しかし、そうもいかなくなってね」と、わたしを指さす。「同僚がいるから。いまは忙しい」

わたしが同僚？　天と地がひっくりかえるほど驚いた。

「おれを無視したいのはわかってるよ。さっき休憩で外に出ていてよかった」

男性の体から煙草のにおいが漂ってくる。わたしは一歩、後ずさったけど、ミルトンと呼ばれた人は気づかない。古いコートの下の調理服は染みだらけで、どうかこの人は料理人ではありませんようにと願った。指は煙草のせいか黄色く、大きな垂れ目の白い部分も黄色い。頬と鼻の頭はうっすら赤くて、たぶん〝ジャック・ダニエル〟と大の仲良しなのだろう。

サージェントがこの人に会いたくなかったのはまちがいない。

「またいずれゆっくり話そう」

サージェントが後ろに下がりかけると、ミルトンという人はぎこちない笑みを浮かべてサージェントに近づき、その両腕をがしっとつかんだ。引き寄せて抱きしめるつもりらしい。

サージェントはいかにもいやそうに腕を引いた。

「手を放してくれ」

ミルトンはわずかに表情を曇らせたけど、首をすくめてからサージェントの腕を放した。

「ずいぶん時間がたったよ、ピーティ」

サージェントはぶすっとして、腕のつかまれた部分を軽くはたいた。まるで、ばい菌でも払うように。わたしは黙ってようすを見ながら、このふたりには小柄な体形以外にも共通点があるのに気づいた。ミルトンのほうが親しげで、さほど気まずそうでもないけど、その顔はどこかサージェントに似ている。年齢的にも近そうな……。

「おふたりは、ご兄弟？」

わたしが訊くとミルトンの目が輝き、サージェントの目は怒った。

「いや、違う」

「ピーティはおれの叔父なんだ」

「えっ、叔父さん？」わたしはびっくりしてくりかえした。「でも……」

サージェントは言葉を唾のように噛みしめてから吐き出した。

「姉とは歳がかなり離れている」

「ピーティは思いがけず授かったベビーちゃんなんだよ」ミルトンはにやっとした。「生まれた日は半年しか違わないが、おれは甥っ子だ。学校にもいっしょに行ったしね。ただ五年生になったら、〝ピーティ叔父さんと呼べ〟といわれて……」ミルトンは当時を思い出して笑った。

でもサージェントはにこりともせず腕時計を見た。

「さあ行こう。すでに時間に遅れている」

遅れてなんかいないけど、それはいわずにおいた。

ミルトンは煙草がほしいのか、指をこすっている。白目の黄ばんだ目が期待に満ちた。

「おれのことを総務部長に話してくれたか？　何週間もまえに履歴書を送ったのに、何の連絡もない。おまえからひと言いってくれたら――」

「話す暇がなかったんだ。忙しいのは知ってるだろう」

「頼むよ、ピーティ。今回限りでいいから。おまえの口添えがあれば、おれも腰をおちつけることができる。おまえが恥ずかしく思わない人間にもどるから。約束する」

あまりに内輪の話だから、わたしは聞かないほうがいいだろう。そこで少し後ずさり、レキシントン・プレイスのほうを向いてからいった。

「わたし、先に行ってますね」

そのとき男がひとり、うつむいて走ってきた。サージェントはそれに気づかず、わたしに少し近づいて腕をつきだし、「だめだ！」といった。

するとその腕に、走ってきた男がまともにぶつかり、サージェントの体がぐらりと揺れた。ミルトンがあわてて支え、「おい！」と叫ぶ。でも男は止まらず、ふりかえりもしなければ、あやまりもしない。

「ホワイトハウスの人間にぶつかったんだぞ！　逮捕されるぞ！」ミルトンがわめく。

男はそこで走るのをやめ、立ち止まってこちらを向いた。ここからだと、顔ははっきり見えない。黒いジャケットにブルージーンズ。運動靴。髪はふさふさだ。せめてあやまる身振りくらいするかと思ったけど、男は肩をすぼめただけでくるっと背を向け、ふたたび走って曲がり角の向こうに消えた。

「あんなことはいわないでほしかったわ」わたしはミルトンにいった。「外にいるときは仕事を知られたくないの。安全でないこともあるから」

「礼儀ってものを知らん連中には、教えてやるしかない」

サージェントは体をひねり、支えてくれているミルトンの腕を振り払った。

「おまえには教えられないよ。ミズ・パラスもたまにはまともなことをいう。そう、過去には何度も――」わたしをにらむ。「職員を巻きこむ騒動があった」そして腕時計を指先でついた。「仕事にもどらなくていいのか？　トゥ・ル・モンドはいかがわしい店じゃないんだろう？　怠けてばかりいると、またクビになるぞ」ミルトンの頭からつま先までじろじろながめる。「プロならプロらしく見えるよう努めても、損はないと思うがな」

サージェントは歩き出した。正面を向いたまま、ふりむく気配もない。わたしはミルトンに、ごめんなさいねという代わりに肩をすぼめて両手をあげた。ミルトンは捨てられた子犬みたいに頭をかしげ、さびしげにほほえむ。わたしなんかより、もっとずっとサージェントのことをよくわかっているだろうから、辛辣《しんらつ》な物言いや態度にも慣れているはずだ。

「連絡してくれ！」ミルトンは大きな声でいった。

サージェントは片手をあげただけでふりかえらない。わたしはなかば走って彼に追いついた。

「さっきの話はどういうこと？」

わたしが訊くと、サージェントはうるさいというように手を振った。

「甥御さんは、ホワイトハウスで働きたいんでしょ？」さり気ない調子で尋ねる。サージェントもいつもほどわたしを無視しきれないようだ。なぜ総務部長のポール・ヴァスケスに甥のことを話さなかったのか、それは訊かなくてもわかる気がした。外見で人を決めつけてはいけないいけど、あの短いあいだだけでも、ミルトンがホワイトハウスに向いているとは思えない。

「ひとつ、訊いてもいい？」

サージェントは横目でちらっとわたしを見た。

「あいつは厳しい人生を送ってきた。それが答えだ。厳しくなった原因の大半は、本人にある。自業自得というものだ」

「ううん、訊きたかったのはそういうことじゃなくて……どうしてきょう、このあたりに来ることを彼に教えたの？　会いたくないなら、教えなければいいのに」

サージェントは困ったように、額を手で撫《な》であげた。人間らしい弱々しい仕草というか、少なくともわたしの前で、こういう姿を見せたことはない。

「ミルトンはテレビのチャンネルを替えるように仕事を替えてね。電話をかけてきたときも、職場は町の反対側だと思っていたんだが……。昼食をいっしょに食べたいというから、わたしは仕事でこのあたりに来る、レキシントン・プレイスに行く予定があるとはいった。そのときまで、あいつがおなじ店で働いているかどうかは予想のしようもなかったが」

「くじけないタイプみたいだったけど」

ちらっとこちらを見たサージェントの目には、怒りがあった。

「くじけずに努力して、まともな暮らしを送ればよかったものを。出発点はわたしとおなじだったが、いまではもう……」言葉がとぎれた。わたしは黙っているだけだ。家族の問題を根ほり葉ほり訊く気はない。

ようやくレキシントン・プレイスが見えてきて、急ぎ足をやめ、ゆっくり歩いた。ここは十九世紀に建てられたロマネスク様式の建物で、手前には広い車寄せがある。これならシークレット・サービスも、見張りを立たせるだけで、通りからは見られずにリムジンから人を降ろすことができるだろう。数段しかない大理石の階段をあがって、大きなガラスの正面入口に立つ。

緑のガラス扉がかすかな音をたてて開き、わたしたちを迎え入れてくれた。でも、なかはいやに静かだ。晩餐会など、礼装が必要なフォーマルな行事がないときは、新人芸術家の個展に使われて、誰でも自由に出入りできる。列柱のある高い天井のロビーに可動式の白壁がセットされ、それに囲まれた空間がギャラリーになるのだ。地元のアーティストたちに（正式な教育を受けていようと独学だろうと）とても人気で、競争率は高いらしい。ここで個展を開くことが、きっと大きな実績になるのだろう。

でもきょうは天気がよくないのと、まだ時間的に早いから、美術好きもわざわざここまで足を運んでこないらしく、がらんとしている。ざっと見ただけでも、わたしならいくらでもここで時間を過ごせそうだ。それにしても、人影がまったくない。

「どなたかいませんか？」

返事は、なし。

わたしとサージェントが床を踏む音だけがむなしく響き、まるで墓地のようにしんと静まりかえっている。

すると後ろの仕切りのひとつから、女性の警備員が現われた。窮屈そうな青いブレザーを着て、用心深い顔で近づいてくる。

「パティ・ウッドラフさんと会う約束があるのですけど」と、わたしは声をかけた。「まだいらしてないかしら？」

警備員はそばまで来ると、「ホワイトハウスの方？」と訊いた。

「ああ、まちがいなくそうだ」サージェントにいつもの気むずかしさがもどった。「ミズ・ウッドラフはわたしたちを待っているはずだが」

警備員は腕時計を見て、「はい、聞いています」というと、漠然と東のほうに腕をのばした。「午前中はずっと二階にいらっしゃるようです。エレベータはあちらです」今度は南に手を振る。「階段もありますから、お好きなほうをどうぞ」

「二階に厨房があるの？」パティ・ウッドラフはわたしに調理設備を見せるといい、わたしもそれが望みだった。そしてできれば、わたしひとりで見たい。アシスタントやサージェントにそばであれこれいわれるより、ひとりのほうがずっと集中できるからだ。

「はい、厨房でお待ちのはずです」と、警備員。「二階の西側です。〝プライベート〟と書かれた木のドアを入って、廊下を右に行ってください」

「わかったわ、ありがとう」わたしは階段へ向かった。

サージェントがにらみつける。

「よかったら、どうぞエレベータで」ロビーのつきあたりに、広い大理石の階段があった。するとびっくりしたことに、サージェントはエレベータを使わず、わたしについてきた。

「きょうはほかに誰もいないのか？」階段をあがりながら、サージェントは不満げにいった。「環境に配慮などといいながら、一日じゅう開館しっぱなしで、どれくらいの熱を浪費してるんだ。電気はいうまでもない。来るか来ないかわからない観光客のために、何千ドルも使う。まったく、ばかげている」

サージェントはわたしがそばにいるとかならず不機嫌になるみたいだ。ミルトンと会ったあとで、それが悪化した気もする。でももう、いちいち反応するのはやめた。環境保全の技術なんてよくわからないし、ここはグリーン建築基準に合格したんだから、目には見えなくても、それなりの配慮をしているはずだ。

階段の上を見ると真っ暗で、ほんとにここでいいのか、ちょっと不安になる。でも上がりきったところで、頭上の照明が明るくぱっとついた。

「これが省エネね」階段ホールを進むと、もっとたくさんの照明が自動で次つぎついていく。

「ふむ」サージェントが小さな声を漏らした。

〝プライベート〟と書かれたドアをあけ、その先が暗くてももう驚かない。ここもセンサーが動きを感じとり、行く先を照らしてくれた。

「パティはしばらく、廊下に出なかったんでしょうね。照明はどれくらいしたら消えるのかしら」

「気に入らんな」と、サージェント。

正直なところ、わたしも同感だった。暗い部屋は薄気味悪く、わけもなくいやな予感がした。

「警備員の話だと、パティは厨房にいるのよね？」

サージェントは答えない。わたしは指示どおり右に曲がった。暗くて長い廊下がつづくけど、二カ所だけは丸く明るく見え（あれはドアの丸窓だ）、わたしたちは先に進んだ。大きな目に見張られている気がして、肩を揺すり視線を振り払う。頭上の照明がつき、丸窓のある白いスイングドアが見えた。サージェントがほっと息を漏らしたのがわかる。

「パティ？」わたしは右側の扉を押しながら呼んだ。「ここにいるの？」

厨房はがらんとしていた。物音ひとつしない。

「パティ？」

サージェントもとまどったようにきょろきょろしている。

「ミズ・ウッドラフが少しまえまでここにいたのはまちがいないな。照明がついたままだ」

わたしもおなじことを考えながら、壁のスイッチのほうへ行った。

「ううん、そうともかぎらないみたい」わたしはスイッチを指さした。「マニュアルで切らないかぎり、つきっぱなしの設定になってるわ。移動せずに一カ所で作業するとき、照明が勝手に切れたら困るからでしょうね、たぶん」

「だったら、彼女はどこにいる？」

わたしも知りたかった。部屋を歩きまわってさがしてみたけど、人の気配はまったくない。

「じゃあパティが姿を見せるまで、こっちは仕事をしましょうか。彼女がいなくても、どんな厨房なのか、チェックはできるから……」

広さはホワイトハウスの厨房の、少なくとも二倍はあるだろう。ステンレスのカウンターにステンレスのシンク、作業スペースはそう広くもないけど、これくらいあればまあ十分。オーヴンや調理器具、下準備の場所を見て歩き、なかなかだと思った。つきあたりの扉を押してあけると明かりがつき、その先の短い廊下をのぞいてみる。そしてサージェントのところにもどった。

「あの先に宴会場があるみたい」

サージェントは小さく舌を鳴らした。

「それで彼女はどこにいる？」

「わたしたち、少し早く着きすぎたのかも」

サージェントは腕時計を見た。

「たいして早くはない」

わたしは首をすくめた。

「どこかにいるわよ。都合が悪くなったら連絡してくるでしょう。わたしはもう少し見てまわるわね。時間を無駄にしたくないから」そして見てまわればまわるほど、うらやましくなった。ここには何でも揃っている。しかもどれも新品だ。ホワイトハウスでは、すでにあるものはあるもので使いつづけなくてはいけない。もちろん、必要品は購入申請できるけど、ぼろぼろになるまで大切に使うのが大前提だった。修理できるものなら、新品にとりかえたりしない。

東側の狭い通路に出てみた。片側は事務室で、片側は一面ステンレス。こっちはたぶん、ウォークインの冷凍冷蔵室だ。ずっしり重い取っ手を引いて巨大扉を開くと明かりがついた。中をのぞいて感心する。

「ここにあるものだけで、陸軍の食事がまかなえそうだわ」

つい習慣から、取っ手が内部からでもあけられるかどうか確認する。これくらい新しければ安全だろうけど、確かめるに越したことはない。二度押して、二度ともラッチが動くのを見て、はい、問題なし。もっと奥に入り、どんなものが保管されているのか見ようとしたら、サージェントの声が聞こえた。

「オリヴィア?」

あら、〝ミズ・パラス〟以外で呼ばれるなんて——。しかも声は緊張していた。

「どうしたの?」わたしは急いで厨房にもどった。

「これは何だと思う?」

それはシンクよ。と、ばかにした調子で答えようとして、サージェントが指さしているのは縁についた赤い筋なのだとわかった。

「すぐには気づかなかったが……誰だってそうだろう……しかし、これを見てくれ」つぎに指さしたのは、白い床にぽつりとついた赤い点だった。

「あなたのじゃない、のよね？」

「ミズ・ウッドラフは怪我をして、治療に行ったのかもな」

わたしはステンレスの赤い筋をもっとよく見ようとしゃがみ、それから立って上からながめた。照明の加減もあったので、シンクの縁で首をひねってじっと見る。

「拭きとった人がいるみたいね……ぼんやり汚れた跡があるから」

「誰か呼んだほうがいいな」

そのとき、左手に業務用の大釜がふたつあるのが目に入った。一メートルほど離れた床に、巨大な四角い箱型のものが並んでいる。これは一般的な大鍋では無理な、大量のスープやシチューをつくるときのもので、ホワイトハウスでもよく使う。そして使わないとき、たいていは蓋をあけておくのだけど……。

このふたつは、どちらも蓋が閉まっていた。

近いほうの蓋をあけてみようと手をのばす。

「さわるな！」

サージェントの大声に、わたしは飛び上がった。

「何も入っていないのを確かめたいだけよ」

「警察に連絡したほうがいい」

「連絡して、何をどう話すの？」からからに渇いた喉をごくっとさせ、また手をのばし、ふと思いつく。コートの下からブラウスの袖を引っ張り出して、指先までくるんだ。

「何をしている？」

「愚かなこと。わたしは想像力がたくましいから」

サージェントは後ろにさがった。「またか……」

「恐ろしいことなんて何もないわよ」

わたしは勢いよく蓋をあけた。

息が止まりかけ、後ずさる。そこにパティがいた。体をよじって押しこまれ……。

サージェントは胸ポケットからハンカチを引き抜き、目を覆った。

「どうやら彼女を見つけたらしいな」

2

わたしはしばらく呆然とし、息をするのも忘れた。

「警察を呼んでください」ようやく声が出る。パティはぴくりとも動かず、後頭部には血糊《ちのり》がべったりで、生きているようには見えなかった。でも、決めつけてはいけない。わたしは一歩近づいた。

「何をする気だ！」サージェントの声は悲鳴に近い。

「脈を調べないと」

「おいおい……」失神してもおかしくない顔つきで、サージェントはドアに向かった。

「携帯電話を使ったら？　部屋を出ないほうがいいわ」

「だが警備員に……」

「携帯電話を使ってちょうだい」わたしはパティを見つめたままいった。首筋に指を二本当ててみると、ほんのり温かい。「こんなことをした人は、まだ近くにいるかもしれないわ」

サージェントはわたしのほうへ来ながら、電話をポケットからとりだした。警察につながって、おちつきがもどる。

「……緊急事態だ」といって住所を告げ、「その……」と口ごもり、わたしに目を向けた。「……不慮の事故とでもいうか」

わたしはパティの首の数カ所で、脈を確かめた。サージェントに向かって、頭を横に振る。

「ともかく救急車に来てもらってください。わたしたちでは判断できないから」

サージェントは電話口でそれをくりかえし、「二階の厨房にいる」といってから付け加えた。「わたしたちはホワイトハウスの職員だ。ともかく急いでくれ」

パティから離れたわたしは、指を袖で覆っても指紋がついたのでは、と不安になった。どうか、そんなことになっていませんように……。

サージェントの小さな目が、これまで見たことがないほど大きくなっている。

「警備員にも知らせたほうがいいな？」

すぐには返事ができなかった。もし犯人がまだ近くにいたら？　この場をほったらかしにしてもいいかしら？　逆にずっといたら、何か悪いことでも起きる？　ぜんぜん頭が働かない。でもひとつだけ、たしかに想像がつくことがある。それも、最悪の想像だ。

丸窓のあるスイングドアのほうをふりむいた。サージェントがわたしの視線を追う。ドアの向こうの通路は、ふたたび真っ暗になっていた。

「暗いということは、動きが何もないからよね」

「いまのところは、だ」

だけど、そうだ、警備員なら建物を封鎖できるはず。

「やっぱり知らせたほうがいいわ。行きましょう、ふたりいっしょに」

わたしは全身を緊張させてスイングドアのほうへ行った。サージェントが後ろについてくる。どこに行けばいいのかは、はっきりしない。でもともかく一階へ行くのだ。恐怖で心臓がばくばくする。これがもし罠《わな》だったら？　ドアを押しあけ、照明が行き先を照らしてくれるよう、通路へ大きく足をのばした。

真っ暗なまま。

「なんで照明がつかない？」サージェントの息が、わたしのうなじにかかった。ここまで接近することがあるなんて、お互い夢にも思わなかっただろう。

わたしは後ろに手をまわし、サージェントのコートの袖をつかんだ。

「行きましょう。少しでも早く」

とりあえずは丸窓からの明かりで、足もとは見えた。でも左に曲がるところで、その先は真の闇だ。

「窓のひとつくらい、つけておけばいいものを」サージェントがつぶやいた。

「ここはただの通路だもの」できるだけ声を抑える。「実利に徹してるのよ。よけいな飾りも、気を散らすものもない」

「労働環境としては劣悪だ」

後ろでサージェントが震えているのを感じた。わたしの足は骨が溶けたみたいにへなへなだけど、なんとか頑張って進んでいく。無意味な会話でも、しないよりはしたほうが、パティのあの姿から少しは気持ちをそらすことができた。

目の前に、〝プライベート〟と書かれた木のドア。ノブを握り、まさか鍵をかけられたりしてませんように、と祈りつつ引いて――胸をなでおろした。ドアを開き、ふたりで主階段へ向かって走る。もちろん、もうくっついたりせず単独走だ。あの女性警備員の名前を聞いておけばよかったと後悔する。

「警備の人！」わたしは叫んだ。

「警備員！」サージェントの声のほうが大きく、けたたましい。

彼女がいた。騒ぐわたしたちを責めるような目で見る。

「警察を呼んだの」息をきらしてわたしはいった。「パティが……」言葉が出てこない。

「……重傷なの。救急車も来るわ。建物を封鎖してくれる？」

「すみません、おちついてください。いったい何があったんです？」

わたしは精一杯胸を張り、有無をいわせぬ口調でくりかえした。

「建物を封鎖して。いますぐ。警官以外、誰も出入りさせないで。わかった？」

警備員はまた口を開いて何かいいかけた。

「ぼけっとしないで、さっさとやりなさい！」サージェントの金切り声は、イルカの鳴き声以上だった。「二階で人が殺されている」

警察と救急隊員はすぐやってきた。こんなに速いのは、サージェントがホワイトハウスに触れたかどうか、最初のうちはわからなかった。でも制服警官だけでなく、SWATみたいな黒服の人もいて、全部で何十人もがなだれこんできたから、大統領にからむ事件だと思ったのかもしれない。ヘルメットと防弾チョッキを着けて、手には大きな銃を持っている。制服警官は一階を警備するよう指示され、SWAT系の男たちがサージェントと女性警備員(名前はジョルジャンナらしい)とわたしを取り囲んだ。

「通報したのは?」

サージェントとわたしは手短に基本的なことを伝えた。ジョルジャンナは、出口はすべて封鎖したと伝える。

いっしょについてきたそうなジョルジャンナを玄関そばに残し、わたしとサージェント、警官と救急隊員は二階へあがった。照明はつかず、警官の懐中電灯で照らして進む。わたしたちの前に警官ふたり、後ろにふたり。わたしとサージェントはまたぴったりくっつく感じになった。丸窓のあるスイングドアのところまで行き、わたしは「この向こうです」と伝えた。

前の警官ふたりが窓をのぞきこみ、ふりかえって声には出さず仕草だけで、わたしたちと救急隊員に待っているよう指示した。後ろの警官ふたりは前に進み出る。リーダーらしき警官が指を三本立てて、つぎに二本にし、カウントダウンした。そして一本になるとすぐ、いっせいに厨房に突入。わたしが窓からのぞくと、警官たちは厨房の上から下まで、小さな隙間までくまなく調べている。そして順々に、問題なし、と声をあげてこちらに知らせてくれた。リーダーの若い警官はヘルメットを取り、眉の汗をぬぐう。そして大釜を、じっと見つめた。

まさか、死体が消えたの？　わたしはパニックになりかけた。一階に下りていくあいだに誰かが運び去ったとか？　テレビや映画ではそういうこともよくある。でもリーダーは声をはりあげた――「救急隊、入ってくれ！」

全員が弾丸のようにわたしの横を通りすぎ、厨房に駆けこんだ。わたしとサージェントはおそるおそるそのあとについていく。リーダーがパティを指さし（バッジを見ると、名前はクーチだ）、「この人は、あなたの知り合いだった？」と訊いた。

すでに過去形の〝だった〟が使われている。この場所から見ても、救急隊員がこちらを向いてかぶりをふるまえでも、彼女が事切れているのは否定しようがなかった。

サージェントがわたしのすぐ横に来た。全身から恐怖のにおいが漂い流れてくる。

「彼女の名前はパティ・ウッドラフです」わたしはクーチに答えた。「ここで会う約束になっていました。パティはホワイトハウスの、ファースト・レディのアシスタントです」

クーチは頬を掻きながら、「アシスタントだった、だね」といった。

「はい」わたしはあたりを見まわした。こんなところで命の終わりを迎えるなんて……。

「すみません」警官のひとりが声をあげた。「こちらに来てください」

クーチが銃を握り、部下が指さす場所に行った。それはふたつめの大釜で、わたしはパティを見つけたあと、そちらの蓋はあけていない。たぶん無意識のうちに避けていたのだろう。

いま、ステンレスの四角い釜から、低い音が漏れてくる。あれは人の声だ。それも女性の。さっきは声も音も、何も聞こえなかった。音がすれば、かならず気づいたはずだけど……。わたしとサージェントは目を見合わせた。サージェントは真っ青な顔で、その場に凍りついている。言葉までは聞きとれないけど、声はおかしなリズムでつづき、ステンレスの蓋ごしにテレビの音が流れてくるみたいだ。警官三人がそれを取り囲み、わたしたちに離れていろと手を振った。もちろんサージェントもわたしも、そそくさと後ろにさがる。

「警察だ」クーチが大きな声でいった。「出てこられるなら出てきなさい。それが無理なら、どこかを叩いて知らせなさい」

雑音めいたものがつづき、メロディふうのものが流れ、静かになった。

「出てきなさい」クーチはくりかえした。「でなければ、叩きなさい」

静寂――。わたしに聞こえるのは、隣にいるサージェントの浅い息遣いだけだ。ふりむくと、顔は怯えきっている。

「外の空気を吸ったほうがいいんじゃない？」

わたしが小声でいうと、サージェントは首を横に振った。

「じゃあ、ゆっくり息をするようにしたら？　それじゃ過呼吸になってしまうわ」

「問題ない」

クーチが顎をドアのほうに振った。その目がいいたいことはよくわかる。ここから出ていけ、だ。

だけど足が動かない。鉛のように重く、釜の中に何が、誰が入っているのかがわかるまで、どこにも行けそうになかった。それでもクーチの手前、そろりそろりと少しずつ後ろにさがり、サージェントにぶつかりそうになる。

警官たちは銃口を大釜に向けてうなずき、またカウントダウンが始まった。そして二……一となったところでクーチが前に進み出ると、すばやく蓋をあけた。

「いったい、どういう……」サージェントが背後から、わたしの両腕をがばっとつかんだ。でもすぐ放して、床にしゃがみこむ。

ふたつめの大釜に押しこめられていたのは、マーク・コーリー、ホワイトハウスの首席補佐官だった。血の気のない肌を見るかぎり、パティよりずっとまえからここにいたらしい。

3

みんな大釜の中を見つめ、厨房は静寂に包まれた。コーリー首席補佐官はサージェントよりもっと小柄だった。ダークスーツを着て、トレードマークのサクランボ色のネクタイをつけていた。頭にもパティほどの傷はない。こんなところに押しこめられて肌色も青いのに、ただ眠っているような、妙におちついた印象だった。

クーチがもっとよく見ようと身をのりだしたとき、人の声が、今度は蓋なしでいきなり響きわたり、その場にいた全員が跳びあがった。クーチが安心しろというように両手をあげる。そして片方を釜に入れ、携帯電話を取りだした。ディスプレイを見る顔は無表情だけれど、指は消音ボタンをさがしているらしい。そのあいだにまた二度鳴って、着信音は女性のDJがつぎの曲を知らせる声だった――〝今宵、愛し合う恋人たちに、この曲をお贈りします〟。

バリー・マニロウのヒット曲のイントロが流れ、歌が始まる直前で切れた。そしてまた女性DJの台詞とイントロがくりかえされる。そうだ、この曲は……〈哀しみのマンディ〉だ。それにしても、着信音にこういうのを選ぶなんて、かなり変わっている。つい最近、わたしたちはコーリー首席補佐官ご夫妻をホワイトハウスでもてなした。奥さんの名前は、たしかスーザン。

「どこからかかってきたの?」クーチに訊いたら、にらみつけられた。

「これは証拠品だ」クーチは部下が持ってきたビニール袋に電話を入れた。「携帯電話は貴重な情報源になる」

「そうだ!」わたしの大声にみんなびっくりし、わたし自身もびっくりした。「パティの携帯はどこにあるの?」

クーチは頭のおかしな人間を見るような目でわたしを見てからいった。

「ここにあれば、われわれが見つける。どうか捜査が終わるまで、外に出ていてもらえないだろうか?」

「ご存じないかもしれないけど」と、わたしはいった。「パティはホワイトハウスの特別支給の携帯電話を持っているの。職員みんなに支給されて、それがもし部外者の手に渡ったら……」

クーチはうなずき、ここから出ていけ、とはいわなくなった。すでに支援部隊を要請したようで、それを待つあいだに彼はパティの周囲をチェックした。曲げられた膝の後ろに小さなバッグが差しこまれている。

「現場保全は必須なんだが」と、クーチはいった。「国家機密のためには、いたしかたないか」黒いプラスチックの警棒でターコイズブルーのバッグを脇にずらし、わたしにもよく見えるようにしてくれた。「電話はあるかな?」

一見したかぎり、なさそうだった。パティの姿に胸がつぶれそうなのをこらえ、目を凝らして見てみる。シルクのブラウスの上のジャケットにも、スカートにも、ポケットはついていない。電話があるとすれば、体の下に敷かれているか……。

「コートを着ていたと思うの、きょうはとても寒いから」

クーチは部下ふたりにさがすよう指示した。

「男性の被害者もコートは着ていないな」

たしかに。いくら大釜といっても、容量はしれている。犯人にしてみれば、コートを着た大人をそのまま押しこむのはむずかしかっただろう。コーリー補佐官は小柄だけど、パティより体格はいい。

「男性は撃たれたみたいだな」クーチがいった。「後頭部を、処刑のように一発」そこで両腕を広げる。「さあみんな、ここから離れて。これ以上、現場を荒らすことはできない」救急隊員に向かって手を振る。「下で待機してくれ。シークレット・サービスがじきに到着する。きみたちの話を聞きたいだろうから」

ほどなくして、もっと大勢の警官にシークレット・サービス、そのほか関係者らしき人たちが大波のように押し寄せた。ほとんどが男性で、クーチの設けた規制エリアの外は人でいっぱいになる。大声の命令や小声の会話から察するに、現場検証が終わるのを待っているようだ。わたしはサージェントの腕をつかみ、離れた場所へ引っぱっていった。

広い厨房の隅で、膝を立てて床にすわり縮こまる。サージェントはわたしの向かいでポータブルの保冷庫にもたれ（おしおきですわらされた男の子みたいだ）、わたしはタイルの壁にもたれた。大勢の警官の足が目の前を行ったり来たりし、その先まっすぐのところにあの大釜がある。

「なぜ帰らせてくれない？」サージェントがつぶやいた。「わたしたちがいないほうが、仕事がしやすいだろうに」

「記憶が新しいうちに聞き取りをしたいんでしょう」

「記憶が新しいだと！」声が大きくなり、近くの警官たちがふりむいた。でもサージェントは気づかないふりをして、声をおとした。「この悲劇の時を忘れられるとでも思ってるのか？わたしはきみとは違うんだ。このような出来事に、日常的に遭遇することはない。明日もきょうとおなじく、証言者としての記憶は正確だ。ともかく、早く帰らせてもらいたい。きょうはもう十分だよ、いいかげんにしてほしい」

立ち上がりかけたサージェントを、わたしは目で制止した。

「ピーター、警察はわたしたちがここでどんなふうに動いたか、一歩一歩すべて再現したいのよ。指紋や髪の毛、DNAをどこに残したかをはっきりさせて、わたしたちの視界に入ったものを漏らさず把握する必要があるの。辛抱してちょうだい。そんなに時間はかからないと思うから」

「きみなら気楽にそういえるだろう。犯罪者とその行動については専門家並みだ」

「お褒めの言葉とうけとります、ピーター」冷静に話していても、足が震えているのをサージェントは知らない。恐ろしい事件や命が危ないめにあったのはたしかだけど、だからといってそれに慣れたわけではないし、ましてや調理道具に入った死体を発見するなんて、想像を絶することとしかいいようがない。

「きみはふたりが殺されたと思うか？」

「自分からあそこに入ったとは思えないわ」

サージェントはぶるっと震えた。

わたしはホワイトハウスの厨房にいるバッキーにメールを送った。まだホワイトハウスにもどれない、予定がたたないので、厨房をよろしく頼む、と曖昧にしておく。

一分とたたないうちに返信があった——ほほう、今度はどんな事件？

何時間にもわたって質問に答え、おなじ答えをくりかえし、もっと細かく答え、いつもの一週間ぶんどころではない数の人に会い、ようやくサージェントとわたしは解放された。そして玄関まで行ったところで外に目をやり、ひるんだ。

「ちょっと待って……」と、後ずさりながらサージェントにいう。「あんなに集まってる」

外では警察の黄色い立入禁止テープが風になびき、その向こうで何十人という記者が、マイク片手に目を輝かせて待ちかまえている。

「あそこには行きたくないわ」

サージェントは鼻を鳴らした。

「きみは注目を集めるのが好きだと思っていたが」

わたしはじろっとにらんでやった。

警備員のジョルジャンナがそばに来て、「すみません、わたしはガードできません」といった。「ここの責任者が到着するまで建物から出られないので」顔をしかめて腕時計を見る。「とっくに着いてもいいころなんですけどね……」そして通用口を指さした。「あっちなら、まだ誰もいません。タクシーを呼びましょうか」

心からほっとした。「ありがとう、助かるわ。これで借りができたわね」

十分後、サージェントとわたしはタクシーの後部座席でひと息ついた。

「どちらへ？」と、ドライバー。

サージェントが「ホワ——」といいかけたので、あわててさえぎった。

「Wホテルまでお願いします、十五番通りの」

サージェントに〝何いってるんだ、こいつ？〟という目で見られたけど、無視する。Wホテルはホワイトハウスのすぐそばにあるホテルだ。レキシントン・プレイス前には大勢の記者がいたし、いったん今度の事件がおおやけになれば、ドライバーはわたしたちをホワイトハウスで降ろしたと記者たちに教え、お小遣い稼ぎをするかもしれない。だから観光客に見せかけたつもりだった。といっても、せいぜいこの程度だけど。

「きみはあの警備員に借りができたといった。タクシーを呼んだからか？　それくらいは当然だ。あんなことをいえば、そのうちお返しを要求してくる。覚悟しておくといい」

わたしはどうでもいいと手を振ってから、窓の外をながめた。サージェントの被害妄想につきあう気持ちの余裕はない。彼自身、神経質になっているんだろうけど、この仕事にとりかかった最初からひどい嫌味つづきで、軽口で応じる気にもなれなかった。

その代わり、きょうの出来事について考えた。そして短いドライブで、少しでも緊張をほぐそうと努めたけど、なかなかうまくいかない。コーリー補佐官とパティを殺したのは、おなじ人間だろうか？　専門的なことはわからないけど、ふたりが亡くなった時間には差があるような気がした。パティはわたしたちが到着する少しまえに殺されて……。あの姿が目に浮かび、体が震えるのをこらえる。コーリー補佐官は、いつからあそこにいたのか？　何時間くらい？　それとも何日？　首席補佐官が行方不明になったというニュースを聞いた覚えはないけど。

サージェントがまた何かいった。でも小声でぶつぶつだからよく聞こえない。

「はい、なんでしょう？」

「きみとの仕事を了承するべきではなかった。きみは悪運を呼びこむ」サージェントは窓の外を見た。タクシーはちょうどホテルに入っていくところだ。「わたしまで巻き添えをくらった」

タクシーから降りると、サージェントはわたしを残してつかつかと歩いていった。わたしはドライバーにありがとうといい、領収書を頼む。そして十五番通りを渡るころ、サージェントは二十メートルほど先にいた。わたしは追いつこうとは思わなかった。

バッキーはバッキーらしく、きちんと仕事をこなしてくれていた。数カ月まえ、大統領一家のプライベートな食事を担当するヴァージル・バランタインがスタッフに加わって、厨房の体制は否応なく変わった。つまり、バッキー、シアン、わたしは、ハイデン大統領とご家族の朝・昼・晩の食事をつくらなくてよくなったのだ。ヴァージルが着任したときはいろいろあって、わたしも当初は神経過敏になったけど、時間がたつとともに、ヴァージルの参加はいろんな意味で助かることがわかってきた。

ホワイトハウスのように忙しい厨房では、役割分担をそう厳密には守りきれないし、ヴァージルの態度にも変化が見られた。自分の守備範囲に関してはかたくなだけど、ときには手伝ってほしいと頼んでくる。そしてわたしたちのほうも、大きなイベントでは彼の協力を歓迎した。

といっても、いつも和気あいあいとはいかない。ヴァージルはストレスを感じると、手に負えなくなってしまうのだ。だからわたしとしては、そろそろ危ないなと感じたら、くりかえし話しかけ、おちつかせるようにしている。残念ながら、成功率はかなり低いけど――。何度か話し合いもしてみたけれど、いまのところ妥協点は見つかっていない。

わたしが厨房に入っていくと、ヴァージルは壁の時計を見上げた。

「信じられないよ、こんな時間まで。もう残りの仕事は、夕食を給仕するだけだ。四カ所訪ねるといったって、どれも徒歩圏内だろう？　それともメリーランドまで行ったのか？」軽く笑い声をあげたけど、誰ひとり、にこりともしない。

わたしは何もいわず、バッキーとシアンに目で語り、奥のコンピュータのほうへ行った。

「ぴんときたよ」バッキーがいった。「メールをもらってすぐね。今度はどんな事件だい?」

「たいへんね、オリーはいつも」と、シアン。

ヴァージルはきょとんとしている。

「なんの話をしてるんだ?」

わたしは黙ったままニュース・サイトのひとつをクリックし、音が聞こえるようにした。時間のずれは当然あるから、流れているのはレキシントン・プレイスの前に記者が集まりはじめたころだ。見出しをスクロールしていくと〝政府高官の死〟というだけで、具体的な個人名はない。まだ遺族の確認をとっていないからだろう。

「なんてことだ……」バッキーがつぶやいた。

「きみはここにいたのか?」ヴァージルが訊いた。

わたしは無言を貫く。

でもヴァージルはまた訊いた。「殺された人間を見たのか? 政府高官って誰だ? 有名な役人か?」

「ああ、オリー」シアンがわたしの肩に手を置いた。彼女のきょうのコンタクトレンズは明るい緑色だ。「どうしてオリーはいつもこんな目にあうのかしら」

「わたしも知りたいわ」と、つぶやく。

ヴァージルは会話についていけず、とまどっているようだ。

「いったい何がどうなってるのか、誰か教えてくれないか？」

バッキーが皮肉いっぱいに「忘れてしまったのかな？」といった。「オリーは騒ぎの渦中にとびこみやすいたちなんだ」そこであわてて付け加える。「本人がしたくてそうしているわけじゃないよ……かならずしも毎回、はね」指で唇を叩きながら考える。「ぼくの勝手な想像では、今回も彼女は誰が、どうやって殺されたかを知っている。思いきって賭けてみようか。オリーは第一発見者なんじゃないか？」

「よくできました」と、わたしはいった。「ただし、正解かどうかはいえないわ」

「しかし、なぜ彼女に同情する？」と、ヴァージル。「同情するなら、まずは被害者に対してだ、それが誰であれ」

「そのとおりよ。サージェントもわたしもたいへんな思いをしたけど、それよりもっと……」その先はいえないから、話題を変えることにした。「ともかく、遅くなってごめんなさいね。これからでも何かやれることがあればやるわ」

「サージェント？」と、バッキー。「彼もそこにいたのか？」

「ええ。だってきょうはふたりで会いに……」この先もいえない。

「まさか」シアンはうろたえた。「パティじゃないわよね？」

わたしは唇を噛んだ。自分のうかつな言葉に腹がたつ。こうなったら、早めに悲しい知らせをするしかないだろう。

「じつはそうなの、シアン。つい口がすべったわ。ここにもどってこないほうがよかったわね。みんなには、先にニュースで知ってもらうべきなんだけど……」首をすくめる。「でも、信頼できる仕事仲間だから。公表されるまで、けっして外には漏らさないでね。いい？」

「信じたくないわ。パティはまだあんなに若いのに」

「シアン……」言葉がつづかない。

電話が鳴った。ヴァージルは動こうとしないから、バッキーが取る。そしてすぐ、わたしに電話を差し出した。

「きみにだ。ポールから」

気が滅入った。総務部長なら当然、連絡を受けただろう。そしてたぶん、わたしに会いたがる。

「オリー、調子はどうだい？」

いつもと変わらない挨拶で、いつもとおなじように答えたかったけど、ふたりの無残な姿を思い出し、喉が詰まった。

「まああってところです」

「よかったら、わたしの部屋に来てくれないか。少し話したいことがある。ピーターはいまここにいるんだよ」

「すぐうかがいます」

電話を切って、仲間を見まわした。

「総務部長のところに行ってくるわ。たぶん口外無用だと念押しされると思う」この先のことを考えながら話す。「ともかく今夜、大統領ご夫妻は徹夜になるかもしれない。まわりのスタッフもね。だからその準備をしておきましょう。給仕係が二十四時間体制でも、元気づけのために運ぶ食べものがなければ意味がないわ」

「何があったんだ？」と、ヴァージル。「もっといろんなことを知ってるんだろ？」

「話せるときが来たら話すわ。それまでは、本来の仕事に集中しましょう」

「トムが町にいなくてよかった……わね？」シアンがいった。

「ええ、ほんとに」

シアンは沈んだ顔でわたしの肩を軽く叩いた。トム・マッケンジーとわたしは以前、仕事を離れてプライベートな交際をしていたけれど、わたしが事件に巻きこまれたことがきっかけでぎくしゃくし、別れることになった。トムは大統領護衛部隊《PPD》の主任として、ファースト・ファミリーの身の安全を確保するのが仕事だ。そしてわたしは、ファースト・ファミリーのお腹を満たすのが仕事。たまたまではあっても、わたしがトムの領域に足を踏み入れると波風がたつ。

噂によると、トムは前進しているらしい。今週も、高校時代のガールフレンドに会いに地元に帰ったとのこと。交際が復活したようで、漏れ聞くかぎり、トムとはお似合いみたいだ。長身で、すばらしく美しいブロンド。痩せてチビで黒髪、しかも何かと死体に出くわすわたしとは対照的だ。うまくいけばいいな、と心から思う。

そしてわたし自身も、うまくいけばいいなと思う。トムとおなじように前に進んでいるけれど、まだ誰にも知られていない。ほんとうに誰にも、シアンにすら話していないからだ。私生活は私生活として、表に出さないことにした。だからきょう、トムがDCにいなくてよかった、というのは、けっして感情的なものではない。わたしがまた複雑な状況にからんだと知ったら、よけいなことをするからだ、とトムはわたしを責めるだろう。だけど今回は正真正銘の偶然で、不運としかいいようがない。いずれにしても、事件の捜査からは極力遠ざかっていよう。

4

わたしが入っていくと、ポールは立ち上がった。

「呼び出してすまないね、オリー」ポールのごま塩頭は日を追って白いほうが増え、髪も細くなっていくみたいだ。「ドアを閉めてすわってくれ」サージェントの隣の椅子に手を振る。

サージェントは、ほとほとうんざりしたような目でわたしを見た。

「ファースト・レディと会ったんだが――」ポールが話しはじめると、サージェントが横から口を出した。

「ポールによれば、キノンズ国務長官の誕生日会は明白な理由から、レキシントン・プレイスでは開催できない。それどころか、候補会場としてわたしたちがきょう訪問したことも口外できない。全容が解明されるまで、ホワイトハウスはレキシントン・プレイスとはまったくの無縁だ」

ポールはデスクの書類の上で両手を組み、目を閉じている。わたしなんかより、はるかに辛抱強くてありがたい。サージェントは満足げに椅子の背にもたれ、ポールは目を開いた。

総務部長としてさまざまな事態を乗り越えてきたポールだけど、きょうはいやに疲れ、老けこんで見えた。

「まあ、そういうことだ」と、ポールはいった。「オリーはすでに誰かに話してしまったかな？」

身がすくんだ。でも嘘はつけない。

「厨房のスタッフは、わたしがレキシントン・プレイスでパティと会う予定だったのは知っています。さっきみんなでネットのニュースを見ていて、シアンから、パティではないかと訊かれて……」声が小さくなる。「シアンも、ほかのスタッフも、いまはもう知っています」

サージェントが舌打ちした。「口は災いのもとだ」

ポールはそれを無視してメモをとった。

「あとでわたしから彼らに直接、マスコミには漏らさないよう念をおしておこう。その点で、きみたちは記者に気づかれずに帰ってこられたようだな」

「レキシントンの警備員と接触しました」と、わたしはいった。「名前はジョルジャンナ。もうひとり、タクシーのドライバーもいますが、Wホテルで降りたので、たぶんわからないだろうと思います」

「さすが、機転がきくな」ポールはメモをとりながら、唇を噛んだ。「ただ、警備員は問題かもしれない。すぐに確認させよう。いまのところはきみたちふたり、くれぐれも目立たないようにしてほしい。レキシントン・プレイスに行くことを知っていた者は、ほかには？ほかに立ち寄った場所は？」

「ホワイトハウスの関係者であることは話していません」と答えたところで、「そういえば」と指を鳴らし、サージェントをふりむいた。

「ミルトンには話していたんじゃない?」

目で人を殺せるなら、わたしはこの場で死んでいただろう。

「ミルトン?」ポールはデスクの右手に重ねた書類を見やり、つかむとぱらぱらめくりはじめた。

「ミルトンというのは、今度ふたりで相談することになっていた人物じゃないか、ピーター? 先日また履歴書を送ってきて、チャンスを与えてほしいという手紙がついていた」

「このまえもいったように、採用されるとは思っていない」

「親戚ではなかったか?」

「友人を選ぶことはできるが——」鼻を鳴らす。「残念ながら、親戚を選ぶことはできない」

ポールはメモをとる準備をし、「それならそれでいい」といった。「ピーターの推薦がなければ、検討対象にはならないだろう。だが、それより重要なのは、きょう彼に何をいったかだ。マスコミに漏らす可能性のある人物は全部知っておきたい」

「わたしがすぐ連絡をとり、口止めをしておく」

ポールは納得しかねる顔だ。

でもサージェントは話題を変えた。「国務長官の誕生日パーティはどうする? 開催中止にはならないのか? もし開催し、かつレキシントン・プレイスを使わないとすれば——わたしもその判断を強く支持するが——会場はどこに？」

「現時点では未定だが、ピーターの推測どおり、パーティは無期延期になるかもしれない。このような事件が公表されれば、ホワイトハウスも相応の配慮を要求されるだろう」まるでいま初めて気づいたかのように、「もちろん、それが当然だな」としめくくった。

やはりきょうのポールは、調子が悪いらしい。いつものような、穏やかでどっしりしたポールとは違った。それにしても、わたしをここに呼んだ用件は何だろう？　この程度の話なら、電話ですませることができたはず。ポールはわたしの疑問を感じたのか、身をのりだして声をおとした。

「じつは、話はもうひとつある。ふたりにはわたしから直接、伝えたかった」

目尻の皺が、細い笑い皺どころか、疲れと年齢が刻みつけた深い皺に見えた。

「わたしは……」大きく息を吸いこむ。「……辞職して、ホワイトハウスを去ることになった」

時が止まったような静けさ。わたしは信じられなくて、じっとポールを見つめた。

「ど、どうして……ですか？」

ポールはペンをいじった。

「家内に健康上の問題があってね、わたしが付き添わなくてはいけない。急なことで深刻ではあるが、しっかりした治療さえすれば——」むりやりほほえんでみせる。「ファースト・ファミリーはすでにご存じで、全面的な支援をくださった。ともかく急がなくてはいけなくてね、職員には明日退職を伝え、明後日、メディアに公表する予定だった。ところが今朝、あのような事件が起きて、そうもいかなくなった」

「ポール……何かわたしにできることはない？」

「ん、あるよ。ふたりともダグ・ランバートを知っているだろう。ここで数年ほど助手をやってきた。後任が決定するまで、彼が暫定的に総務部長の任に就く。どうか、わたしのときとおなじように協力してやってくれ」受話器を取って内線ボタンを押す。そして電話口に向かい、「いつでもいいぞ」というと、受話器を置いた。「事件後にいろいろ打ち合わせをして、結果的にわたしは早く家内のそばにいられるようになった。きょうの夜にはもう、ホワイトハウスを去るよ。しかし、退職の公表は数週間後に延期せざるをえない。そしてそのときが来るまで、きみたち以外の職員には、わたしが永遠にここを去ったことは知らせない」

「つまり退職は、機密情報ということだな？」と、サージェント。

「そう、わたしはしばらくよそへ行っているにすぎない。今朝の悲劇から派生する問題に関しては、ダグ・ランバートが処理する。緊急事態で、引き継ぎも完全とはいかないから、ダグにはきみたちの協力が欠かせないだろう。事件の情報の大半はすでにダグに伝えてあるから、ピーターとオリーがどのようにかかわったのか、詳細を彼に話してもらいたい」

その言葉が合図だったかのようにノックの音がして、ダグ・ランバートが入ってきた。彼とは何度かいっしょに仕事をしたことがあるけれど、さほど親しくはない。年齢はわたしと似たようなもので、背が高く、黒髪。額から後ろにかけて、M字形に禿げている。十キロ以上は余分なお肉がつき、ほっぺたはきれいな桃色で、髪さえふさふさなら、十代の少年といったところだ。

「お互い、知ってはいるだろう」ポールが立ち上がって迎えた。

ダグは部屋の隅から椅子を持ってくると、わたしたちのそばにすわった。

「このようなかたちで話をうかがうのは申し訳ないんですが」と、ダグ・ランバートはいった。「しかし、内密に進めるということなので――。では早速、始めましょうか」


一時間ほど話し合って、ささやかなミーティングは終了した。ダグの印象はこれまでと変わらず、とてもまじめで熱心。とはいえ、総務部長の仕事に必要な艶《つや》というか優美さ、そして堂々とした自信みたいなものが足りない気がした。でもきっと、何事も身につけるのが速い人だろうから。

ポールはレキシントン・プレイスの女性警備員のことをシークレット・サービスに報告しに、いったん席をはずした。彼がもどってきて、わたしたちがダグにすっかり話し終えてようやく、きょう一日の幕が下りたような気がする。サージェントはポールに同情と励ましの言葉を述べ、すぐミルトンに連絡をとると約束して部屋を出ていった。

ポールも自分のコートを手に取り、ダグは彼の代わりにデスクの椅子にすわりながらつぶやいた。

「あなたがいなくなるのはさびしいよ、ポール」

するとポールはふっとほほえみ、「わたしもさびしいよ、ダグ」といい、ふたりは握手をかわした。「今後も連絡をとりあおう。電話はいつでも通じるから」

それからポールは、さあ行こう、というようにわたしの背に手を当て、わたしたちは部屋を出てドアを閉めた。

「しばらくいっしょに歩いてくれないか、オリー」

暗いエントランスホールに出て階段に向かうあいだ、ポールもわたしも無言だった。そしてホールの中央、ノース・ポルチコの前あたりで、ポールはゆっくりと周囲を見まわした。

「いまのところは静かだな」

わたしは無言のままだ。

「あと何時間かすれば、ここも喧騒の場と化すだろう。またもや、ね」

ふたりも殺害されたのだから、マスコミは大騒ぎして、〝喧騒〟どころではないかもしれない。

「ええ、そうですね」

ポールはちらっと後ろをふりかえった。

「ダグならきっと、うまくのりきってくれるだろう」

「はい、きっと」

ポールはあたりをゆっくりと、静かに、いとおしげに見まわした。たぶん心のなかで別れを告げているのだろう。そしてまた、階段へ向かって歩きだした。

階段を下りきって、ポールはここから東の出口へ、わたしは西の厨房へ行く。

「奥さまの全快を祈っています」わたしは両手でポールの手を握った。「ときどきでいいので、近況を教えてくださいね」

ポールは連絡すると約束してくれた。

「オリー、きみは職員のなかでもとりわけ……」目をそらし、言葉をさがす。「実直で物怖じしない。きみがいてくれて、ホワイトハウスはずいぶん助かっている。そのことは、忘れるんじゃないよ」

そんなふうにいってくれる人なんて、ほとんどいない。ポールがいなくなるのはたまらなく、どうしようもなくさびしかった。

「ありがとうございます」

「なあ、オリー」声が少し緊張した。「今度の件で、きみに〝かかわるな〟というつもりはない。もうすでに、かかわってしまったからね。しかし、いいかい、くれぐれも気をつけるんだよ。ダグはわたしほど、きみのことを知らない。だから彼には、最新の情報を伝えるようにしてほしい。できるだけ頻繁にね。ダグを無視して、独自の判断で動かないでほしい。道理のわかるいいやつだから。きみさえきちんとやれば、彼もきちんと対応してくれる」

「はい、わかりました。これ以上、今度の件にはかかわらないようにしようと思っています」

ポールは唇の端をゆがめ、小さく笑った。

「それができたためしはないだろう」

「い、いえ、ほんとうに――」

「もうひとつ、いっておきたいことがある」ポールはわたしの言葉をさえぎり、声をおとした。「サージェントのことだが、くれぐれも、きみとわたしと……」飾ってあるレミントンの騎馬像に手を振る。「あの人馬のあいだだけの話にしてもらいたい。じつはハイデン大統領一家は、いまの式事室長に、かならずしも好感をもっていない」

「えっ、そうなんですか?」初めて耳にする話だった。

「きみもできるだけ、彼とは距離を置いたほうがいいだろう。最近、彼は……ミスを犯してね。それも、ひとつやふたつではないんだよ。ファースト・レディの不満はサージェントも感じているはずだが、きみも知ってのとおり、彼はああいう人だから。べつの職員に責任転嫁するかもしれない。そして彼は、きみを毛嫌いしている。だからくれぐれも、気をつけなさい」

わたしは黙ってうなずいた。

「もちろん辛抱も大切だよ」ポールは急いで付け足した。「いますぐ彼が解雇されることはないだろう。ただ、もう一度なんらかの失策があれば……」

「了解しました」ホワイトハウスからサージェントがいなくなれば、正直、どんなに気楽だろうと思う。でもだからといって、不運を期待する気はない。

「教えてくださり、ありがとうございます」

「頑張ってくれ、オリー」ポールはわたしの手をぎゅっと握った。「いつかまた会おう」

「どうしたの、オリー？」厨房にもどるとシアンが心配げにいった。「ポールに何かいわれたの？」

「いつもとおなじ、お決まりのことよ」わたしは嘘をついた。「表沙汰にはするな、マスコミには漏らすな。もうね、耳にたこができるわ。ヴァージルはどこ？」

「あのあとすぐ帰ったわ。しばらくしてからバッキーも。わたしはオリーを待っていようと思って。訊かれるまえにいっておくと、準備万端よ。軽食でも食事でも、いつでもすぐ用意できる状態になってるわ。だから問題なし」

「だと思った。ありがとう。でもわたしは、もう少し残ってようすを見てるわ」

「朝からいろんなことがあったのに？　家に帰ったほうがいいわよ。給仕長のジャクソンが夜勤で残ってるわ。彼なら安心して任せられるでしょ」

「たぶん、帰ったほうがいいのよね。熱いシャワーを浴びて、ゆっくり眠りたいし」

シアンはまじまじとわたしを見た。「それよりもっと必要なものがあるんじゃない？」

そちら方面の話をする気にはなれなかった。

「あしたの朝の準備は大丈夫？」

「話をそらさないの。オリーには、いっしょに帰るような人がいたほうがいいわ。トムのあと、誰ともデートしていないでしょ」

「このまえ、シアンが仲をとりもとうとしてくれた人とか？」

シアンはきまりが悪そうな顔をした。「あれはとりもったんじゃなくて、たまたまどうかなと思って背中を押しただけ。あの人以外なら誰でもいいとはいわないけど、ともかく、たまにはデートをしたら？」

「そうね、でもわたしはいま、しあわせだから。嘘じゃなく、しあわせよ」

シアンはまた、まじまじとわたしを見たけど、今度は目にぴかっと光るものがあった。

「オリー、何か隠してることがあるんじゃない？」

このあたりで切りあげよう、と思ったけど、口を開く間もなくシアンがいった。

「その彼は、なんていう名前？」

だめだめ。いまはまだ、だめ。わたしは奥のコンピュータを指さした。

「何か新しいニュースはある？　被害者の名前とか、詳しいことは報道されてる？」

「わたしは見ていないの。正直いって、ニュースは見たくないわ。パティのことを考えたら――」指で唇を押さえる。「心配しないで。メディアで報道されるまで、誰にも何もいわないから。でもね、あんなに若くて元気いっぱいだった人がむりやり命を絶たれるなんて」たちまち目が潤む。「いったい、どんな悪いことをしたっていうのよ？」

わたしには答えようもない。だから代わりにこういった。

「あしたはホワイトハウスも、きっとてんやわんやよ。いったん報道されたら、ビッグニュースで大騒ぎになるわ」

「パティのこと以外にも何かあるの？」

いいたくてもいえなかった。もうひとりの被害者が誰なのかは。

「ともかく、あしたはたいへんな日になるわ。わたしは早めに出勤するつもり」

「はい、了解。じゃあ、またあしたね」


コンピュータでニュースをチェックしたいのをこらえて厨房を出た。いまはどうあれ、コーリー補佐官とパティの名前が報道されるのは時間の問題だろう。

こんな状況でポールの仕事を引き継ぐダグ・ランバートも気の毒だ。わたしにできることがあればいくらでも力になろう。いっそアパートには帰らず、ホワイトハウスでひと晩過ごそうかとも考えたけど、やっぱり自宅でないと芯から休めない。

そう思うと、急にアパートの静けさが恋しくなった。といっても、孤独感のない静寂。部屋で待っている人はいないけど、誰かに何もかも話したい。心から信頼できる人、そして当然、機密情報の取り扱い許可をもっている人に聞いてもらいたい。わたしにもその許可があったらいいのに、と思ったことは何度もある。そうすれば、彼の知っていることも全部聞けるのに——。

腕時計を見て、がっかりした。少なくともあと一時間、彼からの電話はないだろう。もし電話する気があったとしても、だけど。あんな大事件が起きれば、会議や打ち合わせが深夜までつづくはずだ。

日の入りが遅くなったのはうれしいけど、風は凍りつくようで、首をすくめてペンシルヴェニア通りを急ぐ。こんな天気のこんな時刻でも、ホワイトハウスの外には何十人もの観光客がいて、鉄柵ごしに白い建物をながめたり、カメラの前でポーズをとったりしていた。

通りをはさんでホワイトハウスの向かい、ラファイエット・パークに小さなテントがある。あれは有名なコニー・ピチョットのテントで、観光客はその写真も撮っていた。コニーは反核を訴えてあそこにテントを張り、二十四時間居座って、それは一九八〇年代初期からつづいているらしい。継続的な政治運動としては、歴史に残る長さだと聞いた。

コニーもいまでは八十歳に近いだろう。テント暮らしでこんな天候で、体は大丈夫なのかと心配になった。テントの中は暖かくしているのだろうか。見ると、中折れ帽をかぶってスカーフを巻いた男性がひとり、コニーの反核ポスターを読み、ポケットから寄付金を出して箱に入れ、歩き去った。

地下鉄のマクファーソン・スクエア駅はホワイトハウスの数ブロック先で、いつもは歩きを楽しむのだけど、きょうばかりはそうもいかなかった。ほかの通行人も、肌を刺す寒さのせいでみんな急ぎ足だ。

十五番通りを北へ、駅へ向かっていると、背後に人が近づいてくる気配を感じた。ふりかえると、さっきコニーのポスターを読んでいた男性だ。わたしに追いつきたいかのように、ほとんど走っている。すると片手を上げ、「すみません！」といった。周囲のいろんな雑音ごしにも聞こえるほど大きな声だ。「ちょっと教えてください！」

わたしは歩をゆるめながら、あたりを見まわした。知らない人にはいつも用心するけど、通行人は絶えないし、あの男性も見たところ怪しい感じではない。

「どうしたんです？」

茶色の中折れ帽に黒いジャケット、口から鼻にかけて赤いチェックのスカーフを巻き、息せきっている。

「いやあ、道に迷ってしまって」

ごく平凡な人だった。でも彼がわたしのほうへさらに一歩近づいたとき、わたしは一歩、後ずさった。

「このあたりのレストランで人と会う約束をしたんですけどね」左手をのばし、手首の腕時計を叩いてみせる。時計はロレックス……ではなく、ありきたりのスウォッチだ。「時間に遅れてるのに、店の名前を思い出せないんですよ。おまけに腹がへって死にそうで」

お店をさがしてきょろきょろするでもなく、ただじっと、わたしの顔を見ている。その目つきが、なんとなく気に入らなかった。スカーフのせいで、顔の全部が見えないことも気に入らない。

「このあたりにレストランはたくさんありますから」わたしはじわっと後ずさった。「ご友人に電話をしてみたらどうです？」

彼はじわっと近づいた。「携帯電話は職場に置いてきちゃって……。そうだ！」急に思いついたように。「あなたのをお借りできませんか？　一分ですみますから」

通行人の数が、さっきよりぐんと減ったように感じた。この男、やっぱりおかしい、と思う。男はまた半歩、近づいてきた。

「ご友人の電話番号は、わたしの電話のメモリーには入っていませんよ」

男はまばたきした。「それもそうですね」そして話題を変えた。「見たところ、お疲れのようですが、きょうは仕事が忙しかった？」

怪しい質問。この男をふりきらなくてはいけない。ただ、いきなり走りだすのはよくないだろう。わたしは笑顔をつくった。一歩、後ずさり、男の特徴をひとつでも多く覚えるようにする。年齢は二十五から三十五くらい。目の色は黒。顔の見える部分に痣《あざ》やほくろはない。

「ご友人と会えるのを祈っているわ」わたしは小さく手を振ると、きびきびと歩きだした。

数秒とたたないうちに、男はわたしの横に並んだ。

「そのレストランは、食通のあいだで有名らしいんですよ。あなたは料理に詳しい？」

わたしはきびきび歩きつづけ、男の顔は見ない。

「いいえ、詳しくありません」

「いやあ、あなたは大嘘つきだ」

思わず顔を見た。わたしのことを知っているのか、それとも口のきき方を知らないだけか。

男は首をすくめた。

「女の人は、たいてい有名なレストランを知ってるでしょう」話のきっかけをつくるように通りを見まわす。「どこで働いてるんです？」

歩く速度を速め、わたしは東を指さした。

「一ブロック先に、有名なステーキハウスがあるわ」店名を教える。「一本向こうの通りよ。もしそのお店でなくても、行けばいろいろ教えてくれるわ」自分の腕時計を叩く。「急いでるもので」

「ちょっと待って――」

待たずに目いっぱい走る。マクファーソン・スクエア駅の入口に入ったときは、息が切れていた。ほっとしたことに、腹がへって死にそうな男は追ってはこない。でも入口の角からそっとのぞいてみたら――男は職場に置いてきたはずの携帯電話をとりだし、かけはじめた。

いったいどういうこと？

5

わたしの電話はバッテリーが残り少なくて、よほど緊急でないかぎり使わないでおこうと思った。汗で湿った手で握りしめ、つぎの電車を待つ。ホームのおなじ場所には、わたしのほかに男性がふたりいた。ひとりは大柄で帽子をかぶり、電話を耳に当てている。もうひとりは老人で白髪、ふさふさ眉毛。アルミの杖（地面に接する支点が四つある）にもたれかかり、トンネルの奥をながめていた。一見、電車が来るのを待っているようだけど、もしそうなら、方向が違う。

でもともかく、電車はすぐに入ってきた。杖の老人に手を貸したほうがいいかしら？　するとドアが開いて乗りはじめたところで、わたしたちの後ろにいたあの帽子の男性が、老人の背中を押した。ふたりは知り合いなのか、それとも帽子男のほうが早く乗りたくていらついたのか。どちらにしても、杖をつく人を押してはいけない。

乗車してから、乗客をひとりずつ確認していった。若い女性がふたり、近づく結婚式の話をしている。どちらもわたしのほうを見ようともしないから、問題なし。

そのふたりの後ろに、例の帽子の男性がすわった。あの老人はドアぎわの席だ。つまり知り合いというわけではないらしい。通路の反対側には若者がいて、両足を大きく広げ、つま先で床をぱたぱた叩いている。わたしが横を通りすぎると奇妙な顔をしたけれど、理由はたぶん、わたしがじっと見つめたからだ。

どうも疑心暗鬼になりがちなわたしは車両の中央まで行き、まわりに人がまったくいない席にすわった。何カ月かまえのいやな経験を思い出し、背筋をのばして気持ちをおちつける。そしてさっきの男のことをまた考えた。電車はまだ出発しない。「お願い、早く」と小さくつぶやく。アパートに帰りたい。今朝、発見したものが重く心にのしかかり、そのせいで何もかもを疑ってしまう。深呼吸しなさい、気持ちを楽にしなさい、と自分にいいきかせる。もう安全なんだから。

車両のドアが閉まった。あの帽子の男性が立ち上がり、ゆっくりと歩いてくる。ビジネススーツの上に、ラクダ色のトレンチコート。帽子のつばは、目もとまで深く下ろしている。ここから見えるのは割れ顎くらいだ。すると男性は指でつばを上げ、わたしと目を合わせると、通路をはさんだ席にすわった。

「あの席は寒くてね」

空席はほかにもたくさんあるでしょう？　どうしてわざわざそこに？

携帯電話を強く握りしめ、バッグを脇にはさんでから、座席のゴミを払うふりをした。そしてため息をつきつつ頭を横にふり、立ち上がる。自分の演技に満足しながら、車両の後ろのほうへ——。帽子の男性の三列後ろなら、さえぎるものがなく、乗客がみんな見える。よし、ここならいいだろう。

あの男性は席にすわったままで、ほっとした。ポケットから地下鉄マップをとりだし、膝の上に広げて見ている。そして数分ほどたってから、腿《もも》に一本指をつきたて、周囲を見まわした。何かを見つけてうれしかったらしく、マップをたたみ、ポケットにしまう。たぶん出張でDCに来たビジネスマンなのだろう。

女性ふたりと行儀の悪い若者はフォギー・ボトム駅で降り、残ったのはわたしと帽子の男性、杖の老人の三人だけになった。老人はうつむき、もっとうつむき、いびきをたてはじめた。帽子の男性は両手をこぶしにして、車両の左右の広告を読んでいる。どちらもわたしには関心を示さない。いくらかほっとして、わたしは携帯電話をバッグにしまうと、窓の外をながめた。

それから二駅停車したけど、乗ってきた人はひとりもいなかった。老人のいびきはひどくなる一方だ。開いた口からぐーぐーがーがー大きな音がして、帽子の男性がわたしに話しかけてきた。

「起こしたほうがいいかな？　乗り越してしまうかもしれない」

わたしは首をすくめた。「クリスタル・シティまで起きなかったら、起こしたほうがいいかも」

「あなたはそこで降りる？」

わたしは聞こえなかったふりをして、窓の外を見た。

彼はまたマップをとりだしたけど、広げて見ることはせずに、それで自分の足を叩きながら老人を見つづけた。老人の頭は電車とおなじに、縦や横に揺れている。それからさらに二駅が過ぎても、老人は目覚めなかった。帽子の彼が足を叩く間隔が縮まり、速くなる。そしていびきが恐ろしいほど響きわたると、立ち上がった。

「起こして訊いてみよう」彼は老人の肩を揺すった。「おじいちゃん、大丈夫かい？」

老人はびくっとして目をしばたたかせ、身をすくめて男性の手から逃れようとした。

「ん？　ど、どうした？」あわててきょろきょろし、「ここはどこかな？」と訊く。「わたしの駅？」

そろそろクリスタル・シティで、電車の速度が遅くなり、わたしは立ち上がった。

帽子の男性は老人の言葉に目を丸くした。

「それは知らないよ。あなたの駅はどこ？」

老人は咳をした。「クラレンドン」

あら、それなら……。手を貸さなくちゃ、と思った。でも帽子の彼の言葉を聞いて、足がすくんだ。

「おじいちゃん、たいへんだよ。クラレンドンは違う路線だ。この電車はブルー・ラインだから、さっきのロズリン駅で乗り換えなくちゃいけなかったのに」床を指さす。「この電車はクラレンドンには行かないよ」

わたしは精一杯驚きを隠した。あの地下鉄マップが写真のように頭に焼きついていないかぎり、よそから来た人がそこまですらすらいえるわけがないのだ。胃がよじれ、苦しくなった。出張で来たビジネスマンだなんて、勝手な思い込みでしかなかったらしい。でもここで、危ない賭けにでるわけにはいかない。帽子の男と目を合わせないようにして、わたしは老人のそばに寄った。

「ここで降りましょう」老人の腕をとり、電車が止まったところで座席から立たせる。「ロズリン行きの地下鉄まで案内しますから」

帽子の男はびっくりしたように、「ここがあなたの駅?」と訊いた。

車両のドアが開いた。

帽子の男はわたしたちについてくる。

「ぼくも手伝いますよ」

「いいえ、わたしひとりで大丈夫ですから」老人の顔を見る。「お名前は?」

手の甲を口に当て、老人は「ベッテンコート」というと、わたしの手をふりはらおうとした。「ベンジャミン・ベッテンコート」

帽子の男は老人の背後から、疑わしげな目でわたしを見る。

「ほんとうにあなたひとりで平気かな?」

「ええ、大丈夫です」

「では、お好きなように」

老人――ベッテンコートさんは、いかにも腹が立ったように杖を床に叩きつけた。

「わしの頭は、ぼけとらん」

「あ、すみません、そんなつもりでは――」

「いわんでもいい」声が大きくなった。「歳をとっても、よぼよぼではない。あんただって、この歳になれば身にしみるだろう、善人ぶった人間がどんないやがらせをしてくるか」

「申し訳ありません」わたしは後ろにさがった。「では、このあとはおひとりで」

「ああ、ひとりで行く。ここがわしの駅だ」

「ここはクラレンドンではありませんけど……」

老人は口をもごもごさせた。「まあ、いい。どこで降りようと、あんたには関係ない。ちょっといいまちがえただけだ。いい夢を見ていたのに、むりやり起こされたからな」

帽子の男が、つばをもっと上にずらし、笑ったような目でわたしを見た。でもわたしは知らんふりをする。早くここから去りたかった。

「この駅なら、おひとりで行けますね？」わたしは念のため、確かめた。

老人の顔が困ったようにゆがむ。

「娘が外で待っている。わしの大事な娘だ」

ほんとうに大丈夫かしら？　残していくのがためらわれた。そして自分勝手な理屈が頭に浮かんだ。老人と連れだって歩けば、帽子の男は引き下がり、つぎの電車に乗るだろう。

「しつこくてごめんなさい。でもお嬢さんのところまで、いっしょに行きましょう。時間も遅くなってきたことだし」

「善人はみんなおなじだ」老人はそういいつつ、今度は拒否しなかった。そこでふたりでエスカレータに向かいかけると、老人はわたしの腕をつかんだ。「もし娘がいなかったら、電話で呼ばなくてはいけない」

「いいですよ。そのときはわたしの電話を使いましょう」といってから、帽子の男をふりむいた。「電車はすぐ来ると思います。お疲れさまでした」

「ぼくの駅もここなんだよ」

あら……。

どことなくおかしい。うなじが少しざわっとした。バッグから携帯電話をとりだして、かける。残りわずかなバッテリーで、この電話のあとに老人の娘さんにかけられるか心配だけど。

「どこにかけてる？」帽子の男が訊いた。

わたしは返事をしない。

老人は何度か咳ばらいをし、電話は呼び出し音のあと、留守番電話になった——「もしもし、わたしよ。いまクリスタル・シティで降りたところ。これから……会えるかしら？」ほかに何も思いつかなくて、電話を切った。

エスカレータで上まで行って、回転ドアを出る。

「あなたのお名前は？」帽子男が訊いた。

わたしは返事をせず、老人に話しかけた。

「ベッテンコートさん、出口を出たところで待てばいいのかしら?」

帽子男はずいぶん忍耐強い。

「ぼくはブラッドといいます。どうも、いやがられているようだが——」出口の外で、冷たい風が吹きつけてきた。「気楽にただ親切にしたいだけですよ」

顔を寒風になでられて、わたしは自問した。もしかしたら、ほんとうにそうなのかも。お年寄りに手を貸したくて、だからこんなに寒いなか、いっしょに待つ気なのかも。DCの地下鉄のことは熟知していて、あのマップは友人のためとか? 怪しいことは何もなく、わたしの考えすぎなだけ? ついつい、先走ってしまう性格だから。妙に勘が働いて、その後とんでもないことが起きた、という経験が何度もあるせいで、よけいに。

「ごめんなさい。きょうはとても長い一日だったもので」

ベッテンコート老人の娘さんがいないか、道路の右を、左を見る。

「出口はここでいいんですか? お嬢さんは車でいらっしゃる? それとも歩き?」

老人は鼻の頭に皺を寄せ、頭上を見た。確認できる目印をさがしているらしい。そして自信がなさそうにうなずいた。

「そうだ。ここでいい」

「長い一日だといわれたが——」帽子の男、ブラッドがいった。「ぼくのほうも、最悪でね」彼も目印となりそうな近くの建物をながめている。「あなたはこのあたりに住んでいる?」

ベッテンコート老人は、自分に尋ねたと思ったらしい。

「遠くない。娘はすぐに来る」

ブラッドはおちつかなげで、つぎは何を話そうかと悩んでいるようだ。

「どうぞ、行ってください」と、わたしはいった。「あとは待つだけですから」

「おふたりを残しては行けないよ」

「ほんとうに大丈夫です。じきにわたしの友人も来るので」

「それはどうかな。留守番電話に残しただけだ。友人がいつそれを聞くかの保証はない」

ブラッドはにこっと笑い、わたしの背筋に冷たいものが走った。でもいまさら老人をここに残して帰るわけにはいかない。ポケットに手を入れ、さっきしまった携帯電話を握りしめる。何かあれば、アパートのフロント係のジェイムズに知らせよう。ジェイムズなら、わたしがおかしな声をあげるだけで助けを呼んでくれるはず。

「ベッテンコートさん、お嬢さんの電話番号はわかりますか？」

老人の鼻の頭の皺が深くなった。

「タクシーを呼びましょうか？」

周囲をきょろきょろすればするほど、老人は自信がなくなっていくようだった。

「ここはどこか……」

「そうだ！」ブラッドが指を鳴らし、その指をわたしにつきつけた。「あなたが誰だかわかった！」

「ベッテンコートさん……」わたしはまた老人をふりむいた。「タクシーを呼びますね。そのあいだにお嬢さんが来たら、タクシーにはわたしが乗りますから」

うちのアパートは徒歩圏内だけど、ブラッドについてこられたら困る。それにどうしてわたしを知っているかも聞きたくはない。短縮ダイヤルのタクシー会社はこのあたりでも使えるだろうかと思いつつ電話をとりだすと、バッテリー残量少の警告音が鳴った。

「あと一回くらいかしら」独り言をつぶやく。

ブラッドがそばに来て、帽子のつばを高く上げ、まっすぐわたしの顔を見た。わたしのほうも、これで彼の顔をしっかり見ることができる。髪はダークブロンド。量は薄くなりかけ。小さな耳。目も小さくて、離れている。全体にぷっくりして、立派な体格に見えたのはコートのせいだけではなかったらしい。

「見たことのある顔だと思ったら、あなたはあのシェフだ」

胃がねじれた。

「どういう意味かしら」

「きょう、テレビで見たばかりでね」

「え？」携帯電話のディスプレイから目を離し、彼を見上げた。

「おや、ようやく関心をもってくれたらしい。あなたは首席補佐官を発見したひとりだ。それも死体の彼をね。テレビはそのニュースでもちきりだよ」

顔から血の気がひくのを感じた。

「誰か死んだのか？」老人が訊いた。

「あなたじゃないよ、おじいちゃん。とりあえず、いまのところはね」ブラッドの口がにやりとゆがんだ。「死体を発見したときは、どんな気分だった？　それも、ふたりぶんだからな。若い女も殺されたんだろう？」わたしが口をはさむ間もなくしゃべりつづける。「殺した犯人も目撃したのかな？」

こいつは何者？　全身の毛が逆立ち、声はしゃがれた。

「なんの話かわからないわ」小さく震える指で電話の画面をスクロールし、タクシー会社の番号をやっと見つける。「誰かとまちがってるんじゃない？」

発信ボタンを押したそのとき、車のまぶしいヘッドライトに照らされて、目をそむけた。老人の娘さんかと思ったけど、それにしては車のスピードが速い。でもこちらに近づいてきてどんな車かわかり、わたしは飛び上がりかけた。両手を上げて大きく振る。

「こっち、こっちよ！」

パトカーは速度をおとし、道路の向かい側で停車した。窓をおろして、警官が声をあげる。

「何かありましたか？」

携帯電話で応答する声が聞こえたけど、ごめんなさいと心のなかでいい、わたしは切った。

「いいや、何も」ブラッドが追い払うように手を振った。「こちらは異常なしだ」

「いいえ、あるわ」と、わたし。

警官は仕方がないなという顔で、パトカーを道の端まで移動させ、外に出てきた。懐中電灯でわたしたちを照らす。警官は五十代くらいで、深くくぼんだ目。背は高くないけど腰はがっしりしている。なかなかとれない休憩が、これでまた先延ばしになった、という顔つきだ。

「いったいどうしました？」

ブラッドは懐中電灯のまぶしさに帽子のつばを下げると、わたしが口を開く間もなくしゃべった。

「どうもしませんよ。こちらの女性に道を教えてさしあげていただけで。どうも迷子になったらしい」

警官は首の後ろを掻いた。

「どちらへ行くんですか？」

「道に迷ってなんかいません」この近くに住んでいるといいかけて、ブラッドに知られてはまずいと思いなおし、ベッテンコート老人の腕をとった。

「でもこちらの方は、たぶん道がおわかりにならないと」

「あなたはどういう？」

「手を貸そうと思っただけです」

「では、あなたは？」

「ぼくはただ――」と、ブラッド。「たまたま通りがかって、道を教えていた」

「嘘です」わたしはいいきった。「この人は地下鉄からわたしたちについてきたし、わたしのことを知っている、ともいっています」

ブラッドは笑い声をあげた。「この女性は妄想狂らしい」

「どうやら何かありそうですね。身分証を見せていただけますか」

ブラッドはうなずき、「かまわないよ」といった。

わたしはバッグを開く。

ブラッドは「ここに入れたんだが……」とクラッチバッグのなかをいじり、「もっと明るいところじゃないと」と、すぐそばの街灯を指さし、そちらへ向かった。「ちょっと待ってくれ」

警官は小さくうめくと、ベッテンコート老人の顔を懐中電灯で照らした。

「あなたも身分証を――」老人の顔を一、二秒見て、警官はのけぞった。「ちょっと！　あなたは――」警官の手が銃のホルスターにかかった。いきなり顔つきが険しくなる。警官はわたしに命令した。

「両手を上げろ！」

「え？」

警官は街灯のほうをふりむいた。「おまえもだ！　両手を上げ……」

ブラッドは、消えていた。

6

警察で顔写真を撮られた。撮影後、エリスという名の警官は、デスクでわたしにコーヒーを差し出しながら、「知らなかったんだね？」といった。「ベッテンコート氏が行方不明になり、おそらく誘拐だとみなされていたことを」

「ええ、知りませんでした」

「彼がどういう人物かも？」

「ええ、ぜんぜん」

「ＤＣの住民とは思えないな。あれほどニュースで騒がれていたのに」キャスター付きの椅子の背にもたれ、椅子が換気の悪い部屋のなかできしんだ。てかてか光る壁、金属のデスク、タイルの床。陰気で、寒々して、逃げ出したい。

「とても忙しくて、ニュースを見る暇がなかったので」湯気のたつコーヒー・カップを両手で持って見下ろす。クリームなしの黒い液体。それならお砂糖は？　警官は何も訊いてくれなかったけど、いまはなんでもいい。わたしはひと口飲んだ。やけどしそうなほど熱い。でも同時にほっとした。

「それで、いまはどこにいるのかしら？」

警察署に着くと、刑事がふたり走ってきて老人を連れていき、それ以来姿を見ていない。

「自宅に向かっている」

「よかった……。お嬢さんが駅に迎えにくるといっていたけど」

警官は鼻を鳴らした。「ほんとうに知らないみたいだな。ホワイトハウスの台所にはテレビがないのか？」

わたしは答えなかった。

「きょうは大事件が起きたからな」

「大事件？」

警官はあきれ顔をした。「おい、おい。殺人事件のことは知っているはずだ」

「教えてください」

警官はレキシントン・プレイスで殺害されたのは、コーリー首席補佐官とパティ・ウッドラフであることを知っていた。大半のことがすでにニュースで流れているようだ。

「いまのところ手掛かりはない」コーヒーを長くすする。

わたしはうなずいた。ニュースでは、遺体が発見されたいきさつや、ふたり別べつに殺害されたらしいことまでは伝えていないらしい。そして何より、わたしが関係したことも。もし報道されていたら、この警官は第一発見者とわたしをすぐに結びつけただろう。

わたしのことをテレビで見た、というブラッドの言葉がよみがえり、胃が縮んだ。あの男は、駅でわたしを待ち伏せしていた？　ベッテンコート老人とたまたま出会ったのは、すごく運がよかったということ？　老人のほうが、わたしの命を救ってくれたのかもしれない。

警官はしゃべりつづけ、わたしは黙って聞いていた。いま考えたようなことは、地元の警官より先にシークレット・サービスに伝えなくてはいけない。それもできるだけ早く。

「たぶん無理心中とか、そういったところだろう」

「そうですね」会話をする気になれなかった。わたしの身元がはっきりして、警官は安心しきっている。あとはわたしを自宅まで送りとどけるシークレット・サービスの到着を待つだけだ。この警官は貧乏くじを引いたというか、それまでわたしの子守をするしかない。ちらっと腕時計を見る。きょうはほんとうに長い一日になってしまった。

「では、ブラッドと名乗る男とは、今夜初めて会った？」

この話はすでにしたはず。「ええ。駅のホームで初めて。わたしの近くにすわろうとしたわ」

警官はメモをとった。「あなたがホワイトハウスの職員だと知っていたのかな？」

頭がずきずきする。「知っている、といっていたけど」

警官はまたコーヒーを飲み、唇を舐めた。

「ホームでどうして彼に目がいった？　ふつうはあまり気にしないものだ。見覚えがあったからではない？」

すべての人を疑いのまなざしで見てしまうのを、どう説明すればわかってもらえるだろうか。レキシントン・プレイスで死体を発見したあと、ずっとびくびくしていた、とはいえない。結局、曖昧に答えるしかなかった。

「地下鉄に乗るまえ、べつの男の人と話して――」

警官は身をのりだした。「ボーイフレンド？」

「いいえ」少しきつい口調になる。「どうもわたしは、妙な男とめぐりあう運命にあるみたいで――」

「ボーイフレンドのことかい？」

それには答えずつづけた。「駅に向かう途中、スカーフを巻いた怪しげな男に声をかけられたの」

「怪しげというのは？」

いまふりかえれば、気にするほどではなかったのかも、と思う。

「どことなくおかしい、ふつうじゃないと感じただけで、うまく説明できません」

警官は納得したのか、「つづけて」といった。

「その人から逃げたくて、駅まで走って――」考えこみ、灰色の天井を仰ぐ。「それで神経過敏になったというか、自分のほうを見た人が気になってしまって」

警官はコーヒーを置き、メモをとりはじめた。

「新しいニュースは見ていないから、あの老人が誰なのかは知らなくて、名前を訊いたら教えてくれたけど……。あの人は誰？」

「ベンジャミン・ベッテンコートは、国務長官の義父だよ」それですべて説明がつくといわんばかりだ。

わたしはその先の話を待った。

「きょうの午後、行方がわからなくなった。家から姿を消して、家族は心配で半狂乱になって、誘拐が疑われた」

「そして、さまよってるところを発見された？」

「さあ、どうだろう。すなおにそう思えないところがある。きょう殺人事件が発生し、そしてこれだ。わたしにいわせれば、政権は包囲攻撃をうけているというか……。まあ、わたしの意見など、誰も耳を貸さないが、それなりの勘はあるから」と、自分のこめかみを叩く。

「長年この仕事をやってきて、同時発生する事件はたくさん見てきた。姿をくらましたあの男――ブラッドは、何かを知っている。その点はたしかだ。あいつにもっと話を聞いておくべきだったと猛省しているよ」

少年のように若い子（訓練生？）が戸口に姿を見せた。

「失礼します」

警官がふりむいた。

「迎えの車が到着しました」

「了解」

わたしは立ち上がり、半分飲み残したカップをかかげた。「これはどこに？」

警官は手を振った。「いや、そのままでいい。あとでわたしが片づけるから。あなたは家に帰ってゆっくり休んでください」

ゆっくり休めるかどうかは、送ってくれる人によるような気がした。過去には口論寸前になったこともあるし、できれば避けたい人がふたりほどいた。

「こちらです」若者について長い廊下を歩く。彼は金属ドアの前でにっこりほほえむとそれをあけ、「おやすみなさい」といった。

わたしは待合室に入り、「お世話になり――」といいかけて、言葉がつづかなかった。そこに思いがけない人がいたからだ。「DCにはいないと思っていたけど」

トム・マッケンジー、わたしの元ボーイフレンド、そしてPPDの主任は、わたしとおなじくらいうれしくてたまらないようだった。

「飛行機で三十分ほどまえに着いてね。いまは帰宅途中だ」

「そうだったの。驚いたわ」

すぐにふたりで外に出て、わたしはひんやりした、新鮮な空気を胸いっぱいに吸いこんだ。

「あの部屋は換気が悪くて。それに、においもしたし」空では星がきらめいていた。目をつむって願いごとをする。でも目をあけたとき、そこにはまだトムがいた。

「何があった?」

少なくとも、〝どうしていつもきみなんだ〟とはいわなかった。

「尾行されていたのかもしれないわ」

トムが駐車場の角にキーを向けると、ぴかぴかの黒いムスタングが低い音をたてた。

「新車？」わたしは乗りこみながら尋ねた。「すてきだわ」

トムは運転席にすわってエンジンをかけると、「キムが選んだんだよ」と、わたしのほうを見もせずにいった。

「そうなの。調子はどう？」

「いいよ」トムは車を発進させた。アパートの場所は知っているから、道順は尋ねるまでもない。「とてもいい車だ」

「よかったわね」

「きょう、何があった？」

最初から細かく話す必要はないと思った。

「どこまで知っているの？」

「一点を除き、すべて。その一点は、ベッテンコートとからんだいきさつだ。限度を超えてるよ。いくらきみでも」

「ええ。いくらわたしでもたいへん」

「まじめに答えてくれ」

「地下鉄の駅でしつこくついてきた男は、レキシントン・プレイスの件にわたしがかかわったのを知っていたわ」

「え？」トムは急ハンドルをきり、タイヤが舗装をこすって鳴いた。そして縁石ぎわで急停止。

「詳しく話してくれ」

「その男は、あちこちのニュースで流してるようなことをいったの」

トムはいらついた口調になった。

「それはない。きみとサージェントの名前は伏せてある」

「そうだろうと思ったわ。でなきゃ、わたしをつかまえた警官も知っていたはずだもの」

「警察で何か話したか？」

「いいえ。少しは信用してちょうだい」

トムは額をこすった。「それはお互いさまだよ」またエンジンをかけて走り出す。

わたしはトムの信頼を得ることができなかった。結果的に事件が解決しても、なお――。むしろそれが、ふたりのあいだに溝をつくったともいえる。わたしは窓の外をながめた。がらんとした道路で、月明かりをうけた木々や建物が流れるように後ろに遠のいていく。アパートに着くころには苛立ちも鎮まって、ふつうの表情でおやすみなさいをいうことができるくらいにはなった。

トムは左折し、アパートの玄関前の道で停車した。

「あしたはぼくがホワイトハウスで、きみの事情聴取をする。こういう状況だから、迎えの車を寄こすよ。何時がいい？」

そこまでの必要があるのかどうかは訊かなかった。ハンドバッグをつかみ、降りる準備をする。

「あしたは早く出勤しなくちゃいけないの。四時にお願いできるかしら。それで……誰が迎えにくるの？」

「たぶん、スコ――」

言葉が途切れ、トムの視線を追ってその理由がわかった。暗いなか、長身の人影がアパートの横壁にもたれているのだ。その影は壁から背を離すと、のんびりこちらへ歩いてきた。わたしのなかの苛立ちだの不満だのは一瞬にして消え、代わりにお祝いのシャンパンの泡が湧きあがってくる。

ギャヴがドアをあけてくれた。

「やあ」わたしの手をとり、降りるのを手伝う。「たいへんな一日だったね」

死体を発見した女性に対する心遣いが、いやでも伝わってくる。

トムは窓から外をのぞき、表情は読めないけど、とくに驚いたようすもなくいった。

「あすの朝、スコッロコを迎えに寄こすつもりでしたけど、もうその必要はなくなったかな？」

ギャヴはトムのほうに身をかがめた。

「段取りに変更はない。ミズ・パラスの送迎は予定どおりに実行してほしい。よほど、その必要がなくならないかぎりは」

ムスタングの大きなルーフの陰でも、トムの顔が紅潮したのがわかる。

「はい……了解」

「きみはきみで忙しいだろう。おやすみ、マッケンジー、ご苦労さま」トムのムスタングが走り去ると、ギャヴはわたしをふりむいた。「彼はきみとわたしのあいだに何かあると思っているようだな」

「何もないのかしら？」

「まあね、いまどきの世間のスピード感に比べれば」

それは仕方がないと思った。特別捜査官という仕事柄、ギャヴはあしたどこにいるかもわからないのだ。大きな事件があればなおのこと。ゆっくり会えるチャンスは限られている。

わたしはトムが去った道をふりかえった。

「思い込みで、人に話したりしなければいいけど……」

「そんなことはしないよ。彼を信じてやりなさい」

「そうね」わたしはうなずいた。「もっと信じられる人が、こうしてそばにいてくれることだし」

ギャヴの口もとがほころんだ。

「部屋に上がる時間はある？　お腹はすいていない？」

「残念ながら、時間がない。これほど大きな事件になると、私的な時間はとれないからね」

「でも……来てくれたじゃない？」

「留守番電話を聞いたときはもう、きみは警察署に連行されていた。わたしが迎えにいってもよかったんだが、トム・マッケンジーがすでに車を走らせていてね」

「それでも来てくれたの？」

「ひと目、会えればいいと思った」

わたしは無垢《むく》な少女にもどった気がした。気持ちをこらえ、彼の目を見上げる。

「ありがとう。うれしいわ」

キスしてほしい、と思った。軽いキスじゃなく、ほんとうの、キス。まえにもふたりで、ここでこうして……。今夜はきっと……。

でもギャヴの目は、あのときとおなじだった。この何週間か、ずっとおなじ。

「オリー」やさしい声に、鳥肌がたつ。「かけがえのない関係は、いいかげんなかたちではつくれない。いつまでもつづくようでなくてはいけない」

「わかってる」

「こんなわたしだが、辛抱してほしい」

「ええ、いくらでも」

ギャヴはほほえみ、「さすが、オリーだ」というと、わたしのほっぺたに軽くキスした。

7

翌日のホワイトハウス周辺は、予想どおり、大混乱状態だった。早くもマスコミのバンやトラックが幾重にも取り囲んでいるけど、記者会見は十時の予定だ。建物に入れない不運なリポーターたちは外で寒い風に吹かれ、会場にいる同僚たちの報告を待ちながら、ホワイトハウスを背にしてテレビ・カメラに向かい、深刻な面持ちであれこれ語っている。

わたしが出勤して十五分後、バッキーがやってきた。

「とんでもない数のマスコミが来てるな」コートを脱ぎながらいう。「かきわけて進むのに苦労したよ。女がひとり、ぼくに〝最新情報を！〟って、つかみかかってきてさ、警官がひきはがしてくれた」

「その人はどうなったの？」

「さあね。ああいう連中はマナーってものを知らないからなあ」

「悪化する一方ね」ため息をつき、わたしはゆうべの地下鉄の件をバッキーに話した。

「オリーはほとんど休みをとっていないだろう」

「この状況で休むのは、わたしには許されない贅沢《ぜいたく》だわ」

バッキーは袋からジャガイモを取って、カウンターにやさしく置いていった。静かな空間に土の香りが漂い、目をつむれば、いつもの日常と変わらないような気になれる。たとえばバッキーとふたりで、大統領の朝食を準備中とか……。でも実際は、ヴァージルがいま上のキッチンでそれをやっている。と思って、時計を見てみた。いや、おそらく大統領は朝食をすませ、すでに西棟《ウエスト・ウイング》に向かっただろう。

「どうして許されない贅沢なんだ？」バッキーはジャガイモをむきはじめた。「どんなに疲れているか、鏡で自分をよく見るといい」

「わたしがいないときはヴァージルが――」

「荷が重い役を任せちゃだめだよ」

「ええ、そこまでのつもりはないけど」

「ヴァージルはオリーとは違う。たしかに腕がいいし、ファースト・レディにも気に入られている。だけど新しいファースト・ファミリーも、いまはオリーのことをきちんと認めつつあるよ」

「ありがとう、バッキー」

「ほんとうのことを話してるだけさ。ヴァージルは腕がいい。だけどオリーはもっといい」そこで首をかしげた。「もっといいのは、ぼくもだけどね」

わたしは笑いかけ……途中で止まった。ダグ・ランバートが入ってきたのだ。まるで一睡もしていないような顔だった。

「順調かしら？」

ダグの声はしゃがれていた。「じつは記者会見の進行予定が変わってね。レキシントン・プレイスの事件を伝えるまえに、キノンズ国務長官が少し話すらしいんだ。奥さんと義理のお父さんを脇に置いてね。義父が無事に帰ってこられたことを社会に感謝したい、ということらしい。そのあと、大統領がレキシントン・プレイスの悲劇について話し、遺族の正義のために全力を尽くすと語ってから、質問をうけつける。かなり厳しい質疑になるだろう。前例のない事件だから」

わたしはあのエリスという警官の言葉を思い出した。

「ホワイトハウスは包囲攻撃をうけているみたいね」

ダグは肩をおとし、わたしはよけいなことをいったと反省した。

「でもさいわい、ファースト・レディと子どもたちはいまDCにいないでしょ？　いつ帰ってくるの？」

「いま検討中だ。大統領としては、状況がもっとはっきりするまで、家族はDCの外に置いておきたい。それでもとりあえず、あしたにはフロリダから帰ってくるしかないだろう」

「あら……」

「ハイデン夫人のアフリカ親善訪問が決まっているから。いまのところ、夫人はDCにもどって葬儀に参列し、子どもたちをキャンプ・デービッドに連れていって数日滞在、そのあとアフリカの予定をこなす」

「アフリカには子どもたちも行くの?」

「いや、事件がおちつくまでおばあちゃんと――グランマ・マーティといっしょにキャンプ・デービッドに滞在してもらおうかと考えている」

「だけど学校は?」

ダグは殴られたみたいな顔をした。

「それも鋭意、検討中でね」

よけいなことばかりいって申し訳なかったけど、これだけは確認しておきたい。

「わたしがかかわったことは知られていない……わよね? どっちの件でも」

「ベッテンコート氏は」と、意味ありげな目つき。「公式には、クリスタル・シティの警官に発見された。しかし非公式に、キノンズ家はきみにたいへん感謝している」

「わたしのことまで伝えなくてもよかったのに」

ダグは大きくごくっと唾を飲みこむと、喉をさすった。

「どうしても知りたがってね。国務長官は個人的にきみに礼をいいたいそうだ」

それだけは遠慮したい。といいかけて、ダグの疲れきった顔に思いとどまった。拒否すれば、彼の仕事を増やすことになる。

「お礼なんて不要だけど、もう知られてしまったのなら、あとはお任せするわ。それにかぎらず何かあったら、いつでもいってね。協力できることは協力するから」

ダグはまた喉をごくっとさせて、力なくほほえんだ。「ありがとう」

「塩水か何かでうがいをするといいわ」

ダグは手を振り、厨房を出ていった。

数分後、シアンが到着。

「外はずいぶん荒れてるわねえ」

「天気？　それとも人だかり？」と、バッキー。

「どっちもよ。よくあれだけ大勢集まったものだわ。かきわけるだけでたいへんだった。潰されるかと思ったわよ」

「きょうは一日、ああだろうな。夜、ぼくらが帰るときも、きっとご挨拶してくれるよ」

シアンは肩を震わせた。「みんないろいろ訊いてきたけど、わたしが何か知ってるとでも思ってるのかしらね」

バッキーはにやりとした。「たぶん、きみと――」わたしのほうに顎を振る。「死体の第一発見者は親しい、と踏んだんじゃないか？」

「そうでないことを心から祈るわ」と、わたし。

「マイクを持ったやつらには、ほんと、腹がたったよ。だから少しばかり叱りつけてやった」

今度はシアンがにやっとした。「バッキーならそうでしょうね。わたしは英語が理解できないふりをしたわ」

これにはわたしもつい笑ってしまった。「髪は赤毛で……」シアンの顔をのぞきこみ、きようのコンタクトの色を見る。「目は青色なのに、英語がわからないふり？」

「両手を上げて、ナイン、ナインっていいつづけたの。ゲール語は知らないから、ドイツ語にしたわけ」

「でしょ？」

バッキーが鼻を鳴らした。「うまくやったな」

「朝食は上出来だったぞ」ヴァージルが声をあげて入ってきた。大きなボウルをふたつ抱え、ほかにも赤と白と青の毛ばだったソックスふうのものを持っている。ただし数は半端で、三つだ。

「何を持ってきたの？」

シアンが訊くと、ヴァージルは大きなボウルを置いた。

「これ、場所をとるんだよね。上のキッチンにはもっといいものがたくさんあるから、巨大サイズはこっちに置いておく」

「それじゃなくて……」シアンは毛ばだったほうを指さした。「そっち」

ヴァージルは彼女をばかにしたような目で見た。

「ゴルフのクラブにかけるヘッドカバーだよ」

バッキーはジャガイモを持った手を振った。「それをなんでここに？」

ヴァージルはいかにも不満げなため息をついたけど、その目はうれしそうに輝いている。

「これはプレゼントでね。大統領が支持者からもらったんだが、すでにお気に入りのものがあるから、きみが使いなさいと、ぼくにくださった」

　誰も何もいわないうちに、ヴァージルは確認するかのごとくこういった。

「ぼくと大統領がゴルフ仲間なのは知ってるよね？」

「ええ、そうだったわね」と、わたし。「とてもすてきだわ。汚れないうちにしまったほうがいいわよ」

「はい、仰せのままに」ヴァージルは笑いたいのを必死でこらえ、ヘッドカバーを手に戸口へ向かった。

「おやおや……」バッキーがつぶやき、わたしはふりむいた。

サージェントがヴァージルの行く手をふさぎ、ふたりはしばらく向き合って、右へ左へ体を動かした。そして結局、ヴァージルが脇にどいて道を譲る。

「ご立派だな」ヴァージルは捨て台詞をいった。

サージェントはヴァージルのことは完全無視で、まっすぐわたしのところへ来た。

わたしは彼に、ゆうべの地下鉄でのこと、ブラッドと名乗る男のことをすべて語った。厨房にはシアンとバッキーしかいないし、サージェントも死体の第一発見者として用心したほうがいいと思ったからだ。それから地下鉄に乗るまえの、レストランをさがしているという男についても話した。

　わたしが語りおえたときのサージェントの顔は、ほとんど笑顔といってよかった。

「きみと違い、わたしの顔が新聞の一面に載らないのを喜ぶべきだな。少なくとも誰も、わたしの顔に見覚えはないだろう」

「わたしだって、新聞に載ったのはずいぶんまえだわ。それでもブラッドという男は、わたしを認識したのよ。あの男自身が事件に関係している、としか思えないでしょう？」

サージェントは頬の内側を噛んだ。

「用心するに越したことはないわ」

彼は鼻を鳴らした。「きみとわたしは、ほかの候補会場について報告書を出さなくてはいけない。議論するのは、いつがいい？」

「え？　あなたと議論するの？」その言い方にサージェントは面くらい、わたしはあやまった。「ごめんなさい。深い意味はないの。ただ報告書は、別べつにつくるものだと思っていたから。わたしはすぐ準備できるけど、きょうはダグもパーティ計画まで手がまわらないんじゃないかしら」

「招待客のリストは持っているか？」

「いいえ。最終決定されて招待状が送られるまで、厨房には回ってこないの。ゲスト用の特別メニューもそれから考えるのよ」

「ほう」サージェントは気どった声と顔つきでいった。「きみの責任範囲はその程度か。わたしの場合、リストは途中経過も含めてすべて届くよ。ひとつも漏らさずにね。実際、リストからはずしたほうがいい人物も提案できる」

ほかのゲストと接触させないほうが無難な一部の人にかぎり、リストからはずすことはできる。だいたい、それを考えるのが式事室の仕事なのだ。だけどそんなことをここでいえば、鼻高々のしあわせ気分を壊してしまうだろう。

「そうなんですか。ではそろそろ、お互い仕事にもどりましょう」

サージェントは出ていった。でもほっとしたのもつかの間、書類フォルダを振りながら引き返してきた。

「これは候補会場に対するわたしの印象と意見を書いたものだ。自分に見落としがないかどうか、これを見て確認しなさい」

「すごい！」バッキーが両手を叩き合わせた。「オリーのために、わざわざ持ってきてくれたんだ」でもわたしの目に、サージェントはそのためだけに引き返してくるほど思いやり深い人には見えないのだけど……。

よけいなことをいわないでよ、バッキー。わたしは心のなかでつぶやいた。サージェントとふたりで候補会場めぐりをするのは気が進まなかったけど、あくまで仕事として、わたしなりに精一杯やった。とはいえ、見落とした点がないともかぎらないから。

「わかりました。いますぐ確認します」

そして目を通しはじめたら、ダグがやってきた。

「よかった、ここにいてくれて」全員が彼をふりむいた。ネクタイはゆがみ、髪の左側は乱れ、頬はいつもよりもっとピンクだ。

「誰をさがしてたの？」

「きみだよ、オリー。記者会見まで、あと三十分もないから」

サージェントの目がまんまるになった。

「きみは会見に呼ばれているのか？」

「そうではなくて、ただ……」国務長官が義父の件で個人的にお礼をいうため、というのは伏せておきたかった。「会見に出る人と少し話があるだけ」

「きみに心づもりをしておくよう、伝えに来たんだ」と、ダグ。「すべてを滞りなく進めるのは、じつに骨が折れる」

だったら電話ですませばいいのに、と思ったら、それが聞こえたかのようにダグがいった。

「総務部長室には人がいっぱいいてね。オリーを国務長官に会わせることがわかれば、いろいろ詮索されるに決まっている。邪魔者なしで会ってもらうのは、それなりにたいへんなんだ」ダグは戸口に向かった。「じゃあ、もう少ししたら、ぼくが迎えにくるから」そして独り言のようにぶつぶついった。「ポールがいつもあんなにおちついていたのが信じられないよ」

サージェントが彼のあとを追った。「ちょっと待ってくれ」

ダグはふりかえった。

サージェントはわたしを指さし、「いま彼女とふたりで」といった。「パーティの候補会場の検討をしている。いつまでに報告すればいい？」

ダグはむっとして眉をつりあげ、信じられないという顔をした。

「急ぎませんよ、ピーター。きょうは重大な案件が目白押しなので」

サージェントはうなずいた。「ああ、そうだね。呼び止めてすまなかった」

ダグは無言のままドアの向こうに消えた。

バッキーはわたしの横に来ると、「式事室長はずいぶん繊細だな」とささやいた。「自分で思うほどパーフェクトではないらしい」

わたしはげんこつで、バッキーのあばら骨を軽く叩いた。

「早くここから追い払ってくれ。はっきりいって仕事の邪魔なんだよ」

わたしはサージェントに声をかけた。

「急がなくていいようなので、少し延期してください。わたしは会見場に行く準備をしなくてはいけないし」

それであきらめるサージェントではなかった。

「しばらくここにいさせてもらうよ。そうすれば、きみは用事をすませたあと、すぐにわたしのメモを読める」

バッキーの不機嫌は限界を超えた。

「ほかにやることはないのかな？　新しい規則や手順を覚えるとか、なんでもいいが」

サージェントは胸を張った。「わたしはきみらの理解をはるかに超える仕事をたくさんこなしている」

バッキーはシュリンプをのせていたトレイを洗いはじめた。

「きっとそうなんだろうね」

サージェントの鼻がぴくぴくした。「ではミズ・パラス、またあとで話すとしよう。わたしは失礼する」

サージェントが出ていくとすぐ、バッキーはエプロンで手を拭いた。

「彼にしては、オリーへの態度がいつになくまともだったな。いっしょにいたいようにすら見えた。何があったんだい？」

「たぶん怖くて心細いのよ。あんなに恐ろしい光景を目の当たりにして、頭から消えないんだと思うわ。わたしだって、そうだもの」カウンターをこつこつ叩く。「彼とわたしはおなじ苦しみを共有していて……だからふたりいっしょにいたほうが、彼も少しは安心できるんじゃないかしら」サージェントの気持ちを推測する。「まあね、自分さえ安心できれば、わたしのことなんかどうでもいいのかもしれないけど」

シアンが笑った。「よりによってこういうときに、ピーター・エヴェレット・サージェント三世がオリーの心の友になるとはね」

「ええ、運がいいわ」

ヴァージルがもどってきたときも、バッキーの機嫌はよくなかった。

「ヘッドカバーをどこまでしまいに行ったんだ？　メリーランドか？」バッキーはきのうのヴァージルの嫌味を真似た。

ヴァージルは、ニッと歯を見せほほえんだ。

「愉快な人だなあ。テレビに出るといいよ」

このあと何がつづくかは予想がつく。

「そうしたら、チャンネルを替えるだけで消えてくれる」

「さ、そのあたりにしておきましょう」と、わたしはいった。「今夜は大勢の人がお腹をすかせるわよ。時間は大切にしなきゃね」

「そうだ、時間といえば――」ヴァージルは自分の言葉に誰かが反応するのを待った。

でも誰も何もいわない。

「ぼくは《タイム》のインタビューをうけることになった」

たしかに、それはすごいわね。

「まさか、〝今年の人《パーソン・オブ・ザ・イヤー》〟じゃないよな」と、バッキー。

「いやいや、ちょっと違ってね。記事は《タイム》の関連雑誌に載るんだ」

「おめでとう、ヴァージル」と、わたし。

「日時は未定なんだが、ファースト・ファミリーの食事をつくっているぼくの姿を撮りたがるのは確実だよ」

「ダグとよく話し合っておかないとだめよ」と、わたしはいった。「日時を事前に知らせてくれれば、撮影用に厨房を片づけておくわ」

「場所はここじゃないよ。家族用のキッチンだ、上の階の」

「そうなの？　だったらわたしたちは気にしなくていいわね」

「いや、ぼくがインタビューで動けないあいだ、代わりにファースト・ファミリーの食事をつくってくれ」

「あなたの働きぶりを取材したいんじゃないの？」

「言い方が悪かったみたいだな。取材のテーマは、毎日大統領一家に食事を提供している専任シェフ、ぼくという人間だ。当日、実際の食事はつくらない。料理人としての腕を見せる場面はあるだろうけどね」

「あら……」思うことはいろいろあれど、いちばん心配なのは日時が決まっていないことだ。「ともかく取材日が決まったら教えてね。できるだけ早めに」

するとと戸口からダグの声がした。「オリー、そろそろ行くよ」

「もうそんな時間？」着替える暇もなかった。急いでエプロンをとって、せめてカーディガンをはおり、厨房から飛び出してきた印象を少しでもやわらげる。

「はい、行きましょう」わたしはダグについてホールに出た。

ダグはふつうとは違うルートで記者会見室に向かった。いつものようにパーム・ルーム経由だと報道記者室を通るから、鋭い視線を浴びるのが不安だったけど、これならその心配はない。西棟につながる外の渡り廊下《ウエスト・コロナード》を進み、閣議室の手前で少し後戻りする。

外を歩いたのは短い時間なのに、わたしはがたがた震えた。この部屋は待機所みたいなものので、会見をする重要人物はここのドアから会見室に入り、フラッシュを浴びる。ちっぽけな自分がそういう場所にいるのが不思議な気がした。

ドアをあけて会見室をのぞくことはできないけど、記者のほうもわたしが見えないからい。それにここにはモニターがたくさんあった。そのひとつを見ると、演壇の前にはハイデン大統領とキノンズ家がいて、大統領は厳粛な面持ちで語っていた——キノンズ国務長官の義父ベッテンコート氏が無事に帰宅できたのは無名の市民のおかげである、市民が互いに、気を配りあう社会であるからこその結果である。そこで大統領は、国務長官に演壇を譲った。

キノンズ国務長官は背が高く、肉づきもいい。黒髪もふさふさで、とても目立つタイプだった。年齢はたしか五十代なかば。以前はハイデン大統領のライバルといわれたけれど、外交方針では意見が一致し、いまでは協力関係にある。そこでファースト・レディはふたりの絆を強固なものにするべく、大きな誕生日パーティを催すことにしたのだ。テレビや新聞によれば、ハイデン大統領がキノンズを国務長官に任命したのは当然ともいえ、キノンズには全国に強力な支持者も多い。

キノンズ国務長官の話は短かった。義父が無事に帰ってこられたことに対する感謝の言葉だけで、カメラは秘書官、奥さん、義理のお父さんを映していった。記者が奥さんに何か質問する気でいたとしても、しょせん無理だっただろう。奥さんは父親の腕をしっかり握り、いくらこらえようとしても、涙が止まることはなかった。

キノンズ国務長官は感謝の言葉をいいおえると後ろにさがり、またハイデン大統領が前に進み出る。

「わたしたちみな、ベッテンコート氏の無事を心より喜んでいます」と、大統領はしめくくった。「しかし、つぎはきわめて悲惨な事件について語らなくては――」

ここのドアが開いて、報道官がキノンズ夫人とお父さんを連れて出てきた。その後ろにはキノンズ国務長官。

夫人の顔は、モニターで見るよりもっと赤く腫れていた。ヘアスタイルもお化粧も完璧だけど、顔はくしゃくしゃで、喉もひくついている。父親は娘の手をやさしく叩き、いったいどうしたんだい、と尋ねた。

「お父さんの身に何もなくて、ほっとしてるのよ」

ベッテンコート老人は娘の手を叩きながら、にっこりした。

報道官がふたりを連れていき、ダグがわたしをキノンズ国務長官のそばに連れていった。それにしても、思いきり見上げるほど背が高い。ギャヴも長身だけど、その彼より十センチはまだ高いだろう。国務長官はわたしを見下ろし、ほほえんだ。

「あなたはわたしの家族を救ってくれた天使だよ」両手でわたしの手を握る。「ほんとうにありがとう、ミズ・パラス。そうそう誰にでもできることではない、かけがえのないことをしてくれた」

「とんでもない。あの場にいたら誰でも――」

「どうか、謙遜しないでくれ。本来ならセシリアも……」去っていく奥さんのほうに目をやる。「あなたにお礼をいうべきなんだが、いまは感情が高ぶっていてね。直接お礼をいわなかったことを、きっと後悔するだろう。許してやってほしい」

「ええ、それはもう」

「何かわたしにできることがあれば、いつでもいってほしい」握っていたわたしの手を放す。

「わたしはあなたに大きな借りができた」

いまはただ、早く厨房にもどりたいだけだった。

「ありがとうございます」


厨房にもどったら、サージェントがいた。

「どうだった？　わたしたちの名前は出たか？」

答えようとしたとき、ヴァージルがエプロンをはずしているのに気づいた。

「どうしたの？　何かあるの？」

わたしが尋ねると、ヴァージルではなくバッキーが答えた。

「ビッグ・インタビューの日程が急きょ決まったらしい。ついさっき連絡があってね」

「どういうこと？」

「彼はきょう、取材のために仕事を休むということだ」

「ヴァージル、それはだめよ」

「ファースト・レディはぼくたちに、どんどんおおやけの場に出てほしがっている」と、ヴァージル。「なのに、だめです、許可してもらえませんでした、と報告してもいいのか？」

「きょうでしょ？　それもまる一日？　出版社は殺人事件の新情報を狙ってる、とは考えないの？　いきなりきょうだなんて、少しおかしくない？」

「彼らはぼくの話を聞きに来るんだよ。ただそれだけだ。これからずっと上のキッチンにいる。きみの殺人事件とは関係ない」

「わたしの事件じゃありません」顔が熱くなってきた。「ダグとはちゃんと話したの？」

「彼も知っているよ」

「取材はきょうだと知っているのね？」

ヴァージルは腕時計を見た。

「到着まで一時間もない。上でやることが山ほどあるんだ。ダグには話すから心配しなくていいよ」

わたしは降参したように両手を上げた。取材班が許可を得ていなければ、カメラを持ってホワイトハウスには入れないはず。幸運を祈るわ、ヴァージル。

いつものことながら、サージェントが自分には関係のない話にも口をはさんできた。

「かまわずに取材をうければいい。この厨房は、以前はきみがいなくても仕事をまわしていたんだ。きょうになって、それができないわけはないだろう」

ヴァージルは気どった笑みを浮かべ、厨房を出ていった。

わたしはサージェントをふりむいた。

「いつから厨房を仕切るようになったんですか、ピーター？」

「きみの負けだよ。それくらいはわかっているだろう？　ファースト・レディの意向にはさからえない」

「それとあなたが厨房を仕切るのとは、話がべつだと思いますけど」

サージェントは、もういい、というように手を振った。

「記者会見では、わたしたちのことに触れたかな？」

「すぐもどってきたからわからないけど、たぶんそれはないでしょうね。わたしたちの名前は伏せたいようだから」

「ひと安心だな」

「あんな事件があったあとで、国務長官の誕生日パーティはとりあえず中止でしょう」

サージェントは厨房から出ていこうとしない。

「ほかに何か、ピーター？」

サージェントは答えをさがすように、あたりを見まわした。

「きょうは何をつくるんだ？」

ペイストリー・シェフのマルセルが、パフ・ペイストリーを使った新作レシピを教えてくれたので、それを応用してみるつもりだった。

「前菜と主菜に少し新味を加えようと思っているけど、ひょっとして、調理を手伝ってくれるとか？」

サージェントは顔をしかめただけで、出ていく気配はない。

そのとき、庶務係の女性が、開いたドアの横壁をノックした。

「ミズ・パラス？　お目にかかりたいという人がゲートに来ているんですが」

「会う予定の人はいないわ。どなたかしら？」

彼女は携帯電話を確認した。「お名前は、ミルトン・フォルゲイトです」

「ミルトン？」わたしはサージェントをふりかえった。「ピーターの甥御さんよね？」

「えっ？」バッキーとシアンが目を丸くして顔を見合わせた。

サージェントはぷりぷりしながら庶務係のほうに一歩、足を踏み出した。

「われわれは会わない、と伝えてくれ」

庶務係は確認を求めるようにわたしの目を見た。

そこでわたしは、「ちょっと待って、ピーター」といった。「彼はわたしに会いに来たのよ」そして庶務係をふりむく。「具体的な用件は、何かいっていた？」

「直接話してはいないので」また携帯電話を見る。「警備の話では、フォルゲイト氏はこのようにおっしゃっています――先日は仕事に向かう途中のあなたに、お目にかかれてよかった、自分ならお探しの者を見つける役に立てると思う」庶務係は顔をあげた。「これで意味はおわかりですか？」

そうか、そういうことか。うん、わかった。

サージェントは庶務係を追い出しにかかった。

「ミルトンには、ここに来るなといってあるんだ。仕事の邪魔をするなと。きみから彼に――」

「いいわ」と、わたしはいった。「これからゲートで会います」

サージェントの顔が真っ赤になった。「なんだと！」

「コートをとってくるわ」わたしは庶務係にいった。「どのゲート？」

「北西ゲートです。どこかまでお連れしますか？」

「ううん、ゲートで会うわ。すぐ行くと伝えてもらえる？」

サージェントの顔は怒りで爆発しそうだ。

「いいだろう、好きにしたまえ。しかし、わたしもいっしょに行くからな」

シアンとバッキーは訊きたいことがあってうずうずしているらしい。でもいまは行儀よく黙ったままだ。ミルトンの訪問は意外だったけど、彼が何を話したいかははっきりしていた。

外に出るとすぐ、サージェントはがみがみいった。

「きみはわかっていないようだな。あいつに少しでも情を見せたら、仕事に就ける希望をちらっとでももたせたら、うるさくつきまとってくるぞ。そのうち追い払いたくても追い払えなくなる」

春の気配を感じた日もあるのに、きょうは風が強くて冷たい。短い距離でも背が丸まってしまうくらいだ。

「だから会って話すのよ」

「意味不明だ」

「彼がなんといっているか、庶務係から聞いたでしょう？」

「ああ、聞いた。要するに、仕事をもらいに来たんだ」

「彼の表現だと〝仕事に向かう途中のあなた〟なのよ」

「だから？」

「そして〝自分ならお探しの者を見つける役に立てる〟」

「わたしは誰も探していない」サージェントはさぐるような目でわたしの全身をざっと見た。

「きみは？」

「ねえ、ピーター」少し険しい口調でいう。「ポールに約束したように、ミルトンにちゃんと話してくれた？」

「そんな時間はなかった」

やっぱりね。「きちんと話すべきだったのよ。ミルトンはあの日、わたしたちがレキシントン・プレイスに向かう途中だったのを知ってるわ。そしてあそこでふたりも殺されたのよ。甥御さんがたとえ切れ味鋭いナイフじゃなくても、このふたつを結びつけることくらいできるわ。せめて会って話を聞かないかぎり、わたしたちが関係していることをマスコミに話すんじゃない？」

サージェントはぶすっとすると、震えながら背広の前をきつく重ねた。

「コートを着てくればよかったのに。それくらいの時間なら待っていたわ」

「ミルトンはわたしたちを脅迫すると思うか？」

「彼のことはよく知らないもの。叔父としてはどう思います？」

サージェントは答えなかった。

ミルトンは警備員の詰所の外で軽く跳ねながら、赤く冷たくなった両手に息を吹きかけていた。

「こんにちは、ミルトン」わたしは近づきながら声をかけた。できるだけ明るい雰囲気にしなくては。

警備員が出てきてわたしたちのIDを確認し、詰所のなかは暖かいからどうぞ、といってくれた。ミルトンはすぐにでも入りたそうだったけど、わたしは断わる。

警備員はわかりましたというと、なかにもどった。

サージェントはミルトンの腕をつかんで、詰所からかなり離れた場所まで引っぱっていった。この風で窓も扉も締めきっているから、話が聞こえるとは思えないけど、念には念をいれたいのだろう。

「いったい何を考えてる？　どうしてここまで来た？」

わたしは止めようとして、「ピーター」と声をかけたけど、彼の怒りはおさまらない。ただミルトンのほうは、不満げながらもあきらめ顔だ。おそらくこれまで、似たようなことが何度もくりかえされたにちがいない。サージェントの口から飛び散る唾が寒さに凍り、ミルトンの丸い顔に弾丸のように当たるんじゃないかと不安になるくらいだった。

「事前連絡なしで、わたしに会いにくるのは許さん！」

「彼女に会いに来たんだよ」

サージェントがまた一斉射撃しそうだったので、わたしはすぐに訊いた。

「具体的な用件は何かしら？」

「そんなものは訊かなくてもわかる。いいか、ミルトン、期待などするな。ここにおまえの職はない。早く帰れ。でないと警備員に、脅迫されたと通報するぞ」

ミルトンは動じることなく、わたしに顔を向けた。

「パラス料理長、おれはあの日、レキシントン・プレイスで何があったか知っている。新聞には名前がぜんぜん出ていないこともね。あんたと――」わたしに指をつきつける。「ピーティは、あの日あそこにいたんだ。まえにホワイトハウスで大騒ぎがあったとき、あんたが何をしたかは新聞で読んだことがある。だから見当がついたんだよ。死体を見つけたのは、パラスさん、あんただろ？」

わたしはそれには答えず、くりかえした。「で、具体的な用件は何かしら？」

「公平にいこうじゃないか」顔つきと口調が穏やかになる。「面接してほしいだけだよ。おれがここで働けるかどうかは、ピーティが決めることじゃないだろ？　おれは厨房の仕事ができる。これでも料理の腕はいいんだ。給仕だってできるしね。注文をとるのは得意だから。執事だっていい」

サージェントはうんざりしたようにいった。

「ゴリラにタキシードを着せて、大統領に給仕させたほうがまだましだ」

ミルトンはポケットから携帯電話をとりだした。

「ゴリラじゃ短縮ダイヤルで新聞社に連絡できないよ」

「脅迫罪で警察に逮捕してもらってもいいのよ」

「それはどうだろう」いかにも残念そうに。「現場にあんたたちがいたことを、マスコミは知る権利があると思うんだよね」電話を持った手をわたしに突き出す。「それにあんたの評判を考えると――」

これにサージェントが飛びついた。

「こうなった原因はすべてきみにある、ミズ・パラス。きみはよけいなことに首をつっこんでばかりだ。候補地選定の仕事をいっしょにしたのは大失敗だったよ。きみは根っからのトラブルメーカーだ」

「そうかもしれないわ。でもピーター、いまはこの場でどうすべきか、そっちのほうを考えてちょうだい」

ミルトンはそわそわしはじめた。会話でおいてけぼりになった気分なのだろう。

「殺されてから、どれくらい時間がたってたんだ?」

ミルトンに訊かれ、わたしはぎくっとした。

「そんなことは、いま関係ないでしょ」

「いや、その……あのときぶつかった男が怪しいんじゃないかと思ったんで」

「え?」

「ほら、走ってきて、ピーティにぶつかって……」少し口ごもる。「おれが怒鳴ったら、あんた、そんなことはいうなって怒ったじゃないか」

「あの男が犯人だと思うの？」首をかしげながらも、頭はフル回転した。ミルトンがわめいたら、たしか男は立ち止まって、こちらをふりむいたはず――。

「そう、あいつが犯人だよ」ミルトンは胸を張った。

サージェントはあきれたように両手をあげ、「はっ」と吐き捨てると歩きはじめた。

「おまけに――」と、ミルトン。「おれはもう一回、あいつを見たんだよ」

「どこで？」

サージェントは五、六メートル進んだところで立ち止まり、「きみは来ないのか」とふりかえった。

わたしはミルトンの話を聞きつづけた。

「おれが働いてるレストランのそばを通り過ぎたんだよ。まちがいなくおなじ男だ。今度また見たら、つけてみるよ」

「それより警察に知らせないと」

「何を知らせるんだ？　あんたたちの名前がまた新聞に載るよ」

あわててサージェントがもどってきた。「わたしは新聞に載る気はない」

「それより事件の手掛かりのほうが優先すると思うわ。もしほんとうにあの男が……」

「まちがいなくあいつだよ。においでわかるんだ。あんただって、そんな顔してるじゃないか」

「だったら警察に行って話して」

ミルトンはかぶりをふった。「行かない」

「じゃあ、わたしが行くわ」

「忘れないでほしいな、その情報はこのおれが教えたんだ。総務部長に推薦くらいしてくれるだろ？」

返事は決まっている。でも一応尋ねてみた。

「履歴書は送ってあるのね？」

ミルトンの顔が輝いた。「送ったよ。とっくに届いてるはずだ。あんたが推薦してくれたら——」

サージェントがいまにも声をはりあげそうだったので、わたしは急いで説明した。

「総務部長のポール・ヴァスケスは、しばらくホワイトハウスを離れているの」ポールの退職は職員の大半が知らないから、ここでも口にはできない。「数週間の休暇中なのよ。もどってくるまでは先に進まないわ。それがいつごろか、はっきりした時期は知らないの」

ミルトンの顔が暗くなった。「でももどってきたら、かならず話すと約束してくれるな？」

サージェントは背を向けた。「わたしは行くよ。きみがついて来ようが来まいが」

「いつかは総務部長に話してみるわ。でもいまここで、それ以上のことは約束できません」

「おれを推薦してくれるな？」

「それは約束できないの。わたしにできるのは、履歴書を確実に見てもらうことだけよ」

「あの男の情報をもっと教えたら？」

「ミルトン……」わたしは自分が何度もいわれた言葉をいうことにした。「その件に首をつっこむのは、よしなさい」

わたしは警備員に、面会者は帰ると合図を送った。

「また連絡するよ」と、ミルトン。

緊張した会話に寒さを忘れていた。歩きはじめると、冷えきった髪が首に当たって震える。並木が風をいくらか和らげてくれ、背中を丸めて急いだ。すると大木の下に来たところで、目の前に人が飛び出してきた。わたしは両手を掲げ、悲鳴をあげる。でもすぐ、恐怖は腹立ちに変わった。

「ピーター、いいかげんにしてください」

サージェントはわたしの反応にびっくりしたらしい。

「きみを待っていたんだ」両手ともポケットに突っこみ、鼻は寒さで真っ赤だった。

「きょうは楽しいことばかりだわ」

「ミルトンの話を本気で警察に伝えるつもりか？」

「無視することはできないでしょ？」再度じっくり考えてみる。警察はわたしの事情を知らないから、ミルトンの情報をどの程度、真剣に受けとめるだろうか。「警察はやめて、シークレット・サービスに話すわ」

これにサージェントは黙ったけど、残念ながら長くはつづかなかった。

「いまよりもっと事件にかかわる気か？　ミルトンが来たことも忘れたほうがいい」

「どうしてそこまで冷たいの。いろいろあっても身内でしょ？」

サージェントは答えない。

「わたしもね、彼はホワイトハウスの職員に向かないと思う。でももう少しやさしくしてもいいような気がするわ」

「ミルトンがホワイトハウスに雇われることなどありえない」

「彼はあなたに何をしたの？」

サージェントの目に、これまで見たことのない色が浮かんだ。怒りであるのはまちがいないけど、そこには傷つき弱い何かもあるような。

「きみに話すようなことは何もない」

8

金曜の朝、上のキッチンで朝食の準備をすませたヴァージルは、鼻歌をうたいながら厨房に入ってきた。

「きのうはどんなだった？」わたしは声をかけた。

「うまくいったよ」

「カメラが入るのにトラブルはなかった？」

「ぜんぜん」

これは意外だった。きのうは混乱状態といってよく、シークレット・サービスはいつもの十倍の厳しさでチェックしていたのだ。直前の要請で、カメラを持った取材チームが問題なくホワイトハウスに入れたなんて、これまで聞いたことがない。

「取材班がホワイトハウスに入るとき、ピーター・サージェントが口をきいてくれたおかげだよ」と、ヴァージル。

それはおかしいと思った。

「どうやって？　彼はきのう、この厨房から一歩も出なかったわ」というのは大袈裟だけど、ヴァージルが取材をうけるころ、サージェントとわたしはミルトンに会いに行っていたのだ。

「電話とかメールとかじゃないか？　よくは知らないが、ぼくのために必要なことはやってくれた。肝心なのは、そこだろ？」

「そうかもね」わたしには関係ないことだから、首をすくめるだけだ。

電話が鳴って、バッキーが出た。そしてうなずいてから、電話を切る。

「ダグがオリーに、いますぐ上に来てくれといってる」

総務部長室に〝いますぐ〟というのは、いやな予感がした。

「ところで、ポールはどうしたんだ？」と、バッキー。「ホワイトハウスがこんな状況なのに現われないのは、彼らしくないよ。どこにいたって飛んで帰ってくると思うけどな」

わたしは、さあね、というように両手をあげた。「いくら来たくても来られないんじゃないの？」

「ポールなら、何をおいてもホワイトハウス最優先だろ？　もしそうでないとして、考えられるのは……」鋭い目つきでわたしを見る。「ひょっとして、そういうことなのか？」

わたしはまた両手をあげて首をすくめ、答えないままエプロンをとり、手を洗った。

「できるだけ早くもどってくるわ」

執務室に入っていくと、ダグは書類から目をあげた。あのデスクにポールではなくダグがいることに、まだなかなか慣れない。

「おはよう」と、ダグ。「椅子にすわって」

わたしは腰をおろした。「きのうシークレット・サービスに話した件かしら？　あなたにも伝えようと思って、何度かここをのぞいたんだけど、いつもいなかったから」

これにダグは、とまどったらしい。

「シークレット・サービス？　なんの話だい？」

「きのうのこと。レキシントン・プレイスの事件で、手掛かりになりそうなことをシークレット・サービスに報告したの」

ダグの顔つきが変わった。「なんの話だ？」と、またおなじ台詞。

わたしは一度大きく息を吸ってから説明した。

「たいして当てにならない話かもしれないの。でもあなたには何でも報告すると、ポールに約束したから。じつはきのう、ピーターとふたりで……」

「わたしがどうしたって？」

サージェントが入ってきて、ダグは笑顔で迎えた。

「ご足労、感謝です。おふたりに伝えたいことがあるんですが、そのまえにオリー、話をつづけて」

わたしはミルトンの訪問について話し、それを聞くサージェントの表情は暗かった。でも話しおえると、暗い顔は一転して恐ろしいしかめ面になる。

「甥の件は、ここで取り上げる類《たぐい》のことではない」

「いや、そうでもないですよ」と、ダグ。「教えてくれてありがとう、オリー。シークレット・サービスはそれに関し、今後の対処を何かいっていたかい？」

　わたしはくすっと笑った。「相手はシークレット・サービスよ」

「それもそうだな」ダグは後ろ頭をぽりぽり掻いた。少なくなった髪はあちこち逆立ち、目は充血して小さくなったようにすら見える。「では、来ていただいた用件を話すまえに、レキシントンの件でまだ共有していない情報があったら教えてほしい」

　レキシントンの件？　その言い方は、ふたりも殺害された重大事件というより、不幸にもワインがこぼれた程度にしか聞こえなかった。

「いいえ、とくには。警察は何か手掛かりをつかんだのかしら？」

「マスコミは殺されたふたりが——コーリー首席補佐官とパティ・ウッドラフが愛人関係にあったという噂を追っているよ。ホワイトハウスの人間なら、そんな噂、鼻で笑いとばすけどね」

「ふたりが殺された時間に、どれくらい差があったかは？」

「なぜそんなことを気にする？」と、サージェント。

「ふつうじゃないような気がするから。ピーターだって、時間差があるのは気づいたでしょう？　どうしてそんなことになったのか、理由がわかれば犯人の手掛かりになるような気がして」

　サージェントは不満げに、わざとらしい咳ばらいをした。

「その点は聞いていないな」と、ダグ。「新しい情報があれば教えてくれるが、捜査の細部までは伝わってこないからね。ただ警察には、愛人関係の噂を否定する気がない。放っておけば、マスコミはまちがった方向に動きつづけるだろうから」

そういうことならたぶん、なぜコーリー首席補佐官の電話の着信音が〈哀しみのマンディ〉に設定されていたかも、ダグは知らないだろう。

「それで、お話というのは？」

「うん、まえにも少し話したが、国務長官の誕生日パーティはレキシントン・プレイスでは開催されない。ファースト・レディが正式に決定したよ」

「パーティ自体を中止にはしないのか？」と、サージェント。

ダグはゆっくりとうなずいた。「苦渋の決断でね。ただのお誕生日会ではなく、ふたつの会派を結びつけるという大きな意味合いがある。ふつうなら交わることもなければ、まして や協力するなんて考えられない会派だ。大統領もファースト・レディも苦労して……あえていわせてもらえば賢く巧みにたちまわって……関係者の合意をとりつけている最中だ。政権を強固にする手始めとして、この種のイベントはうってつけといえるからね」

「だが、うまくいかなかったらどうする？」いかにもサージェントらしい発言。

ダグは厳しい表情をした。「なんとしてでも、うまくいくようにするんだよ。どんな小さなことも、失敗しないようにね」両手をこぶしにし、関節が白くなるほど力を込める。「失敗は許されない」

「わかりました。それでわたしたちは、何をすればいいの？」

「まずはぼくから、報告書のお礼をいわないと。急がないといったが、早く出してもらって結果的に大助かりだった。あんな悲劇があってもパーティ計画は進めることになって、その目的を考えれば時間は大切だからね。一刻も無駄にはできない」

ダグの話はなかなか前に進まないけど、責務が山のようにあるときは、こうして整理していくしかないのだろう。

「パティの素案と――亡くなるまえに記録していたものだ――おふたりの報告書に基づけば、キノンズ国務長官の誕生日パーティの会場は、ジャン・リュックで催すことになるだろう。ピーターもオリーも二番手にしていた場所だ。ただ、パティの同僚たちがいま、この件を扱える精神状態でないのはわかってもらえるだろう？」いったん言葉を切って、わたしたちがうなずくのを待つ。

「コーリー首席補佐官の葬儀は月曜に予定されているが、パティのほうはまだはっきりしない。いまのところ、遺族からの連絡がないんだよ。だが葬儀はさておき、パティを失って、東棟《イースト・ウイング》全体が沈みこんでいる。同僚のなかには親友もいたしね。知らないかもしれないが、彼女は以前にも、ハイデン夫人やほかのアシスタントたちと仕事をしたことがあるんだよ。気心の知れた仲でね。彼女を失った悲しみは相当大きい――。ぼくらはそれを心に留めて、力を貸さなくてはいけない。パティの同僚たちはもちろんみんなプロだから、誕生日パーティを成功させてくれるだろう。だがいまは、ぼくらの手助けを必要としている」

「はい、了解しました。それでわたしたちは、何をすればいいの？」まったくおなじ質問をする。

サージェントはいらついたようにわたしを見た。

「そういってくれてうれしいよ、オリー」と、ダグ。「きみとピーターには、パティの後任が決まるまで、その代役をやってほしいんだ」

「代役といっても、具体的には何をするの？　わたしたちのどっちも、イベントの企画は不慣れだわ。通常の職務範囲以外は、という意味だけど」

「ふたりとも、今度のパーティには会場選定からかかわっている。お願いしたいのは、もう一段上の仕事だ。ふたりでいっしょに、下準備をすべてこなしてほしい」

サージェントは椅子から飛び上がりそうになった。

「本気でいってるのか？」

わたしはもっと大局的に考えようとした。ダグが不可能なことを依頼するとは思えない……のだけど、はっきりいって、気持ちはかなりおちこんだ。

「下準備は終わってると思っていたけど、まだほかに何かあるの？」と、わたしは訊いた。

「これほど大きなイベントの準備なんて、一度もやったことがないわ」

「ふたりとも知識は豊富だし、頭もきれる。それに準備の各段階を細かく書いた覚え書きもあるからね。チェックリスト付きだよ」ダグはにっこりした。ただし、あくまで懐柔のため。

そして結果は、失敗。「招待客に関しては、秘書官と相談してほしい。もちろん、招待客リストはシークレット・サービス以外にも、さまざまな部署に配らなくてはいけない。ピーターは民族や信仰の面で不具合が生じないかがわかるし、オリーは招待客にふさわしい献立や代替案を考える。きわめてシンプルな仕事、だろ？」

だけど覚え書きとか、チェックリストとか……。

「それ以外に、もっとやることがあるんじゃないの？」

ダグはいかにも軽い調子で首をすくめた。

「まあね、あるにはあるよ。たとえば、ケンドラと装花の打ち合わせをするとか。最終的な招待客リストをカリグラフィー部に渡して招待状の手配をするとか。当日のソーシャル・エイドの手配もあるな。経緯を細かく記録して、各部署への情報伝達を怠らなければ、すいすい進む楽な仕事だよ」

「本気でいってるの？」

サージェントは茫然として、「しかし、しかし……」というだけだ。

ダグの表情が険しくなった。

「当日のショーや余興を決めて手配するとか、テーマを決めるとか、そういうことはほかの者がやるよ。なにもふたりに、招待状を自分の手で書いてくれ、花のアレンジメントをしてくれとは頼んでいない。単純に、連絡と調整係をやってほしいといってるだけだ。準備がとどこおらないようにね」

「あなたがいっているのは――」

「ホワイトハウスとジャン・リュックの、会場との調整役だよ。きわめてシンプル、だと思うけどね。パティだって新人なのに任されたんだから。ピーターもオリーも、彼女よりはるかに経験豊かだろ？　なんの問題もないはずだ。それに、できるだけ早急に、代わりのアシスタントを雇うから。それまでのつなぎ役と思ってくれればいい。ぼくだって、後任の総務部長が決まるまでのつなぎだよ」疲れた目でわたしたちを見る。「これでも精一杯やってるつもりなんだ。ふたりとも、どうかおなじ気持ちでやってほしい」

ダグはたぶん飽和状態なのだろう。そして溺れる寸前の荒波に、わたしたちを引きずりこもうとしている。

「本来の仕事をはるかに超えているわ。手さぐりでやろうにもやれそうにないというか」

サージェントも同意した。「論外だと思うね。わたしは式事室の室長だ。きみが自分で監督管理できないからといって、秘書官まがいの仕事を押しつけられても困る」

ダグは机にペンを放り投げた。

「これはお願いではない」ポールならまずわたしたちを説得しようとするだろうけど、ダグは声を荒らげた。「ふたりとも、この仕事を引き受けるんだ」右手も左手もげんこつになる。「現時点で、ほかにやれる者がいないから仕方がない。後任が決まればいつもの仕事にもどり、気になることがあれば伝えるだけでいい。しかし、いまのホワイトハウスに必要なのは、舵とりができる人間なんだ。あなたたちふたりに、その舵をとってほしい」

サージェントが指を一本振った。「舵とりは、ひとりでするものだろう」

「ええ」と、わたしはうなずいた。「ふたりでひとつの舵というのは……」どっちかひとりが船長、というのも問題があるものの、いまはそんなことをいっている場合ではない。「あまり得策とは思えないけど」

「きみは大きな点を見過ごしている」と、サージェント。「ミズ・パラスとわたしでは、力を合わせてひとつの仕事をすることができない」

ダグの声は大きくなり、かつ震えた。

「これは議論の余地なしだ。ふたりでやってください。どんな仕事でも、慣れるしかない」とても強い口調で、反論のしようがなかった。それでも彼の目には、どこかためらいがのぞき、彼なりに意を決してのことなのだろうと想像がつく。残念ながら、いうとおりにするしかないか。

サージェントはわたしを見て、わたしはサージェントを見る。その視線は錐《きり》のようにわたしを刺した。

「では、会場はジャン・リュックね？」少しでも場の緊張をやわらげたかった。

ダグは咳ばらいをして、メモ帳を確認する。

「時間の制約があるからね。ふたりとも忙しいのは承知しているし、無理な仕事は押しつけたくないから……」

ほんとうに？

ダグはメモを見ながら話しつづけた。「アシスタントをひとり、つけるよ。負傷して軍務を離れ、いまはソーシャル・エイドだ」そこで目を上げ、「手首を折ったらしい」というと、またメモ帳に視線をおとした。「この負傷なら、今回の仕事にさしさわりはないだろう。ほかに問題点はないからね。彼はいろんな情報に通じているし」

ソーシャル・エイドというのは軍人で、名称のとおり対外的、社交的な役割をになう人たちだ。みんな堂々とした体格で、胸に金鎖のある正装をし、ホワイトハウスやその他の行事で、招待客の接待をする。話し相手はもちろん、さびしげな壁の花がいればダンスに誘ったり、イベントの参加者全員に楽しんでもらうのが、ソーシャル・エイドの任務だ。

わたしは自分のメモ帳をとりだした。

「その人の名前は？」

ダグは反論がなくてほっとしたらしい。「ワイアット・ベッカーだ。きょうもジャン・リュックにいる」

「これまで会ったことがないわ」

「わたしはある」と、サージェント。いかにも不快げ。「傲慢で、おしゃべりで、無能。どうしようもないやつだ」

「だったら、わたしとは相性がいいわね」といって、椅子から立ち上がった。ダグはびっくりしたみたいだけど、わたしとサージェントの不仲を知らない人はホワイトハウスにはいない。これくらいの台詞はべつにかまわないと思った。

でもそこで、ポールの言葉を思い出した。サージェントはいま微妙な立場にある。よけいなことをいえば今後にかかわるかもしれない――。

「ごめんなさい。いいすぎました。このところ神経が張りつめているから。わたしなりに全力を尽くすわね」

ダグはうなずいた。「ありがとう、オリー」

サージェントは何もいわない。

「進捗状況の報告は、どれくらいの間隔でやればいいかしら？」

「うーん」ダグは書類をめくった。「うーん……」

どうやら、そこまで考えていなかったらしい。でもそのぶん、少しほっとした。

「必要に応じて、でいいかしら？」なかばダグへの慰め、なかばこちらの主導権。「では早速、始めましょうか」

サージェントは絶句して、わたしの顔を見るだけだ。

「さあ、ピーター、仕事は仕事、やるしかないわ」

「献立だけじゃなく、準備の調整係もやるわけ？」シアンのびっくりした顔は、さっきのサージェントと変わりなかった。

「でも、ひとりじゃないから。パートナーがいるの」

「誰？」

「ピーター・エヴェレット・サージェント三世」

厨房の空気が、驚きで爆発しそうになった。バッキーがステンレスのカウンターにタオルを投げつける。

「悪い冗談としか思えない」

「同感だわ」と、わたし。

でもヴァージルだけは平然としている。「ハイデン家の誕生会を仕切ったことがあるが、なんの問題もなくうまくいったよ。新しい総務部長もぼくに任せてくれたら、最初のビッグイベントで得点を稼げたのに」

「ダグはポールが不在のあいだの代理よ」シアンが訂正した。

ヴァージルはにやりとする。「ほんとにそう思ってるのか？」

「忘れないでね」わたしは少しきつい口調でヴァージルにいった。「ポールはいま休暇中なの。ダグはそのあいだ、ポールの代役をしているだけよ」

「とりあえず、代理だよな、殺人事件が解決するまでの。そのあと後任が発表される。ファースト・レディはぼくを信用してくれてね、ポールはもう帰ってこないといった。辞職、ということだ」

水を打ったように静まりかえった。

「オリーはそのことを知っていたの？」と、シアン。

わたしはシアンではなく、ヴァージルにいった。

「許可が出るまで、黙っているべきことではないの？　なぜいま、ここでしゃべったの？　ほかにも守秘義務違反をしていない？」

ヴァージルは臆した。「ファースト・レディはぼくを信用してる。だから話しただけだ」

「あなたはファースト・レディの信頼を裏切っていないかしら？」

「とんでもないよ。きみたち三人は口が堅くて、誰にもしゃべらないだろ？　それにきみが――」わたしを指さす。「辞職を知らないかも、と思った。チームとして働く以上、情報は共有してもいいんじゃないか？」きみはぼくを、その……信用していないのか？」

シアンがふりむき、わたしの顔を見つめた。

りの真実をついていた。やり方はともかく。

「わたしはバッキーもシアンも信用してるわ。でも、口外無用といわれた以上、誰にもいえないの。バッキーやシアンが打ち明けてくれることも、わたしひとりの胸の内にしまうわ。ポールから、これは他言しないでくれといわれたから、黙っていただけ。バッキーやシアンとおなじように、ポールもわたしの大切な友人だから――」三人を見まわす。「あなたもね、ヴァージル」

誰も何もいわなかった。でもバッキーとシアンの目を見て、わかってもらえた、と思う。それ以上に望むものは何もない。

そこへサージェントが現われた。冬物のコートを着ている。

「行くぞ」

出かける準備どころじゃなかった。

「はい、ちょっとお待ちを」コートをつかみ、急ぎバッキーと打ち合わせた。この先数日、いくつか食事会が予定されているのだ。準備はバッキーとシアンに任せていれば問題ないけど、最終責任はわたしにある。

「用事がすんだら、すぐもどってくるから」コートを着ながらふたりにいった。

「ええ、そうしてね」と、シアン。

ヴァージルは持ち場に行き、バッキーはにやっとして顔を寄せ、声をおとした。

「きみがいないあいだ、ヴァージルがどれくらいエグゼクティブ・シェフ気どりでいると思う？」

「あなた次第よ、バッキー」と、ささやき返す。

「万一トラブルが起きたら、電話するよ」

どうか、そんなことになりませんように。

「できるだけ早く帰ってこられるようにするわ」

厨房をゆっくりと見まわした。ここはともかく、わたし自身にはトラブルが起きるかも——。

9

ジャン・リュックは、ホワイトハウスから歩いてすぐのところにある。それでもシークレット・サービスは、わたしたちを車で送った。最近のいろんなことを考えれば、わたしもいやだとはいえない。車は四階建ての、超現代的な建物の前で速度をおとした。サージェントが顔を寄せ、小声でいった。

「こっちのほうがレキシントンより、グリーン建築基準で高いレベルにあるように見えるな」

「建物の外見だけでは判断できないと聞いたことがあるけど」といったものの、たしかにジャン・リュックは現代的で美しい流線形で、いかにもクリーンな印象だった。古いビルのあいだでひときわ輝き、新しいだけでなく、さまざまな趣向が凝らされている。このまえここを訪ねたときは、未来にタイムスリップしたみたいだった。ただ、わたしとしては（たぶんほかの人たちも）、レキシントン・プレイスのような古い時代の優雅さをいまも保つ建物のほうがおちつく。

あのとき厨房も見せてもらったから、きょう再訪しても驚かれたりはしないだろう。それにしても寒く、震えを抑えようとしてもうまくいかない。

サージェントがわたしの顔をのぞきこみ、「またふたりでここに来ることになるとはな」といった。

車から降りると、ドアマンが帽子に手をやり、満面の笑みで迎えてくれた。

「お越しくださり、光栄です。わたくしがご案内いたします」腕を階段のほうにのばし、その上にはそびえるようなガラスのドアがある。

ここまで運転してきたシークレット・サービスが、帰るときは電話してくれといった。そして車は走り去り――ふと、あるものが、わたしの気を引いた。

「待ってちょうだい、ピーター」

階段をのぼりはじめていたサージェントはふりかえると、警戒した顔つきで道路の右を、左を見た。

「どうした？」

「わたしたちを見ている人がいたのよ。でも、すぐに消えたわ」ジャン・リュックと隣のビルのあいだの路地を指さす。「ちょっと見てくるわ」そちらへ歩きながら肩ごしにいった。

サージェントがついてくるのを背中に感じつつ、ジャン・リュックの建物の端まで行くと鼻がひくつき、たじろいだ。建物間の路地は車一台が通れるくらいで、土がむきだしの地面には、大袋や裂けた袋から生ごみが散乱している。あたり一面に、腐ったすっぱいにおい。これが真夏だったら耐えられなかっただろう。黒いドアがいくつもあるから、この路地は搬出・搬入用にちがいない。そして手軽なごみ捨て場にもなっている。左右にビルが立ち並んで暗いけど、真っ暗でもないから、わたしたちを見ていた人間も姿を隠しきれなかったのだろう。彼女はプラスチックの大きなごみ箱の横にしゃがみ、わたしが近づくと顔をあげた。片方の腕には、みすぼらしい買い物袋を三つ抱えている。「あっちへ行け！」空いたほうの腕をつきあげて怒鳴った。

どうやらホームレスらしい。

「ごめんなさい」と、わたしはあやまった。

彼女はわたしに向かって舌をべろっと出し、買い物袋を抱いた腕に力を込めた。それからはっと息を吐いて立ち上がると、よろけながら奥のほうへ歩いていく。ちらちら何度もふりかえるのは、わたしがついてこないのを確かめているのだろう。

サージェントが横に来た。

「きみは危険など考えもしないのか？　それではトラブルに巻きこまれるのも無理はない」

「彼女は危険じゃないわ」

「それはここまで来て初めてわかったことだ。あの晩の地下鉄の男だったらどうする？」

「あの男とは、体つきとか動きとかがぜんぜん違っていたから。それに、人に陰からじっと見られるのはいやなの。だから自分のための確認で……」周囲を見まわし、少し奥へ進む。

「これが見える？」

「廃棄物はうんざりするほど見てきたよ。さあ、行こう。ドアマンが待っている」

「そうじゃなくて、壁よ。この路地はずいぶんひどいけど、ダグはジャン・リュックの隣がかなり古いのを知らないんじゃないかしら。このまえ来たときは、わたしも気がつかなかったけど」でこぼこの壁は落書きだらけで、ドアの外には壊れた機械。

「もちろん気づくものか。わたしたちの仕事は周辺視察ではなく、目的を満足する施設であるかどうかの確認だ。なぜ気づかなくてはいけない？」

「理由はないけど、ただ……」煉瓦《れんが》の壁に手を当てると、モルタルがぽろぽろっと落ちた。

「ひどいわねえ」ねじれ、ちぎれた金属片のごみをよけてゆっくり歩いていく。左の建物には傷と落書きだらけの黒い金属扉が並び、そのひとつが少しだけ開いていた。「何十年も放置されてるみたい」

「周辺はそうではない。ここはごみ捨て場として使われているんだろう」

「撮影の背景に入るとよくないわ。セキュリティ面はもちろんだけど」

サージェントは腕時計を見た。「なぜきみが議論を呼び起こすのか、その理由がわかってきたよ。シークレット・サービスの友人に報告するなりなんなり、気がすむようにしたらいい。だがいまは、やるべき仕事をやらなくてはいけない。そしていわせてもらえば、わたしは少しでも早くこの仕事を終わらせたい」

「わかりました」わたしはサージェントについて表通りに出た。

ジャン・リュックの階段をのぼりきると、ドアマンが不安げに尋ねた。

「何か問題でも？」

わたしは指さし、「あそこは何の建物かしら?」と訊いた。

「もとは銀行でした。あなたが、いえわたしもまだ生まれていなかった十九世紀の話ですが。その後はオーナーが次つぎ変わって、さまざまな用途に使われました。ロケーションはすばらしいですからね。ただ、悪運にとりつかれているようで」

「あの建物で何か事件でも起きたとか?」

「よくおわかりですね」ドアマンはにっこりした。「噂に聞いただけですが、最初にオープンしたとき、盗賊がふたり押し入って金を要求した。しかし窓口係は拒否し、盗賊はその場にいた人たちを銃で皆殺しにしたそうです」

「そんな……。で、その盗賊はつかまったの?」

「ええ、まあ」ドアマンは目を細めた。「警官が追いかけて銃撃戦になり、ふたりとも死んだそうです。奪われた金はもどってきても、奪われた多くの命はもどってこない。とりかえしのつかない大きな損失です。金を渡さなかった窓口係は罪の意識にさいなまれ、現代も、いまも、あそこをさまよっているといわれます」

「悲しい話ね」

ドアマンは古いビルのほうに手を振った。「一年以上つづいたテナントはひとつもありません。わたしはこの周辺でずっと仕事をし、移り変わりも見てきました。あのビルにはレストランや会社事務所、ヘルスクラブなど、ありとあらゆるものが出たり入ったりしましたが、どれも長続きはしませんでしたね」

わたしはお礼をいって、サージェントとふたりでジャン・リュックのなかに向かった。

「なぜそこまで気にする？」ドアマンに聞こえないところまで行くと、サージェントが訊いた。

「ただの好奇心。それくらいは問題ないでしょう？」

「それはそうだが、あそこに幽霊が出没することを知ってしまった。けっして、いい話とはいえない」

「幽霊を信じているの？」

「まさか」そこでちょっと間をおく。「しかしレキシントン・プレイスには……ふたりの幽霊がさまよっているかもしれない」

なかに入ると、案内役のバーバラという若い女性に従い、広々したロビーを抜けて受付エリアへ、さらにその先の宴会場へと向かった。壁をはじめ何もかもが平面で、ぴかぴかして、人はわたしたちくらいのものだから、どこへ行っても靴音が響く。宴会場に入り、バーバラの説明によると、バルコニーならセキュリティの人員も会場全体を見渡せ、居心地も悪くないような工夫がしてあるとのこと。宴会場も座席数、配置とともに、どのような要望にも添うことができる。

「ありがたいわ。それでもう一度、厨房を見せていただける？」

「はい、もちろん」

「シークレット・サービスも事前にこちらにうかがうのはご存じよね？　わたしたちがきょ

うの報告をしたら、直接連絡がいくと思うのでよろしくお願いします」

バーバラはほほえんだ。「シークレット・サービスがいらしたら、ここの雰囲気がどんなふうになるのか、想像もつきません」

サージェントがしかめ面をした。「想像できるほうがおかしい」

まったく――。せめて声をおとすくらいしてくれてもいいのに。わたしはバーバラに、目でごめんなさいといいながら苦笑いを送った。厨房に入り、作業用のスペースは十分だと満足。レキシントン・プレイスほどの余裕はないけど、悲しく恐ろしいものがなかっただけでほっとする。

冷蔵室に入ってあちこち見ていると、バーバラの携帯電話が鳴った。彼女は応答し、二言三言返事をしてから電話を切って、わたしをふりむいた。

「ホワイトハウスの職員の方がもうひとり、いらしたようです」

「誰だ？」と、サージェント。

「ソーシャル・エイドじゃない？　たしか名前はワイアット・ベッカー」

サージェントは鼻に皺を寄せた。

バーバラはにっこりした。「どうぞ、どこでも自由にご覧になってください。わたしはもうひと方をお迎えに行ってきますので」

「ああ、そうだな」

彼女がいなくなるとすぐサージェントがいった。

「この仕事は最初から気に入らんな。ソーシャル・エイドと組んで、何をしろというんだ？」

「彼のお知恵を拝借するの。わたしたちの何倍も、いろんな催事に参加しているだろうから」

「だったら全面的に彼に任せればいいんだ。わたしたちを引きずりこむ必要はない」

「それはピーターもわたしも、ホワイトハウスではベテラン・スタッフの部類に入るからよ。食事会の準備なら、寝ていたってできるでしょ？」ちょっとオーバーだけど、サージェントを励ますことで、自分自身も納得させたかった。「とにかく頑張ってやりきりましょう。招待客の選び出しとか余興とかで悩まないだけありがたいわ。悪夢は回避できたと思いましょ」

「いまでもすでに悪夢だ」ステンレスのシンクに指をはわせる。「これはまあまあだな」

「ワイアット・ベッカーという人は、きっと大きな力になるわよ。ダグの話だと、わたしたちのアシスタント役らしいから、何かのときは頼りましょう。資源は有効利用しなくちゃ」

サージェントはぶつぶついった。「きみは彼を知らないからだ。ワイアットは――」

「はい、なんでしょう？」ワイアット・ベッカーが入ってきた。その後ろにはバーバラ。

「名前を呼ばれたような気がしましたが。何か仕事の指示でも、ミスター・サージェント？」

サージェントはいまにも唾を吐きそうだった。

「いいや。さあ、ミズ・パラス、つぎはどうする？」

ワイアットはサージェントを無視し、わたしのほうへ来た。

「はじめまして、ミズ・パラス。お噂はかねがねうかがっております」

ワイアットの外見は良くも悪くもなく、全体的にソフトな印象だった。丸い鼻に広い頰。びっくりしたときのような、ちょっと吊り上がった眉。長身ですらりとしているのは、ソーシャル・エイドには必須の条件だ。そして何より、目にも表情にも、いつでもお手伝いしますよ、という明るさがあった。

彼は手にしたクリップボードを持ち替えて、わたしと握手した。年齢は三十代前半だろうか。そういえば、大統領のあの記者会見の日、ホワイトハウスで見かけたような気がする。

「はじめまして、ワイアット。ホワイトハウスの外で初対面のご挨拶をするなんて、なんだか不思議ね」

「ぼくはたいてい上の階にいますから」ほほえみは揺らぐことなく、吊り上がった眉が垂れることもない。「ほかのソーシャル・エイドは息抜きにべつのフロアへ行ったりしますが、ぼくはつねに即応態勢でいたいので」

「それはすばらしいわ」という言葉しか思い浮かばなかった。「国務長官の誕生日パーティの準備でお手伝いしていただけるのね？」

「はい」ワイアットはバーバラをふりむいた。「ここはもういいよ。必要があれば呼ぶから」サージェントとわたしはちらっと目を見合わせた。

「手首を折ったんですって？」わたしが手を見ながらいうと、ワイアットはその手を軽く振った。

「ギプスは取れたんですけどね、あと数週間は無理できないと医者に忠告されましたよ」

「手を使う仕事はないと思うから安心して」

「はい、そうでしょうね」抑揚のないしゃべり方。「今回はサプライズ・パーティではなく、国務長官も承知している、という理解で良い？」

「ええ、パーティの詳細事項は国務長官に伝わるわ」

「了解。そちらのほうがずっとやりやすいですからね」手のクリップボードを見る。「正餐や種々の行事の経験に基づき、ぼくの知見をあなた方に伝えるのは有効でしょう。おふたりの仕事は裏方ですが、ぼくはある意味、ゲストとおなじかたちで行事に参加してきたので、事前準備にぼくが加わるのは非常に有益と考えます。勝手ながら、今後数日でやるべき業務のリストをつくってきましたよ」ほほえみがまえより明るくなる。

サージェントが鼻を鳴らした。

「ミスター・サージェント、なにか不満でも？」

「きみを見ていると、まるで自分が責任者で、わたしたちのほうがアシスタントのようだ。実際は逆だからね。きみはあくまでわたしたちのサポート役だ」

ワイアットの微笑は消えない。

「言葉や態度でそのようなことを示唆したつもりはありませんよ。自分の力を最大限発揮できるよう全力を尽くすだけでね。ぼくはホワイトハウスのために任務を遂行する。あなた方とおなじですよ」そこでクリップボードを叩く。「では、始めましょうか？」

一時間後、わたしはソーシャル・エイドがいてくれるとずいぶん助かる、と実感した。ただ正直なところ、できればワイアット以外だとよかったのだけど……。サージェントのワイアット評は、残念ながら当たっているような気がした。

「そして――」ワイアットは演壇を指さした。「料理がすべて提供され、あなた方の義務が終了した後、ショーが始まります。おふたりが楽しめないのは気の毒ですね。著名なミュージシャンやタレントのショーは、じつにすばらしい。ぼくたちソーシャル・エイドはいつも楽しませてもらっています。今回は、誰を招く予定?」

「ダグとその話はしていないわ。最終決定されたかどうかも知らないの。ふつうはファースト・レディのアシスタントが調整するから」

「ほう、まったくご存じない？　それは、それは……。しかし以前のファースト・レディのうち、誰が招待されるかは知っているでしょう？」

「それに関しては――」サージェントが口を開いた。

「重要な女性ゲストは」と、ワイアット。「たいていぼくがエスコートするんですよ。最初に指名されることを、ぼくは誇りに感じている」

サージェントはぶつぶついい、わたしもそうしたい気分だった。大きなイベントで、もと大統領夫人のバーバラ・ブッシュを何時間もエスコートした話をワイアットから延々と聞かされた。夫人のドレスが少し汚れたとかで、これではダンスができないと、その晩ずっとレッド・ルームで話し相手をしたらしいのだ。かわいそうなブッシュ夫人――。

「彼女はほんとうに明るい人でね」おなじ台詞はこれで何度め？「ぼくの経歴や家族のこ

とや、どうしてソーシャル・エイドのトップになれたのか、といったことを知りたがった。何時間もぼくひとりに話をさせて、それでも聞き足りないようでね」

隣でサージェントがつぶやく――。「わたしは聞き飽きたよ」

このふたりは引き離したほうがいいと思い、わたしはワイアットにいった。

「そろそろ引きあげない？　仕事のチェックリストを確認して、ホワイトハウスに帰りましょう」

「そうですね。ところで、前ファースト・レディのキャンベル夫人が、猫の名前をデニスにしようとしたのを知ってますか？　お子さんたちはパッチーズのほうがいいといいましたけどね。現ファースト・レディ、ハイデン夫人の名前はデニス。この一致をどう思います？」

「ねえ、ワイアット。チェックリストを……」

「あなたは知らないだろうけど、もうひとつ、おもしろい話がある。農務長官の大叔父はその昔、ホワイトハウスの給仕だった」

ワイアットはどうでもいい情報の宝庫といえた。サージェントの堪忍袋の緒が切れるんじゃないかとはらはらしたけど、いつになく口数が少ない。ワイアットはチェックリストを追いながら、各業務で自分の存在価値の大きさをいいそえるのを忘れなかった。

「料理を出すとき――」と、ワイアット。「ゲストのアレルギーの有無は確認しますよね？」

「もちろんよ。料理の安全性に関しては細心の注意を払うわ」ただ過去にひとり、不運なゲストがいた。厨房のミスが原因ではなかったから、その点ではほっとしたけど。

ワイアットはメモをとっていった。「誰をショーに招くかは、知っておいたほうがいいな。ファースト・レディはエルトン・ジョンの大ファンを公言しているから……今度のパーティに招待すると思いますか?」

「憶測はよしたほうがいいわ」

「過去に一度——」

サージェントが部屋の奥へ歩きはじめた。「忘れないうちに、あっちで確認しておきたいことがある」

ええ、それがいいかも。

ワイアットはサージェントを無視して話しつづけた。「ティナ・ターナーをイースト・ルームに招いてコンサートを催したことがある。キャンベル政権のときですよ」

「そんなこともあったわね」もう聞き流すしかないだろう。

「パクルド知事はご存じ?」

「ええ」

「知事の友人に、ティナ・ターナーの大ファンがいるんですよ」

「へえ」

「知事はコンサート後のティナ・ターナーに会えるごく少数のひとりだった。有力者っていうのは、何かと優遇されるものでね。知事は当日の夕食会で、そのティナ・ターナーの大ファンの友人に会った。友人は地域で奉仕活動をしていたので夕食会に招かれたらしい」

「それで？」

「ティナ・ターナーのコンサートまえに、ふたりは大喧嘩をした」ワイアットはプライド満載で話し、要点はなかなか話さない。

サージェントはどこかへ消えていた。わたしも消えたい、と思う。

「知事は友人をティナ・ターナーに会わせてやりたいと思ったが、友人は招待されていなかった」

「で？」口先だけで訊く。

「ふたりは大声で喧嘩を始め、ぼくがおさめた。知事は友人をコンサート後の招待客リストに加えたいといったが、ぼくにそこまではできない」

「それで？」

サージェントがもどってきた。ワイアットの背後に立ち、腕時計を叩きながら〝行くぞ〟とわたしに目で語る。

「もちろん、うまく処理しましたよ」と、ワイアット。「コンサート後、エントランス・ホールで会いましょう、と知事の友人にいった」

「意味がわからないけど」

「ティナ・ターナーはブルー・ルームで招待客に会うことになっていた。その友人は、ぼくといっしょならブルー・ルームに入ることができる。だから彼は、ぼくがエントランスに迎えに行くまで待つしかなかった」

「わたしはじらされるのが苦手なんだけど」

「ぼくは、すっぽかしたんです」

「エントランス・ホールに行かなかったの？」

「そう」

「どこにいたの？」

「コンサート後のレセプションが終わるまで、下のクロークで時間をつぶしていた」

「それで問題は解決したの？」

その質問に、ワイアットはとまどった顔をした。

「知事の友人は、ティナ・ターナーには会わなかった」

「だったら解決じゃなく、回避だわ」

きょう初めて、ワイアットの顔がゆがんだ。

「ぼくはやるべきことをやった。その人間にふさわしい場所におちつかせてやった」まわりをきょろきょろする。サージェントをさがしているようだけど、真後ろにいるのには気づかない。「たとえば、あなたとぼくの共通の知人は――」

もう長々と話を聞くのはつらい。

「さあ、ホワイトハウスに帰りましょう。やることはまだたくさんあるわ。きょうはありがとう、ワイアット。このあとは、ピーターとわたしでやれるから」

「ほんとうに？」

「ええ、ほんとうに」

彼はそこで後ろにサージェントがいるのに気づき、青ざめた。さっきは何を話そうとしたのだろう？　あのようすだと、サージェントに聞かれたくない話だったらしい。

ワイアットはすぐ平静をとりもどし、ほほえんだ。

「それでは、また明日」

サージェントが何かいいかけたので、わたしは目で制した。言い合いになれば、帰る時間が遅くなるだけだ。ワイアットを悪い人だとは思わないけど、すばらしく自己陶酔的で、しかも無神経というか鈍感というか……。

彼が出ていき、サージェントは冷たい笑みを浮かべた。

「どういう経緯でソーシャル・エイドになったのかしら？　それにわたしたち、どうしてこんなにラッキーなの？」

「彼はソーシャル・エイドのトップだ」

「最高のソーシャル・エイドということ？」

「トップと最高とは違う。年功序列でトップというだけだ。父親は軍人として大きな成果をあげ、数々の栄誉に輝き、顔も広い。あの息子も入隊したが、期待にはこたえられなかった」

わたしはワイアットが出ていった先をながめた。

「こぼれ話をずいぶんたくさん知っているわね」

「おそらく仕事で必要なんだろう。職員の経歴なども丸暗記させられる」

「じゃあ適格な人材ってことね。歩くだけじゃなく、語りもするホワイトハウスの百科事典だわ」


このあとは、それぞれの持ち場にもどる予定だった。でもホワイトハウスのゲートを入ると警備員に、ダグのオフィスに行ってくれといわれた。

「今度は何かしら？」

「国の財政赤字をなんとかしろ、だろう」

まっすぐ総務部長室に行くと、ダグはデスクの向こうでこちらに背を向け、窓の外を見ながら電話をしていた。

「はい、わかります。はい。かならず行ないます。ご指示どおりに」

ダグは電話を切ってふりむき、わたしたちに気づいた。まだ一週間もたたないのに、十歳くらい老けこんだみたいだ。

「お疲れね？」

「ふたりとも、すわってくれ」

いやな予感がした。

「オリー」前置きなしに話しはじめる。「いまの電話はイーサン・ナジだ」

「たしか、キノンズ国務長官の秘書官？」内容はさておき、ダグは〝指示どおり〟にやると約束していた。緊張して、わたしは続きを待った。

「電話はこれで、きょう四度めなんだよ。きみに伝えてくれという内容でね」

「わたしに？」声がうわずった。

「国務長官は、明日の晩のディナー・ミーティングに参加する」

「何か変更でも？」

「イーサン・ナジも同席する」

それは異例といえた。「どうして？」

「人がホワイトハウスに来る理由をいちいち質問するのも、きみの仕事なのか？」

そんな言い方をしなくても……。

「イーサン・ナジの食事資料は手もとにないと思うわ」

「きょうじゅうに用意するよ。だが、ここに来てもらったのは別件だ。キノンズ国務長官の奥さんのセシリアがきみに、父親を助けてくれたお礼にささやかな贈り物をしたいといっている」

「あら。必要ないわ。受けとれないわよ」

「きみの気持ちは関係ない。彼女がそうしたいといっているんだ。国務長官は直接きみに手渡す意向で、それを拒否することはできない」

「はい、わかりました」

「きみは拒否できないからね」

　ダグはくりかえした。いったん了承したことをくりかえせば緊張感が増すことを、ダグも知ってほしいと思う。そんなことをつづけていれば、いずれ職員の気持ちがダグから離れていきかねない。ポールは紳士的で、かつ迫力があり、〝ベルベットのげんこつ〟と評されているのを聞いたことがある。でもダグはハンマーを振りまわすだけだ。それも、むやみやたらに。

　サージェントが咳払いした。「それとわたしと、どんな関係があるのかね？」

　ダグは両手のひらでデスクを軽く叩いた。「これからお話しします」眉根を寄せ、唇をゆがめて少し間をとる。

「ピーター、なぜ招待客リストから、バームガートナー夫妻をはずしたんですか？」

　サージェントの顔色が変わった。「何のことだ？」

「きわめて大きな失策としかいいようがありませんね。バームガートナー夫妻はハイデン家の友人であり、ファースト・レディは誕生日パーティの中心的な賓客《ひんきゃく》と考えている」

「わたしはそんなことは……」

　ダグはデスクの上の書類をとった。

「ここにリストがある。なぜバームガートナー夫妻をはずしたのか、その理由をお聞かせ願いたい」

　サージェントはこちらをふりむいた。「きみはこの話を知っていたのか？」

　わたしは頭を横にふった。

「いいですか、ピーター」ダグはゆっくりといった。「あなたがエグゼクティブ・シェフを嫌っていることは、職員ならみな知っている。正直に話したほうがご自分のためですよ。単純なミスならミスだと、認めたほうがいい」

「さっぱりわからない」と、サージェントはいった。「招待客リストはまだ一度もいじっていないんだよ。なぜわたしが削除したと思う？」

「わたしたちにリストをいじる権限はなく、あなたにはある。それにファイルはあなたのコンピュータから送られたんだ。あなた以外にアクセスできる者はいないと思うが」

「わたしのオフィスから？　わたしが留守のあいだに、誰かが入ったのではないか？」

「何の目的で？　バームガートナー夫妻の招待を気にする職員がほかにいるとでも？」ダグは大きなため息をついた。「残念ですが、この件はあなたのファイルに記録するしかありません。あるいはミスを認めれば――」

「わたしはやっていない」というと、サージェントはふりむき、わたしに指をつきつけた。「ミズ・パラス、きみではないか？　きみはわたしを、うとましく思っているからな」

「と、と、とんでもない」わたしは両手をあげた。「わたしはいっさい関係ありません」

ダグは見るからに困りはてている。

本音をいえば、わたしはサージェントに同情していた。彼がバームガートナー夫妻をリストから削除するとは思えないからだ。でもそうだとしたら、いったい誰がわざわざサージェントのコンピュータで？　ダグの得た情報に間違いがあるとか、サージェントに恨みをもつ職員がいるとか……。

サージェントは胸を張った。

「いまはこれ以上何もいいようがないが、答えを見つける努力はしよう。削除したのは、断じてわたしではない。しかし、わたしのコンピュータから送られたのなら、その責任はわたしにある」そこでデスクのほうに身をのりだし、ダグのノートに人差し指をつきたてて、「どうぞ、わたしのファイルに書きこみたまえ」というなり、すっくと立ちあがった。「ほかに何もなければ失礼して、すぐ調査にとりかかる」

出ていくサージェントの後ろ姿を、ダグとわたしはじっと見つめた。

「目のいい職員が事前に気づいてくれて助かったよ」と、ダグ。

「それは誰?」

ダグが名前をあげたのは、東棟にいるカリグラファーだった。細身で地味な印象の女性で、ボリュームの少ないブロンドをいつもポニーテールにしていることくらいしか、わたしは知らない。ただ、とてもおとなしい人だから、傲慢なサージェントにふりまわされてしまいそうだけど……それはない、と思った。たぶんサージェントは、ああいう女性には関心を示さないだろう。そして彼女のほうも、サージェントに対して策略をたくらむような人には見えない。

「何か見落としていることがあるんじゃないかしら」

「うん、たぶんね」ダグはそういったけど、気持ちはもうべつのことに向いていた。

10

「おかげさまできょうもいい日だったよ」バッキーは大袈裟な手つきでカウンターを拭きながらいった。「みんな満腹。死体も発見されない」

「おもしろくもなんともないよ」と、ヴァージル。

バッキーは首をすくめた。「おもしろくなくても、事実だから。きみはここに来てまだ数カ月。厨房が見舞われたトラブルを知らない」

ヴァージルはサイドカウンターに置いたメモ用紙をながめながら訊いた。

「明日のディナー・ミーティングはどんな感じだい？　参加人数は？」

「コンピュータに入ってるわ」と、わたし。「定期的にアップデートしてるから」

「ぼくは紙とペン派でね」

「それはそれでかまわないけど、この厨房ではコンピュータを使うの。最新の情報を知りたいときは、コンピュータをのぞけばわかるわ」

「そういえば――」ヴァージルはコンピュータへ向かった。「コーリー首席補佐官とあの子の葬儀に関して、新情報はあるのかな」

「〝あの子〟には、ちゃんとした名前があるわよ」シアンがいった。「パティ・ウッドラフ。死の重みは、職業や地位の重みとは無関係だわ」

ヴァージルは賢明にもいいかえさなかった。「わかった、パティだね。それで、通夜や葬儀は？　きみたちも行くのかい？」

「参列の指示は出ていないけど」と、わたし。「個人的には行こうと思ってるわ」

「遺体を発見したことで責任を感じる必要はないと思うよ」ヴァージルにしては珍しく思いやりを示してくれた、と感じたのはほんの一瞬で、すぐ現実にひきもどされた。「ぼくがこの厨房を代表して、コーリー首席補佐官の通夜に行くから。彼とは何度もゴルフをやったんだよね。笑顔が忘れられないよ。ほんとに残念だ」

シアンはヴァージルの背中に穴をあけそうなほど恐ろしい目でにらみつけた。

「それはあなたの判断だから」とりあえず、わたしはそういった。「ご遺族もきっと喜ぶでしょう」

「きっとね」

そのとき、あれを思い出した——。

「コーリー首席補佐官とは友だちづきあいだったの？」ヴァージルに確認する。

「もちろん」ヴァージルはコンピュータの椅子にすわった。「ゴルフ・コースをいっしょにまわればね」

わたしはそれとなく、あの着信メロディのことを訊いてみようと思った。そこまでの情報はマスコミに公表されていないから、ここでも漏らすわけにはいかない。多少の戦術が必要かも……。

「彼は音楽好きだった？　たとえばバリー・マニロウのファンだったとか？」

ヴァージルは大声で笑った。「バリー・マニロウのファン？　彼はそんな歳じゃないよ。ぼくよりまだ若いくらいだ。ずいぶんおかしなことを訊くな？」

「小耳にはさんだだけよ」と、嘘をつく。「聞き間違いだったかもしれないわ」

ヴァージルはコンピュータ画面を見たけど、気持ちが集中していないのは一見してわかる。視線をモニターの上にそらし、「でも、いわれてみれば……バリー・マニロウの曲で好きなのがあったな」とつぶやく。「おなじ車に乗ったとき、流れてきた気がするよ。それもたしか、彼が流したんだよな……」

「どうして気になるの？」と、シアン。「事件の捜査に関係あるの？」

ここはごまかさなくてはいけない。事実をちょっとだけ水増ししよう。

「誕生日パーティの余興について、ソーシャル・エイドのワイアットから候補を訊かれたの。それでバリー・マニロウを思いついたんだけど」

「キノンズ国務長官の世代なら、いいかもね」と、シアン。「でもオリーは、コーリー首席補佐官がファンかどうかを訊いたんじゃない？　ずいぶん年齢が違うわ」

「追悼の意味を込めて、と思ったの、もしファンだったのなら」

シアンは疑惑のまなざしで顔を近づけ、わたしの耳にささやいた。「説得力なし、よ」

でもヴァージルは気づかないらしく、口もとに手を当て、壁をにらんで考えこんでいる。

「うん、思い出した。それでぼくは彼をからかったんだ。もちろん、車のなかでね。だけどなあ……なんて曲だったかなあ」

「〈コパカバーナ〉?」と、シアン。

「〈歌の贈り物〉?」と、バッキー。

わたしは、じれた。お願いよ、誰か〈哀しみのマンディ〉といって。

「〈想い出のなかに〉?」

「〈涙色の微笑〉?」

ヴァージルが指をぱちっと鳴らした。

「思い出した!〈哀しみのマンディ〉だ!」

「あら、わりと古い曲ね」と、わたし。

「そう。でも彼がいうには、この曲を聴くとある人を思い出して、うれしくなるらしい」

「だけど補佐官の奥さんの名前は、マンディでもアマンダでもないわよね?」

ありがとう、シアン! どうかヴァージルがこれに答えてくれますように——。彼は期待を裏切らなかった。

「うん、奥さんの名前はスーザンだ」

「じゃあ、奥さん以外の人?」わたしは精一杯、はやる気持ちを抑えた。

「愛人がいたとか」と、シアン。「その人の名前がマンディ?」

「たしか、ペットの犬の名前だよ」バッキーがいった。

「それなら〈シャノン〉じゃない？　バリー・マニロウの曲じゃないわ」と、わたし。

また考えこんでいたヴァージルが口を開いた。

「マーク・コーリーが浮気をしていたとは思えないけどなあ……」

「シークレット・サービスや警察に、そのことで何か質問されなかった？」わたしは彼に訊いてみた。

「パティと恋愛関係にあったか、とは訊かれたが、それは絶対にない、と答えた。あの子はずいぶん若いからね。マークはまともな男だから、子ども程度にしか見てなかったと思うよ」

まともな男？　奥さんを裏切ったかもしれない人が？　だめ、だめ、先走っちゃだめ。わたしは自分を叱った。でもあの曲を着信メロディにさせるほどの人が誰なのかがわかれば、犯人の大きな手掛かりになるような気がしてならない。

「どうしたの、オリー？　気分でも悪いの？」シアンが訊いた。

「もし犯人が、ふたりは恋愛関係にある、と信じていたら？　コーリー補佐官の奥さんが犯人ってことはないわよね？」

「彼女はヴァーモントにいるよ」と、ヴァージル。「それに警察は、とっくに彼女を調べたらしい。新聞にそう書いてあったから。完璧なアリバイありだ」

「そういえばそうね。記事を読んだのを忘れていたわ」ぜんぜん、忘れてなんかいなかった。

この場では、強まる疑惑を口にするよりいいと思ったにすぎない。マンディが誰であれ、その人がふたりを手にかけたのではないか、という疑惑――。

「きみが真犯人を見つけたら、表彰ものだよ」ヴァージルが笑った。「新聞を読んだのさえ忘れてるんだから」

「ほんとにね」と、わたし。

でもバッキーとシアンは、わたしをじっと見つめている。ヴァージルはふたりにまったく注意を向けないけど、バッキーの目には警告の色があふれていた。

「オリーは事件に深入りしたりしないよ、自分を大切にするならね」

シアンの顔つきもバッキーとおんなじだ。

「今回はとくにね。いまでもかかわりすぎなんだから」

わたしたちに背を向けているヴァージルは、言葉の深い意味を感じとれない。

「次回、答えがほしかったらぼくに訊けばいいよ。こう見えても、きみが思っている以上にいろいろ知っているから」

わたしはバッキーとシアンにウィンクした。

「ええ、そうさせてもらうわ」

仕事が終わるときょうも、シークレット・サービスのスコッロコがアパートまで車で送ってくれた。おかしな人間が近づかないようにするためで、これなら誰も手の出しようがない。

新しい相棒は、毎朝アパートまで迎えにきてくれ、毎晩アパートまで送ってくれる。そしてわたしに、後部座席でおとなしくしているように、よけいなことはしないように、と指示した。

彼は車を走らせながら、途中で寄りたいところはないか、とかならずわたしに尋ね、わたしは毎回、ありませんと答える。ところが今夜、彼はその質問をしなかった。いつもと違ったようすはとくに感じないけど……。どうしたのかしら？

わたしは運転席のほうに身をのりだした。

「寄りたいところがないか、きょうは訊かないの？」

スコッロコはハンドルをいつもとぴったりおなじ位置で握り、道路からちらとも目をそらさない。

「きょうはどこにも寄れません」やわらかいケンタッキー訛り。「アパートへ直行するよう指示されました」

「あら、このあとまたべつの任務がひかえているの？」

返事はない。これまでの経験から、スコッロコとの会話は、期待するだけむなしいのがわかっている。だからまた椅子の背にもたれ、携帯電話をとりだしてギャヴにかけてみた。

「やあ」すぐにギャヴの声。

「すごい。呼び出し音一回よ」こんなことはめったになかった。たいていはお互い電話をかけてもすれちがいがつづき、何時間もたってようやく声が聞けるのだ。「今夜も忙しい？」

彼は答えない。

スコッロコが気になったけど、いつもとおなじで、わたしがしゃべることにはまったくの無関心。

「きょうはいろいろあって、話し相手がほしくなったの」

「とっくにいるよ」

「ん？」

「そのうちわかる」

ギャヴは電話を切った。

わたしは運転席の背もたれを、とんとん、と叩いた。

「これから何かあるの？　まっすぐアパートに帰るんでしょ？」

「自分には情報開示の権限がありません」

「わたしがわたしのことを訊いてるだけなのに」これは質問ではなく、当然彼も答えない。

どすっと座席にもたれて腕を組み、窓の外、走りすぎる夜の町をながめた。

アパートに着いても、スコッロコが周囲を確認してOKを出すまでは車から降りない。でも今夜は、停車するなり外に出た。ひょっとして、ギャヴがいるんじゃない？

スコッロコもあわてて降りてきた。「ミズ・パラス――」

アパート周辺は今夜もひっそりし、人影はなく、入口前で待つ人もいない。

そのうちわかる、というギャヴの言い方から、こちらに向かっているか、先に到着していると思ったのだけど……。でも、そう、スコッロコに姿を見られたら？　たぶん見られたくはないはずだ。

スコッロコは車のフロントをまわってくると、叱るような口調でいった。

「ミズ・パラス、周囲の安全を確認するまで――」

わたしは手を振って止めた。「心配しないで。すぐアパートに入るから。もう帰っていいわよ」

彼は納得しない。「自分は指令を受けており――」

「問題なく無事にアパートまで送る、という指令なら、もう遂行したわ。わたしは無事よ。わたし自身が問題を起こすかどうかは、誰も予測できないしね」スコッロコは笑わなかった。仕方がない。「まだ不安なら」と、アパートの玄関ガラスを指さす。「完全になかに入るのを見ていてちょうだい」

すると、四人の男がこちらに走ってきた。ふたりは道路のアパート側から、ふたりは反対側からで、一瞬ぎょっとしたけど、すぐ胸をなでおろす。四人ともダークスーツで、険しい顔つき。耳にはイヤホンのコード、襟には小さなバッジ。あれはまちがいなくシークレット・サービスだ。

でもどうして、このアパートに走ってくるんだろう？　と、首をひねったら、スコッロコに腕をつかまれた。

「車にもどってください、ミズ・パラス」

わたしはすなおに従った。

四人のうちひとりがスコッロコのそばに到着して何か話したけど、車内にいたわたしには聞こえない。窓のガラスを下げようにも、スコッロコの持っているキーがなければできなかった。ふたりは声をおとしているのだろう、窓ガラスごしに耳をそばだてても、聞こえるのはぼそぼそ低い音だけだ。ほかの三人はフロントドアの近くで話し、身振り手振りから、何かをさがしているようだった。あるいは、誰かを。

電話が鳴った。ギャヴからだ。

「どうしたの？　何かあったの？」

「動かないように。すぐそちらへ行く」

電話は切れた。

スコッロコとほかの四人は、車をぐるっと囲むようにして、背をこちらに向けて立った。それにしても、フロントのジェイムズが外のようすを見にアパートから出てこないのが気になる。まさか彼の身に何かあったわけじゃないわよね？

それからしばらくして、車内に閉じこめられていらいらしはじめたころ、ギャヴが到着した。五人に何か短く伝え、全員がその場を少し離れる。

「ミズ・パラス」ギャヴがドアをあけてくれた。その顔は無表情。「降りてください」

「ありがとう」車から外に出て、そばにいるシークレット・サービスを見まわす。「何があったの？」

ギャヴはアパートのほうに腕を振った。「なかで説明します」ほかの五人を残して歩きはじめ、スコッロコだけがギャヴと目を合わせた。「きみは帰ってかまわない。四人はここで待機してくれ。ミズ・パラスへの事情説明が終了後、すぐに指示を出す」

フロントデスクの前にジェイムズがいた。わたしたちを見て、思いがけないプレゼントをもらった少年のように小躍りせんばかりだ。

「よかったよ！　彼らはなんにも説明してくれないんだ、オリーを追っている者がいるかもしれない、というだけでね。ほんとうにそうだったのかい？」ギャヴを指さす。「この人ならまえにも見たことがあるが、ほかはひとりも知らなかったから」ギャヴを指さしたままつづける。「あなたの部屋に通したが……それでよかったのかな？」

「ええ、よかったのよ、ジェイムズ。ありがとう」

ジェイムズはほほえみ、眉間の皺が消えた。「ほっとしたよ。オリーは刺激的な生活をしているから」

「そうかもね」と、できるだけ明るい声でいった。ただし、この状況ではあまりふさわしくなかったかもしれない。ギャヴは変わらず無表情だ。

「さっき、ここで大騒動があったんだよ」

ジェイムズはまだ話したいらしいけど、どんな騒ぎ？　と訊くのは我慢する。

「ギャヴィン特別捜査官の部下の人たちが、外で待っているの。捜査官が部屋でわたしに事情説明してからでないと、みんな帰れないのよ」ジェイムズは肩をおとした。「いずれおちついたら話すから。ね？」

ギャヴとわたしは無言でエレベータに向かい、ジェイムズに聞こえない場所まで行ったところでギャヴが訊いた。

「彼に何を話す？」

「何があったのか、はっきりしてから考えるわ」

「とくに何もない。だが、用心は必要だ。水曜の夜、地下鉄であのようなことがあった以上、気をぬくことはできない」

「でも……〝とくに何もない〟のでしょ？」

「人に話すほどのことはない、という意味だ」

「わたしの部屋に入ったんでしょ？」

ギャヴはうなずいた。

エレベータを待ちながら、パニック寸前になった。でもこの状況が不安なのではない。キッチンのテーブルに置きっぱなしにしたものを思い出したのだ。

今朝、この数日でやるべきことをメモしていき、そこに落書きもした。気持ちがおちつかないときの癖で、わたしの絵は絵と呼べないくらいへたくそだ。でも今朝は、落書き以上のものを書いてしまった。ギャヴのことばかり考えていたから、女の子がよくやる、好きな男の子との相性占いをしたのだ。その子の名前と自分の名前を並べて書き、aとかeとかおなじ文字があったら消していき、最後に残った文字数で相性を見る。小学生のころ以来だから、ルールは正確には覚えていない。でもいまのわたしには、正確さなんかどうでもよかった。

ギャヴの名前を書いたその紙を、わたしはテーブルの真ん中に置きっぱなしにした。彼がわたしの部屋に入った理由より、そっちのほうが心配だった。幼い落書き。ハートもいっぱいちりばめて。おまけに矢まで刺したりして。そこには彼とわたしのイニシャル。

ギャヴの顔をまともに見ることができない。いまのわたしの表情を見られたくない。

「あの……部屋に入って、何かおかしなものを見つけたりした？」

ギャヴはわたしが顔をあげるのを待ってから答えた。

「いいや、とくに不自然なものはなかった」

表情に変化なし。

「不自然なものがある、と考えて部屋に入ったの？」

「そうだ」

エレベータに乗り、ギャヴは階数表示のランプを見つづける。そして十三階でドアが開いた。

「寄り道が必要だな」

その点でほとんど選択肢はないから、ギャヴがウェントワースさんの部屋をノックしてもたいして驚かなかった。ウェントワースさんはすぐにドアをあけ、わたしを見てほっとした顔になる。

「それで？」ウェントワースさんは杖をつきながらギャヴに尋ねた。「どうなったの？　あの男をつかまえた？」

「残念ながら逃がしました。通報していただき、感謝します」

ウェントワースさんはわたしを見て、ギャヴを見て、またわたしを見た。

「何があったか、聞いていないのね？　あれからまだ一時間くらいしかたっていないけど」腕時計を見て、目を細める。「あなたの生活は規則正しくないのに、この時間は部屋にいると思った人がいるみたいよ」顔をしかめ、目つきが険しくなる。「怪しい男を見かけたの。あなたを慕って来た感じではなかったわね」

わたしは何もいえず、ギャヴをふりむいた。でもギャヴはまったくこちらを見ない。わたしの腕を握ってはいるけど、気遣いなどのやさしさは感じなかった。

「また不審な人物を――」彼はウェントワースさんにいった。「見かけたり、怪しい音を聞いたりしたときは、どうかご連絡ください」わたしの腕を放し、名刺をとりだして差し出す。「自分の携帯電話の番号です。ただ、かならずつながるとはかぎらないので、その場合は下の番号へ――」

ウェントワースさんは名刺を持った手をまっすぐ前にのばし、遠くからながめた。

「ええ、この番号ね」

「そちらは二十四時間つながります。そこであれば、伝言はかならず伝わり、場合によってはただちに人員を送ってくれます」

ウェントワースさんは満足げに、ピンクのスエットシャツのポケットに名刺を入れた。

「いくらでも協力するわよ。それでひとつ、お願いしてもいい？」

「はい、なんでしょう？」

「たまにはあなたがひと晩過ごしてくれたら、オリーは安全だとわかって、わたしもぐっすり眠れるんだけど」

ギャヴは小さく呟きこんだ。顔がみるみる赤くなる。

「ええ。はい。検討してみます。ありがとうございました、ウェントワースさん。おやすみなさい」

でもウェントワースさんの話は終わっていない。

「きょうはひと晩過ごせるの？」

ギャヴは助け舟を求めるようにちらっとわたしを見たけど、すぐにこういった。

「残念ながら、まだ仕事がありますので」

ウェントワースさんはしかめ面をした。レディらしからぬ鼻の鳴らし方をし、頭を横に振る。

「できればここにいてもらいたいわね」それだけいって、ウェントワースさんは扉を閉めた。

わたしとギャヴはその場につっ立ったまま顔を見合わせた。

「おやすみなさい！」わたしはドアに向かって大きめの声でいってから、ギャヴにささやいた。「心の熱い人なのよ」

「そして良き隣人だ」

わたしは鍵をとりだしてドアをあけ、ふたりでなかに入った。

「最初から話してもらえる？」

「それほど長い話ではない」

「下でのようすから、見当はついてるけど……」

室内は荒れ放題で、今朝、出ていったときのまんまだった。キッチンのカウンターには紙面がばらばらの新聞、ドアぎわのサイドテーブルには郵便物の山、ベッドはブランケットもシーツもめくれて皺だらけ――。ギャヴはこんな部屋に入ったのね？

「すわってちょうだい」リビングに入りながらいったけど、やっぱりキッチンをのぞいてみたい。ただの落書きとはいえ、ギャヴが見たかどうかは知りたかった。

「ゆっくりするほどの時間はない。どこへ行くんだ？」

「お水を持ってこようと思ったの。それくらいの時間はあるでしょ？」

キッチンに入ると、落書きした紙の端が新聞の下からのぞいていた。出勤するとき、たぶん朝刊をそこに放り投げたのだろう。ほっとした。ささやかな秘密は守られている。

「オリー」ギャヴは苛立った口調でいった。「話したい。いますぐ」

「はい」水も持たずにリビングにもどる。「それで……何があったの？」

「一時間半ほどまえ、男がひとり、ジェイムズに気づかれずにこの階まで上がってきた。ウエントワース夫人の話によれば、黒髪で、黒いコートを着ていたらしい。夫人は怪しい男がこの部屋の前にいるのを見て、出ていけと叫んだ。男はすぐに姿を消し、夫人は通報した」

「目撃して声をあげたら、ウェントワースさんの身が危険なんじゃない？」背筋が寒くなった。

「彼女はじつにタフだよ」ギャヴは感心したようにいった。「駆けつけたシークレット・サービスが、不審者とじかにやりあうのはよくないと注意したら、きょうは退屈だった、あれがいちばん興奮した、といったそうだ」

　わたしはまぶたをこすった。「あの人は刑事ドラマを見すぎなのよ……。でも、どうしてあなたまで来たの？　ウェントワースさんは警察に通報したんじゃないの？」

「夫人が通報したのはホワイトハウスで、シークレット・サービスと話したい、といったそうだ」ギャヴは苦笑した。「笑ってはいけないんだが、そのとき、きみの名前を出したらしい。きみが過去にしたことは、ほとんど伝説のようになっている」

「あら……そう」

「夫人はきみが車で送迎されているのに気づいたんだろう。気の強そうな人だが、勘も鋭い。車の送迎が始まったのは、レキシントン殺人事件のすぐあとだ。そのふたつを結びつけ、夫人はきみが事件にからんでいると踏んだ」

　わたしは椅子に腰をおろした。「ウェントワースさんらしいわ」小さなため息。「ここで秘密を守りぬきたかったら、彼女に要注意、ってことね」

「守りぬくのは無理だな。夫人ときみはよく似ている」

「レキシントンといえば――」わたしは思い出した。「首席補佐官に電話をしたのは誰なのか、わかった？　あのとき〈哀しみのマンディ〉が流れたのは知っているでしょ？」

「まだ捜査中だ。使われたのはプリペイドの電話で、ウォルマートで現金で買われたところまではわかっているが、その先は簡単にはたどれない。だが、優先順位としては高くない事項だ。かけた人物は、コーリーの死を知らないと想定できるからね。犯人とは考えにくい」

「だったら、あの着信メロディは？」

「ああ、承知している。未解決の疑問のひとつだ。しゃべっているＤＪには事情聴取し、裏づけ捜査を行なった結果、事件とは無関係と考えられる。コーリーは相手のプリペイドの電話番号を登録保存し、あれを着信音に設定したが、〝マンディ〟が誰なのかは、現在不明だ」

「番号を登録したなら、名前を付けてあるでしょう？」

「想像がつくんじゃないか？」

「苗字なしの〝マンディ〟ね」

ギャヴはうなずいた。

「でも……犯人の可能性は低くても、マンディが誰なのかはっきりしたら、大きな手掛かりになるんじゃない？」

「おそらくね。しかし、それはきみの仕事ではない」

トムのようなお説教が始まる、と思った。でもびっくりしたことに、ギャヴはつづけてこういった。

「だがきみなら、われわれが見過ごした手掛かりに気づくかもしれない。目を見開き、耳をすましていてくれ。しかし何より肝心なのは、危険を冒さないことだ」

「わかりました」

「ともかく安全第一でいく。今後は常時、アパートの外に人員をはりつける」

「心配してくれるのはありがたいけど、でも――」

ギャヴは狭いリビングを歩きまわった。「心配しているのはわたしだけではない。どこかの誰かも、心配している。きみが殺人事件にかかわったのを知っている者、そしてベッテンコート氏を救ったことも知っている者だ。いったんきみを見つけたら、楽しくおしゃべりする気などないだろう。はいさようなら、と帰す気も。自分の目的を果たすまで、そんなことはしない。いま、政権は脅威にさらされている。そしてきみは、そのただなかにいる」

「今度もまた？」

「そう、今度もまただ」バルコニーのドアの前で立ち止まり、ガラスの向こうをながめる。

「これは閉めておきなさい」ギャヴはカーテンを引いた。いきなり部屋が暗くなり、シルエットだけがこちらをふりむく。「きみを心配していない、といえば嘘になる。しかしわたしの第一の、最大の務めは、この国を守ることだ。いまこうして、きみの身も守れることを神に感謝しなくてはいけない」両手で髪をかきあげる。「きみにはずいぶんいらいらさせられたよ。わが身をかえりみず、勝手な振る舞いばかりしたからね」

「いまは？」

「きみはいまも、わが身をかえりみず、勝手な振る舞いをする。だがわたしはもう、いらついたりはしない。ただ――とても怯えているだけだ。きみは大怪我をするかもしれない。とりかえしのつかない大怪我を」

わたしは彼のほうへ行こうと、椅子から腰をあげた。でも彼が顔をしかめたのを見て、またすわる。

「そばに行っちゃいけないの？」

「それが問題でね、わたしには」

「恐れている……から？」

彼は答えない。答える必要もなかった。

「シークレット・サービスがこのアパートに二十四時間はりつくなら、あなたはもう訪ねてくれないということね」

「きみの安全のためだ」

「でも……」

ギャヴは椅子のそばへ来ると、しゃがんでわたしの両手をとった。

「ともかく、この事件をのりきろう。事件さえ解決すれば……」

「そうしたら、前に進むチャンスが生まれる？　それともずっと友人のまま？」

「いいかい、オリー。いまは何より、きみの身の安全が最優先だ」

「そうじゃなくて、ギャヴ――」

彼はわたしの唇を人差し指で押さえ、「わかっている」といった。「まだ準備ができていない。いまは、まだ」

彼は部屋から出ていき、わたしは心のなかでつぶやいた――準備のできる日が、いつかほんとうに来るのかしら。

11

朝になり、シャワーを浴びて、急いで軽い食事をする。ベビーシッターがいるかも、と思ってドアをあけて外をのぞくと、廊下を歩いているのは女性のシークレット・サービスだった。

「おはようございます」わたしは声をかけた。「ひと晩ずっとそこにいたの？」

彼女は時計を見ると、「ずいぶん早いお目覚めですね」といった。「わたしは三時からここにいます」ドアまで来て握手。「ローズナウと申します」

「オリヴィア・パラスです」

彼女の目が、それくらいわかってます、というように笑った。

「オリーと呼んでちょうだい」ドアを広くあけた。「なかに入ってコーヒーでも飲まない？お腹は？」

ローズナウの笑顔はすてきだった。わたしより二つか三つは年上だろうか。背が高く、いかにも筋肉質。ブロンドの髪はスーパーショートで、それもカットしたばかりのようだ。彼女はお礼をいってから、コーヒーを辞退した。

「きょうは休日ですよね？　それでもこの時刻に起床するのは、何か重要な予定でも？」

「今夜大切なディナーがあるから、休むわけにはいかないの」朝食と昼食はヴァージルが用意するので、わたしは大統領と顧問の一部が集まるディナー・ミーティングに集中すればいい。だからいつもは四時起きなのをいくらか遅めにした。「もう六時半だわ」

「出勤の情報は入っていませんでしたが調整します。出かける準備はあとどれくらいで？」

「十分かな。五分でも」

「すぐ車を呼びます」

彼女は携帯電話をとりだしてかけはじめた。わたしは部屋にもどり、忘れ物はないか確認する。今夜のディナーは比較的楽なほうだった。もともと大統領プラス十一人で、イーサン・ナジが加わっても十二人。下準備の多い新作料理がいくつかあるけど、食材制限には十分配慮した。早く仕事にとりかかりたい。休みはまたいつかとればいいのだから。

少しして、ローズナウがドアをノックした。

「ドライバーがこちらに向かっています」

ドライバー？　首をかしげたのがわかったのだろう、彼女はすぐいいそえた。

「わたしはここが担当なので、離れることができません。情報では、きょうは休日ということでした。新たな指令が出るまで、建物から出るわけにはいかないのです」

「それだとこれは……」軟禁と変わらない、まるで監視されてるみたいだわ、とはさすがにいえない。

「はい、厳重な警戒警護です」

「ほんとにね」

「車が到着するまで十分か……おそらくもう少しかかるでしょう」

わたしはほほえんでうなずいた。ほんとにすごい、と思いながらドアを閉める。十分や十五分くらい遅れてもたいしたことはないけど、気持ちはおちつかない。コートを持って、携帯電話を持って、仕事の覚え書きをした紙を持って、五分とたたないうちに廊下に出た。

「車はまだ到着していません」ローズナウは、さっき話したばかりなのに、という顔をした。

「外の空気を吸いたいの。下で車を待つわ」

彼女は不満そうだったけど、止めはしなかった。

「ではいっしょに行きましょう」

エレベータに乗ってから、わたしは彼女にいった。

「早朝に何か仕掛けてくる人がいるかしら？　地下鉄でも平気じゃない？」

その顔つきから、彼女の答えは明白だった。もちろんわたしのほうも、地下鉄を許可してもらえるとは思っていない。でもここまでされると、息苦しかった。

ジェイムズも一日じゅうフロントデスクの前にいるけど、ふつうの人間らしく、ときには眠る。いまは代理の人がいて、わたしは挨拶の手を振った。年配の男性はにっこりし、「おはよう、オリヴィア！」と返してくれて、彼の名前を思い出せないことに気がとがめた。

気温は徐々に上がってはきたけれど、きょうも季節はずれの寒さだった。白みはじめた空は晴天を告げ、湿った土の香りは新芽の誕生を告げているようだ。気持ちのいい新鮮な空気を胸いっぱいに吸いこんで、玄関からもっと離れた。後ろにローズナウがついてくる。

「コートを持ってこなかったの？　寒くない？」

「外でお待ちになるとは思っていなかったので」そして駐車場を指さす。「あれがわたしの車です」

「だったら、車のなかにいたら？」

ローズナウはかぶりを振った。「ここで問題ありません」

「歩いて一分もかからないし、わたしはどこにも行かないわ」

「ここで問題ありませんので」

「せめて上着のボタンをとめたら？」

「それはできません」

そういえばシークレット・サービスは、上着の前は常時かならずあけておく決まりだった。

「ごめんなさいね。外じゃなくロビーで待つことにするわ」

ローズナウが玄関ドアをあけようと腕をのばすと、携帯電話が鳴った。彼女が電話にでるため脇にどいたとき、わたしの視界の隅で、左手の離れた植え込みで、何かが動いた。あれはリスなんかじゃない。誰かがこちらをのぞいているのだ。

葉っぱや枝の揺れる音がして、わたしは後ずさった。人影は移動し、ひときわ高い常緑樹の幹に隠れた。あれは隣の敷地との境界線代わりに植えられたものだ。木々なら見栄えがいいからで、何かを隠すためではない。

「ちょっと、そこの人――」

ローズナウはこちらに背を向けて話しているので、わたしの声は聞こえない。

アパートの玄関は、れんがの壁面より少し外に張り出している。わたしはその陰に入った。あの人影は、背の高さがわたしくらいのようだ。朝帰りした酔っ払い住民という可能性もなくはないけど……。

怖さより、好奇心のほうが勝った。あたりはすでに明るく、銃を持ったシークレット・サービスがすぐそばにいて、必要ならアパートに駆けこめばいい。人影をもっとよく見ようと、首をのばした。

すると人影はまた動き、植え込みの枝の折れる音がして、わたしはローズナウの腕をつかんだ。彼女はふりむき、何かいおうとし、わたしは人影を指さした。

「背中の後ろに隠れてください」

彼女の命令に、すなおに従う。

アパートの年配のドアマンは興味津々でこちらを見ている。ローズナウは銃を抜き、反対側の腕を後ろのわたしにまわした。ありがたいというべきか、銃撃戦は何度も経験しているから、ここでよけいなことをする気はさらさらない。

ドアマンは立ち上がるとデスクの外に出て、こちらに歩いてきた。わたしは手を振り、彼を止める。

「出てきなさい！」ローズナウが植え込みに向かって叫んだ。「両手をあげて、名乗りなさい！」

震える声が返ってきた——「銃をおろしてくれ。何も悪いことをする気はないから」

なんとなく、声に聞き覚えがあるような。

「怯えているみたいだけど」わたしはローズナウの背中でささやいた。

「出てきなさい！」植え込みをにらんだまま、ローズナウはくりかえした。「三度めはない！」

「わかった、わかったから撃たないでくれ」

そのときドアマンが外に出てきた。

「いったいどうしたんです？」

「なかにもどりなさい！」

恐ろしい口調に、ドアマンは両手をあげてロビーに後ずさり、その大きく見開かれた目とわたしの目が合った。彼は電話をかける仕草をし、声には出さず口だけで〝911？〟と訊いた。

わたしが答えかけたとき、植え込みから男が現われ、そろそろと近寄ってきた。両手を高くあげ、見るからにおどおどしている。あら、あれはミルトンじゃないの。

わたしはローズナウにいった。「平気よ。わたしの知っている人なの」それからドアマンをふりむいて、電話は不要だとかぶりをふる。するとどうやら、彼はがっかりしたらしい。

ローズナウはかまえていた銃をおろしたけど、視線はミルトンから一瞬たりともそらさない。

「手はあげたままにしておきなさい」銃をホルスターにしまい、そばに来たミルトンの身体検査を始める。

「何をしてたの？」わたしは彼に訊いた。「もう少しで撃たれるところだったわよ」

背中を向けていたミルトンは、顔だけふりむいた。

「あんたにボディガードがいるとは思わなかったんだ」いまローズナウは彼の足を調べている。「話をしたかっただけだ。いつもは朝早いのに、きょうは遅めだった」

「どうして朝早いのを知ってるの？　まさか見張ってたんじゃないでしょうね？」

ミルトンの顔が赤くなった。「すんだか？」ローズナウに訊く。

彼女は後ろにさがった。「身分証を見せなさい」

ＩＤを差し出すミルトンに、わたしは重ねて訊いた。

「どうして見張ったりするの？」

「ピーティは相手にしてくれないし、あんたの捜査にも協力できると思ったんだ」

ローズナウは疑惑いっぱいのまなざしでわたしを見た。

「捜査というのはなんでしょうか、ミズ・パラス？」

「なんでもないわ。わたしは捜査とか調査とか、そういうのは何もしていないもの」

ミルトンはローズナウを指さした。「この人はシークレット・サービスか？」

わたしはうなずいた。

「じゃあ、この人の前でしゃべってもかまわないのか？」

「かまわないけど、わたしは捜査とかしていないわよ」

「このまえ会ったとき、話した件だ」

頭をフル回転させて、この場の状況を考えた。ミルトンがレキシントン殺人事件のことを話しはじめたら、ローズナウは彼も調査対象として報告するのではないか。ミルトンは潔白だと思うけど、サージェントは苦しい立場に追いこまれるだろう。日ごろ、サージェントには腹が立つことも多い。でも、それとこれとは違う。

「ごめんなさい。ちょっとだけ、彼とふたりきりにしてもらえる？」

ローズナウにいうと、かなり不満げながら、ロビーに入った。ただし、ミルトンに向けられた恐ろしい視線は〝あなたから目を離しませんからね〟といっている。

ミルトンは咳をした。

「ずっとお酒を飲んでいたの？」

「おちつく場所が必要でね」

「お酒でおちつけるとは思えないけど」ミルトンは人生を棒に振った、みたいな言い方をサージェントはしていた。「あなたとピーターのあいだに何があったの？」

「ピーティから何を聞いた？」

「たいしたことは何も」

ミルトンはそわそわきょろきょろした。「その話は、またいつか時間があったらな。それで、殺人事件でおれが見つけたことを知りたくないか?」

「首都警察とシークレット・サービスが捜査しているから——」

ミルトンはわたしに顔を近づけた。ローズナウに口の動きを見られたくないのか、片手を頬に当てて口を隠す。でもそれで、息がお酒臭いのをよけい感じた。

「黒幕の正体がわかったよ」

わたしはミルトンの腕をつかんだ。

「家に帰って少し休んだほうが——」

ミルトンはわたしの手をふりはらうどころか、その上に自分の冷たい手を重ねた。

「いいから聞けよ」

「体が冷えきってるわ。ロビーに入りましょう」

「あのシークレット・サービスに聞かれたくない」

「ずいぶん長い時間、外にいたんでしょう?」

「慣れてるよ。さあ、いいから聞け」どんよりした目に光がもどった。「あの日、男がピーティにぶつかっただろ?」

わたしはうなずいた。

「あの追突男ともうひとりが、おれの働いてる店に来たんだよ。ふたりはバーのカウンターにすわった。それから少しして、遅れてもうひとりが現われた。そいつがなんと、おれでも知ってる顔でさ。大物だったんだよ」

「え？　誰？」

ミルトンは顔をしかめた。「それがなあ……名前を思い出せないんだ。だけど政治家とか偉い役人とかだよ。それはまちがいない。名前が出てこないだけでね。そのうち見つけてやる」

「でも、それはたまたま――」

「最後まで聞けって！」

話が早く終われば、それだけ早く別れられる。

「悪かったわ。つづけて」

「どっちも、お互いに知らんふりしてんだよ。けどな、見てるとわかるんだ。体の動き方とかでね。おれはさんざん、いろんなやつに騙《だま》されてきたからさ。これはおかしいと、ぴんときた」

「そのあと何かあったの？」

「最初のふたりは店を出て、東へ行った」ミルトンは、近くに誰もいないのを確認するようにきょろきょろした。でもここでは、風にそよぐ木の葉の音と、通りを走る車の音くらいしか聞こえない。「そのあと何分かして、役人も出ていった。ただし、東じゃなく西へね」

わたしはじりじりしてきた。

「おれの勘といったって、まちがってるかもしれない。だからそのまんま仕事をつづけた。

でもな、休憩で煙草を吸いに裏口から出たら、あいつらがいたんだよ。ふたりとひとり。三人でしゃべってるんだ」

「どんな話をしてたの？」

「なかみまではわからない。そばに寄ったら怪しまれるからな」

「あなたは姿を見られなかったの？」

ミルトンはさびしげな顔をした。「あんただって、わかってんだろ？　おれなんか、石ころとおんなじだ。レストランの下働きで……。レストランだろうがどこだろうが、顎で使われる下働きは世のなかにごまんといる。誰もまともに顔なんか見やしないよ。いてもいなくても、いっしょなんだ」

スタッフがいてくれなかったら、わたしは仕事ができない。いやな仕事でも雑用でも、責任をもってやってくれる仲間たち。

「そんなことないわ。いてくれないと困るわよ」

ミルトンは、はねつけるように手を振った。

「ともかくな、あいつらはおれに気づかれたことに気づかなかった。あの追突男が、なんで政府の大物と会うんだ？　殺しの裏に、そいつがいるからだよな？」

まず大きな疑問がひとつあった。ミルトンは、ぶつかってきた〝追突男〟の顔をそんなにしっかり見て覚えていたのか。レストランに来たのはあの男だと断定できるほどに？　何かをしたい、という欲求と想像力が、ふたりをおなじ顔に見せてしまったのではない？　でもそれを彼に問う気はなかった。自分は社会に見捨てられたと思っているミルトン。ここでその思いを新たにするようなことを、わたしはいいたくない。

「もしあなたの観察どおりだったら、三人は顔見知りであるのを人に知られたくなかったのね？」

彼は信じてくれというように、何度もうなずいた。

「でも、だとしたら……政府の人間が首席補佐官とファースト・レディのアシスタントの殺害にかかわった、ということ？　それはちょっと信じがたいわ」

ミルトンは首をすくめた。「そこはあんたが謎解きしなよ。おれは自分にやれることをやったんだ」

「わかったわ。この話は関係部署の人にわたしから伝えるわね」残念ながら、そんな人はいないけど……。

「おれの話が役に立ったら、総務部長に推薦できるだろ？　部長がホワイトハウスにもどってきたあとでいいから」

頭のなかで何かが、ちくちくっとした。ミルトンの話のどこかが、何かが、引っかかる。わたしはミルトンに尋ねた。

「そのもうひとりの男――〝追突男〟といっしょにお店に来た人は、どんな外見だった？」

ミルトンはまた咳をした。むりやりにでもロビーに入れたほうがいいかしら？　耳と鼻は真っ赤なのに、顔は青白い。

「思い出すから待ってくれ」ミルトンは目をつむり、眉毛を掻いた。「あいつは……背が高くて、でかかった。大男、といっていい。歳は三十くらいかな」目をあけたとき、わたしの顔つきがあまりに真剣でびっくりしたらしい。「もっと知りたいか？」

「思い出せることはなんでも」

額をぽりぽり掻く。「目の色は……覚えてないな。それでも、豚みたいというか……」両手で体格を真似る。「ずんぐりむっくりしていた。だけど目は小さくて、それも離れていて」

心臓がどきどきしてきた。「髪の色は？」

「うーん……ブロンドか……いや、もっと濃かったな。思い出せないよ。でも、ふさふさじゃなかった。おれは追突男のほうばっかり見てたからな。そうだ、外にいたときはずっと帽子をかぶってたよ。それで髪の色まで覚えてないんだ」

「何か、ほかには？」

目を細め、またつむる。「ほかといっても……あ、そうだ！　顎に太い溝があったな」

意味はわかる。割れ顎ということだ。

「ブラッドだわ」声を殺してつぶやく。例の、地下鉄の男だ。

「知ってる男か？」

「ううん。姿を見たことがあるだけ」

「それで？」

「それだけよ」

ミルトンは疲れた顔をした。「いい情報だと思ったんだけどな……」

「ええ、たぶんそうよ」いい情報どころか、すばらしい情報、のはずだ。わたしは道路に目をやった。車はまだかしら？　そろそろホワイトハウスに行かなくては。

気持ちが通じたのか、ロビーにいるローズナウが腕時計を見た。その口がわたしに向かって〝五分〟という。

「まあな、あんたに話す価値はあると思ったんだ」ミルトンも帰る気になったらしい。「ピーティからホワイトハウスには来るな、おまえが来たら自分はクビになる、といわれた。そんなこと、いやだからな」

「いったい何があったの？」

ミルトンはうつむき、つま先で地面を蹴った。

「おれがいけないんだ。大きな失敗をやらかしたんだ」

わたしは彼をせかさなかった。

「ひどい話だ」うつむいたまま。「あんたには話したくない」

ローズナウが外に出てきて、わたしの尋問からミルトンを救った。

「車が到着しました」

わたしはミルトンの腕をぎゅっとつかんで放した。

「ごめんなさいね」ほかにどういえばいいかわからない。

ミスター沈黙――スコッロコの運転で、ホワイトハウスに向かった。そして残り半分あたりで、わたしは指を鳴らした。スコッロコは動じない。

「ゆうべ、わたしのアパートに来たのは、たぶんミルトンだわ」

スコッロコは無言だ。バックミラーでわたしと目を合わせることもない。

「さっき訊いてみればよかった……」ウェントワースさんの目撃した侵入者がミルトンだったら、二十四時間のボディガードは不要になるかもしれない。でもどうすればミルトンに確認の連絡ができるか？　そう、サージェントならできるはず。


「誰かきょう、サージェントを見た？」

わたしが訊くと、厨房の向こうでバッキーが薄笑いを浮かべた。

「このところ、しょっちゅういっしょにいるのに、まだ会いたいか？」

わたしは手を洗い、タオルで拭いてから、「とんでもない」と苦笑いした。「いくつか確認したいことがあるだけよ」

シアンがボローバンのフィリングを準備しながら、「今朝、見かけたわ」といった。「総務部長室で――」鼻の頭に皺が寄る。「あそこはポールじゃなく、まるでダグのオフィスになったみたい。それで、きょうのディナーの注意書きをもらいに行ったら、サージェントがダグに抗議してたの」

「また新規の揉め事か？」と、バッキー。

「すぐもどってくるけど、そのあいだよろしくね」

わたしの言葉に、ヴァージルは背を向けたまま、「はい、ごゆっくりどうぞ」といった。バッキーとシアン、わたしは顔を見合わせた。三人の絆がいっそう強まったのは、ある意味、ヴァージルのおかげかもしれない。

「ほんとにたいへんだわ」わたしは声を少し大きくして愚痴った。「プライドが高くて融通のきかない人と仕事をするのは」

「おい」ヴァージルがふりむいた。「それはサージェントのことだよな?」

わたしはにっこりすると、厨房を出ていった。

サージェントのオフィスは、西棟の二階にある。ホワイトハウスのなかでも、わたしはこのあたりにはめったに来なかった。オフィスのドアが閉まっているからサージェントは留守かも、と思ったら、ぶつぶついう声が聞こえてきた。

ノックをしてから、二秒ほどの静寂。

「どうぞ」

ドアをあけると、サージェントはむずかしい顔で、デスクのコンピュータ画面に見入っていた。そして、視線をあげる。

「なんだ、きみだったのか」

わたしはドアをあけたままにし、デスク前の椅子に手をのばした。

「すわっても?」

サージェントはまた画面に見入り、すわりなさいと手だけ振った。わたしの位置からだと、何に夢中なのかはわからない。

「出直したほうがいいみたいね」

サージェントは目だけちらっとこちらに向けた。でもそれすらかなりの努力がいったようだ。

「用件は?」

「今朝、ミルトンが会いにきたの」

サージェントの首筋がひきつった。

「ホワイトハウスには来るなといったんだが」

「それは忠実に守って、わたしのアパートに来たのよ」

サージェントの肩ががくっと落ちた。さっきのミルトンとそっくりな仕草で両手をあげ、眉毛をこする。

「よりにもよって、こんな時期に……。それであいつは何を?」

わたしが答えようとすると、サージェントは止めた。

「いや、わかっている。自分を推薦してくれ、ホワイトハウスの厨房で働きたい、だろう?」

「それはもちろんだけど、アパートまで来た大きな理由はべつにあったの」

サージェントは顔をあげ、そこには疲れが浸みこんでいた。いつだって、ぱりっとしているサージェント。どんなときでもズボンには皺ひとつなく、胸のポケットからはアイロンのきいたハンカチがのぞき、上品で洗練されて、きびきびしているサージェント。目を光らせておいしいナッツは見逃さない、俊敏なリスみたいな人。でもいまわたしの前にいるのは、服も髪も皺くちゃぼさぼさの、疲れきった人だった。

早く用件をすませて、わたしは消えたほうがいいだろう。

「今朝、ミルトンに訊き忘れたことがあるのだけど、連絡方法がわからないの。教えてもらえるかしら？」

サージェントの疲れた目に疑惑がよぎった。

「何を訊き忘れた？」

細部は省いて、ゆうべアパートに侵入しかけた者がいること、シークレット・サービスの二十四時間監視について話した。

「シークレット・サービスは、レキシントンの殺人犯がきみを狙ったと考えているのか？」

サージェントは喉もとに手を当てた。「だったら、このわたしも狙われている？」

これはよくない、と思った。「狙われている証拠はないのよ。アパートの侵入者といっても……」サージェントがわたしの目をしっかり見るのを待つ。「ミルトンかもしれないわ」

ピーター・エヴェレット・サージェント三世はけっして愉快な人ではないけれど、けっして愚かな人でもない。わたしのいいたいことをすぐに理解し、ほっとした顔つきになった。

「きみはそう思うんだな？　昨夜の不審者がミルトンだとすれば、命を狙われているわけではない」

「ええ。もしそうだったら、シークレット・サービスも警備を解くと思うの」

ところがサージェントの表情はまた険しくなった。

「ミルトンなら、きみが留守なのを知って忍びこんだりしないだろう」

それはわたしも考えた。「ええ。でも今朝のミルトンはひどくお酒臭かったのよ。酔っぱらって、前後不覚に陥ったのかもしれないわ」そこで少しためらった。「今朝は、おもしろい情報があるといって教えてくれたの」

サージェントはさぐるような目で、無言でわたしを見つめた。

「事件の日、走ってあなたにぶつかった男と、地下鉄でわたしをつけてきた男は、仲間の可能性もなくはないみたい」

「それをシークレット・サービスに話したか？」

「ええ。出勤してすぐ」

「それで？」

「トム・マッケンジーに伝える、とだけ」

「この件に関しては、今後も引きつづきわたしに知らせてほしい。どうか、よろしくお願いするよ」最後の言葉には、口にしたサージェント本人も驚いたらしい。それからメモ用紙を一枚とって、ゆっくり丁寧に何か記していく。「ミルトンには、わたしからかならず連絡しておく」

わたしは立ち上がった。「ありがとうございます」

サージェントは何かいいかけて、思いとどまった。

「ピーター？　もっとほかに気になることでも？」

返事はないけど、答えは顔に書いてある。サージェントは入口のドアを閉めにいき、もどってくると無言のまま椅子にすわった。

「何かしら？」

彼はデスクの上で手を組むと、唇を舐めた。

「ミズ・パラス……。オリー……」

あら、珍しい、〝オリー〟だなんて。きっと、意を決して話すのだろう。

「わたしがホワイトハウスに勤めるようになってからこれまで、きみとわたしのわだかまりは消えなかったように思う」

わだかまり以上のものがある気はしたけど、わたしは黙ってうなずいた。

「それはいったん、脇に置いてくれるだろうか？　ほんの少しのあいだでいい」

「わたしのほうは、ずっと脇に置きたいくらい……」

サージェントは怪訝な顔をした。

「だって、わたしたちはひとつのチームでしょ？」

サージェントは思いっきり鼻を鳴らした。「たとえそうであれ、わたしたちはそりが合わない。この点は、きみも否定できないはずだ」

「いまここで話したかったのは、それかしら？」

「いや、じつはきみに頼みたいことがある。だがけっして強制ではない」

「というと？」わたしは身構えた。

サージェントはコンピュータ画面を、わたしにも見えるように回した。

「これはキノンズ国務長官の誕生日パーティに招くゲストの素案だ。わたしが勝手にいじったと、ダグが主張していたものだ」

ざっと見たところ、氏名の一覧表でしかない。著名人なら知っているし、そうでなくても、過去のパーティで食材制限があれば記憶に残っている。でもそれ以外の人は、ぜんぜん知らない。

「頼みというのは何？」

「まあ、待ちなさい。わたしはこのリストを百回くらい見直したよ。過去の招待客リストはすべて保存し、毎回かならずクロスチェックする。信仰に年齢に、食事制限——」

最後の言葉にわたしがむっとしたのがわかったのだろう、サージェントはひらひらと手を振った。

「きみの仕事を批判しているわけではない。だが、こういうデータを一カ所でまとめて保存するのはきわめて重要なことだ」

「でもそれは、社交行事担当秘書官の仕事でしょ？」

サージェントは大きなため息をついた。「秘書官はこの数年で、三度も替わったよ。もしわたしなら、確実にデータ管理しただろうが」

「ええ、きっとね」これは本心だった。「わたしは紙だろうがデータだろうが、届いたものは残らず保存してある。自分でも感心するくらいにね。そして今回、最初のリストでは二千人いたが、その後かなり減らされた。ただし、バームガートナー夫妻は残っている。検討段階ごとのリストが日付とともに保存されているが、そのどれにも夫妻の名前はしっかり記載されているんだ。ところが、ほら、これを見てくれ」

サージェントはEメールをクリックした。

「わたしのアカウントからカリグラフィー部門に送られたリストを見ると――」

「バームガートナー夫妻の名前が消えていた？」

「そうなんだよ！」サージェントは目をまんまるにして身をのりだした。「わたしには、こんなメールを送った記憶がまったくない。自分で送ったのは、これより一時間まえなんだ。しかし一時間後のこのメールには、さっき送ったリストは無視してこれを使え、と書いてある」

サージェントはかすれ声でつぶやいた。

「いったい誰が、こんなことを？」

12

「リストを改ざんして、あなたを陥れようとした者がいる、ということ？」

サージェントは椅子の背にもたれた。

「ほかにどう考えようがある？」

「ログオフしないで部屋を出ることがあるの？」

サージェントは赤面した。「夜はかならずログオフする。だが昼間は、ログオンだのオフだの、いちいちやる必要はないだろう。このコンピュータは国家の安全保障レベルで守られている」

「でも式事室は、デリケートな個人情報を扱う場所だわ」

サージェントは降参したように両手をあげた。「いいだろう、悪いのはわたしだ。しかし、誰がここまでのことをする？　それほどわたしを嫌っているのは誰だ？」

わたしはぐっとこらえ、「答えるのは……むずかしいわ」とだけ、いった。

「ダグに訊いたところ、夫妻の名前がないのに気づいたのは、リンというカリグラファーらしい。だからさっきは、彼女が来たのだと思ったんだよ。話を聞けば、何かヒントが得られるかもしれない」

「たぶん……ね」

「きみはそう思わないのか？」

ホワイトハウスで働く職員は約九十人で、そのほぼ全員が容疑者のような気がした。ただ、いくらわだかまりがあろうと、ときに意見が衝突してもなお、みんなお互いの仕事を尊重している。サージェントのいうように、誰かが彼を陥れようとしたのだろうけど、リストを改ざんするなんて、実質的な妨害、破壊工作といっていい。

「リンは――」と、わたしはいった。「送られたメールのアカウント以外に、何も知らないような気がするんだけど」

サージェントは唇を嚙んだ。

「もちろん、尋ねることそのものは、無駄にならないでしょうけど」

「彼女が答えるのを拒否しなければな」

「え？」

「この部屋に寄ってくれと、二度もメールしたんだが……」

「カリグラフィー室に直接行って訊かなかったの？」

「そんなことはできない。ほかの職員がいる前で話すのは避けたいからな。これは個人的な問題だ。職場のゴシップのネタにされては困る」

とっくにネタになってるわ、と意地悪く考えた。でもすぐに、そんな自分を戒める。

「あなたはたまに、相手を萎縮させるから」

サージェントはさっと背筋をのばした。まるで最大の賛辞を贈られたみたいに。

「きみはそう思うのか？」

「リンもびくびくしているのかも」

「なにもびくつく必要などない」

「どんな用件でここに来てほしいのかは伝えたの？」

「いいや。尋ねたときの顔色を見たいからね。しらばっくれているかどうかがわかるだろう」

「リンが？　まだ二十二歳の、とっても内気な人よ。ここにひとりで来る自信すらないかもしれない」

「では、きみが訊いてくれ」

「え？」

「頼みたいことがある、といったのは、これだ」

「でも、彼女の顔色を見たいんでしょう？」

「二度メールを送ってもまだ来ない。だからきみが彼女と話し、結果を報告してくれ」

わたしにはまったく関係のない問題なのに……。だけどこの件が、サージェントにとっていかに大きな衝撃だったかは想像がつく。血色は悪く、いつもの生気がない。ダグに話を聞いてから、ほとんど眠れていないのだろう。

「でもピーター、あなたがすなおに責任を認めていたら、ダグのほうで詳しい調査をしてくれたかもしれないわ」

サージェントは怒るだろうと思った。椅子から飛び上がり、自分は何も誤ったことをしていない、してもいないことになぜ責任をとる必要がある、と怒鳴るのではないか。

ところが彼は、沈んだ顔つきになった。

「おそらくそうすべきだったのだろう、少なくともダグに対しては。ポールなら、わたしを信じてくれたはずだ。ミスを犯せばかならず責任をとる人間であることを、彼は知っている。まあ、ホワイトハウスに来てからは、ミスなどひとつもないが」

サージェントの自尊心はけっして揺るがない。

彼はため息をついた。「だがここにきて、わたしは身の潔白を証明せざるをえなくなった。要するに、そういうことだろう？」

残念ながら、そういうことだ。「わたしから、ひとついってもいい？」

サージェントは少したじろいだ。「かまわない。いいなさい」

「ちゃんと認めるのよ」

「わたしはあんなことをしていない」

「でもコンピュータをほったらかしにしたことが、大きな原因でもあるわ。わたしを信じてちょうだい。ピーターはいつも、わたしはトラブル・メーカーだっていうでしょ？」

彼は何度もうなずいた。

「でもいくら〝トラブル〟を起こしても、わたしはここで働いているわ」

彼は二度、まばたきした。「つまり、この件でわたしが職を失うことはないと？」

そこまでは断言できないけど——。「誰がどういう決断をするかなんて、わからないじゃない？　ダグだって未知数よ。コンピュータでも人でも、ともかく用心するに越したことはないわ」

サージェントはぶつぶついった。

「なんていったの？」

「きみが正論をいうと気分が悪い」

「あら、ごめんなさい」

きょうのディナーは、比較的楽なほうといっていい。もちろん、ゲストの目を楽しませ、満足してもらえる料理を出すのに全力を尽くすから、厨房はおしゃべりもなく静かだった。大統領の内輪のミーティングを兼ねた夕食会ということで、公式晩餐会のようなあわただしさはない。対外的な大きな晩餐会では、完璧な料理をどれも、百人のお客さまにぴったり同時に給仕するから、時間ぎりぎりまでてんやわんやなのだ。

厨房スタッフがきょうのディナーでいちばん気にしているのは、新作に対するゲストの反応だった。うまくいけば、来月の国務長官の誕生日パーティにも応用したいと考えている。そのなかでも、アスパラガスとプロシュットをパフ・ペイストリーで巻いたものがわたしの一押しだ。パーティ会場は決まったし、招待客リストもほぼ確定だから、そろそろ献立を考えたい。

「ヴァージルはどこ？」厨房にもどってすぐ、わたしは尋ねた。

バッキーはうんざり顔でわたしを見て、シアンはくすくす笑う。

「上の、ファースト・ファミリーのフロアにいるわ」

「ハイデン夫人と子どもたちはキャンプ・デービッドだし、大統領は執務室でランチなのに、上で何をしているの？」

「ぼくも撮影準備オーケイ、なんだけどね」バッキーはポーズをとった。「ヴァージルはカメラマンに部屋を見せてまわっているよ。特集記事に〝インスピレーション〟を与えるためだとさ」

「キッチンにいるシェフを撮影するんじゃないの？」

「誰だってそう思うよな」

シアンはバッキーよりおもしろがっている。「カメラマンやライターに、自分の〝本質〟を見てもらいたいそうよ」

「彼がそういったの？」

「ええ」シアンはまた笑った。

だったら、せっかくの機会を利用させてもらおう。

「ヴァージルがいないあいだに、ふたりに話したいことがあるの」

「何か彼の悪い評判でも？」と、バッキー。

「ううん。最近起きたことで、意見を聞きたいのよ。でもヴァージルがいると、ちょっとね」

「あら、何があったの？」シアンはきょろきょろした。「大丈夫。この三人だけよ」

わたしはふたりをそばに呼び、声をおとして招待客リストの件を話した。サージェントがやったとは思えない、ということも。

「それで彼がわたしに、犯人さがしの協力を求めているわけ」

「へえ！」バッキーが大声を出した。「都合のいいときだけ、オリーを利用するんだな。これまでは何かあるたび、最前線で批判してきたのに」

「ええ、そうなんだけど、でも……」

シアンは顔をしかめた。「わたしもバッキーと同意見だわ。彼はオリーを目の敵にしてきたじゃない。手伝う必要なんかないわよ」

「ここまでしてサージェントを苦しめたい人に、心当たりはない？」

バッキーは天井を仰いで顎を掻き、真剣に考えるふりをした。

「そうだなあ……職員全員、じゃないか？」

「ああいう人だから仕方がない気もするけど、わたしはこれからしばらく、彼とコンビで仕事をしなきゃいけないの」

「だから謎解明の責任を感じる？」と、シアン。

「まあ、そういうことね」

バッキーが身をのりだした。「逆のことも考えられないか？　ほんとうは彼がやったかもしれないんだ。そしてオリーが首をつっこんだら態度を一変させ、オリーを責めたてるとか」

わたしは反論したかったけど、全面否定するだけの根拠はなかった。

「ひどいやつだと思われるのを承知でいうが」と、バッキー。「失敗の責任を負わせれば、式事室の室長とは永遠にさよならできる」

「ふたりとも、この件にはかかわらずに放っておいたほうがいいと思うのね？」

シアンはわたしの目をじっと見た。「悩むような問題じゃないわ」

残り時間は五分。ディナーの規模に関係なく、厨房の空気はぴりぴりしていた。ゲストは十二人だから、あわただしさはさほどでもないけど、ヴァージルはあいかわらずヴァージルだった。

「何やってんだ！」

彼が大声をあげた相手は、今夜の助っ人で来てもらった業務提携《SBA》シェフのサマンサだった。まだ二十代前半で、栗色の巻き毛は頭の後ろで固いおだんごにし、ぽっちゃりしたほっぺたは桃色。ずっとヴァージルの横で仕事をしていて、いきなり怒鳴られ縮こまった。

「ソースをこぼさずにかけることもできないのか？　それでよくＳＢＡシェフになれたな」

たしかにサマンサは失敗した。手が震えて、シュリンプに軽くかけるはずのベシャメル・ソースをお皿の縁にこぼしたのだ。「学校で何を勉強した？　もう幼稚園の子どもじゃないんだぞ。しっかりしろよ！」

「申し訳ありません」サマンサはすなおにあやまり、こぼれたのを拭きとろうと布巾をつかんだ。

「そんなもの、使うな！」

サマンサはぎょっとして後ずさり、左手に持っていたお皿が大きく揺れて、料理がカウンターと床にこぼれ落ちた。

彼女は下唇を震わせながら、「すみません、わたし、どうしたら——」と消え入りそうな声でいった。

「自分のやったことがわかってるのか？」ヴァージルはお皿をとりあげると、カウンターの上にどん、と叩きつけた。「ディナーを台無しにしたんだぞ。代わりを用意するまで、ゲストには待ってもらうしかない。きみは、とりかえしのつかないことをやったんだ。おい、ちゃんと聞いてるのか？」

サマンサの目に涙があふれ、大きな滴がピンクの頬に流れ落ちた。斧を振りおろされる寸前の、逃げ場のない小さな動物みたいだ。

わたしはヴァージルの手からお皿を取った。

「これはポーク大統領がお気に入りだったお皿よ」冷静に話しかける。「割れたらそれこそ、とりかえしがつかないわ」

ヴァージルはそっけなく手を振った。「彼女の責任だ」

お皿が欠けていないかざっと見て、わたしはバッキーにいった。

「このお皿を頼むわ。それから急いで代わりを用意してくれる？」

「もう準備中だ」

給仕が来て十一人ぶんを揃え、バッキーの仕上げを待つ。わたしはサマンサに「気持ちをおちつけてね」といった。「顔に冷たい水でもふりかけてらっしゃい。でも、すぐにもどってくるのよ。べつの仕事をお願いしたいから」

サマンサの大きな目がもっと大きくなった。そしてこっくりひとつうなずくと、走って洗面所へ行く。

「ヴァージル――」サマンサがいなくなったところでふりむいた。「この厨房で、ああいうのはよしてちょうだい。またあったら、わたしは耐えられないと思うから」

「それはきみの主観だ。だいたい、仕事に熱意がないんだよ。もしあったら、ゲストに二流の料理は出さないだろうしね。彼女がソースをこぼすのを、ぼくが見つけなかったら――」

「もしあなたが見つけなかったら、こんな会話にはならないわ。バッキーかシアンかわたし……給仕の誰かが見つけて、分別をもって彼女に注意し、代わりのものをすぐに用意します」

「それじゃ厨房を仕切れない！」ヴァージルの声が大きくなった。「下っ端には、誰がボスかをしっかり叩きこむべきだ」

　わたしは唇を嚙み、自分をおちつかせた。

「そうね、あなたのいうとおりだわ」

「ぼくは自分がわかってるからね」

「誰がボスなのか、しっかり教えなきゃいけないわ」

　ヴァージルは目をしばたたいた。

「ここのボスは、わたしよ。さあ帰りなさい」

「帰る？」

「いますぐに。エプロンをとって、ここから出ていくの。仲間と協力できると思えたら、もどってくればいいわ」

「きみにそんな権限は――」

「そうね、ゲートまで案内係が必要ね」気軽な調子でいい、バッキーに目をやる。バッキーは電話のほうへ行った。「きょうはディナー・ミーティングがあるの。あなたがいると、仕事が滞るのよ」

「きみに権限はない」

「それならそれで、いずれわかるわ」

　バッキーが電話をとると、ヴァージルはエプロンをはぎとり、カウンターに投げつけた。

「いいだろう。出ていってやるよ！」

ヴァージルは怒りまくり、私物を置いてある控室へ向かった。どすどす床を踏み鳴らして横を通りすぎても、誰ひとりふりむきすらせず、声もかけない。

彼が厨房を出ていくと、バッキーがつぶやいた。

「あそこまで傲慢なやつは見たことがないよ……。ぼくよりひどい」

13

ディナーは無事に終了。すんだお皿がもどってきて、食べ残しがないかチェックして、気づいたことをメモする。そしてお疲れさま、とサマンサに引きあげてもらった。また今度、手伝ってちょうだいね、といいそえる。

そのあとに、至福のひとときが訪れた。バッキーもシアンもわたしも、ひとつの仕事をやりおえた充実感にひたりきる。バッキーはカウンターを、これ以上ないほど磨きあげながらいった。

「じつにラッキーだったたな」

シアンはコンピュータにメモを入力している。

「ゲストがみんな料理をきれいに食べてくれたから？　それならたまたま運がよかったわけじゃなく、この厨房の実力だといってちょうだい。政権の重要な地位にいなければ、きっとお皿をぺろぺろ舐めてたわよ」

わたしは笑った。料理人としては、自分たちのつくった料理に満足してもらえる以上に誇らしいことはない。ゲストのひとりだけ、アスパラガスにまったく手をつけていなかったけど、それを除けばみごとにお皿だけしかもどってこなかった。これならもう、文句なし。

「そうじゃなくて」と、バッキー。「ファースト・レディのお気に入りを叱りとばしたタイミングだよ。いま夫人はDCにいないから、彼も当座は泣きつく相手がいない。帰ってくるまでじっと我慢の子だ」

「帰ってくるころには、気分もいくらかおちついている？」と、わたし。

「たぶんね」

「さっきのシアンの言葉をくりかえすわ――たまたま運がよかったわけじゃない、ってね」

バッキーは、ほう、という顔をした。「計画的だった？」

「彼を帰らせたのは計画的じゃないわよ。でも、何かあればはっきりいおうとは思っていたわ。きょうに限らず、毎日思っていることだけど。そしてたまたまきょうは、ファースト・レディが近くにいない」わたしはにっこりした。「時を選ぶのは大切でしょ？」

バッキーはにやりとした。「今後にも期待するよ」

「パラスさん？」庶務係が戸口に姿を見せた。

わたしはバッキーとシアンを見た。「自慢するのが、ちょっと早すぎたかしら」

「国務長官が上階でお目にかかりたいとのことです」

しまった……。わたしはおでこに手を当てた。そういえば、国務長官がお父さんの件でお礼を渡す、とダグから聞いていたっけ。

「ごめんなさい、ちょっと待ってて」

「なんでもないわ。すぐにもどってくるから」急いで手を洗ってエプロンをとり、調理服の鍛をのばす。「きれいなのに取り換えたほうがいいかしら?」
シアンの眉がつりあがった。「国務長官と会うんでしょ? そこに大統領はいないの?
ほかに偉い人たちもたくさん? 胸に染みがついた調理服でそんなところに行くの? ええ、
着替えたほうがいいわ」
わたしは庶務係に指を一本立てた。「すぐもどってくるから」
庶務係の女の子は国務長官を待たせることが不安らしいけど、とりあえず「わかりまし
た」といった。「厨房が忙しいことは国務長官もご理解くださるでしょうし、それに――」
彼女の話を最後まで聞かずに控室へ走り、清潔な調理服に着替えた。そしてまた走って厨
房にもどり、「ね、一分もたってないでしょ」と話しかけたところで足が止まった。
厨房の真ん中に、知らない人がいる。
「ミズ・パラス?」彼がわたしを見て訊いた。白い肌ときれいなブロンドに、ダークグレー
のスーツが映える。とても背が高く、年齢はわたしくらいだけど……。この人は、誰? 深
く青い瞳がきらめいて、すばらしくハンサムで、照れたようにほほえむとわたしの手を握っ
た。彼の背後でシアンが、うれしそうに親指を立てる。
「初めまして。わたしはキノンンズ国務長官の秘書官イーサン・ナジです」
イーサン・ナジならテレビで見たことがあったはずだけど、この人の顔には見覚えがない。

でもそれも、とくに珍しいことではなかった。何人もいる閣僚の秘書官の顔と名前はそうそう覚えきれない。

「初めまして、ミスター・ナジ」

「イーサンと呼んでください。国務長官が直接ここに来られればよかったのですが」

「いいえ、とんでもありません。お忙しい方でしょうから」

「ありがとうございます」顔に笑みが広がる。「夫人の父上をお助けいただき、心から感謝していると申しておりました」

「以前にもお目にかかって、そうおっしゃっていただきました。でもほんとうに、偶然でしかありませんから」

彼は首をかしげた。「たまたま運がよかった、というわけでもないでしょう」まるでさっきのわたしたちの会話を聞いていたみたいだ。「あなたはこれまでも、尋常ではない出来事を何度も経験されている」

「マスコミは大袈裟に報じることも多いですから」

「まあ、そうですね。わたしたちも事実とかけはなれたことを報道されてずいぶん困りました。ただ、あなたの場合は、ファースト・ファミリーにとって貴重な人材であることを事実として証明したでしょう。そして今回は、閣僚にとっても貴重であることがわかった」

「いいえ、そんな――」

ナジは胸ポケットに手を入れた。「国務長官はどんなお礼がふさわしいか悩んだようですが、これなら記念になるだろうと」

彼がとりだしたのは、細長い茶色い革の箱だった。ブレスレットか何か？　アクセサリーのような、あまりに私的なものだといささか気が重い……。

でもナジが箱をあけて、わたしはほっとした。それはシルバーのペンだった。

「すてきですね」

彼はわたしの手にペンをのせてくれた。

「刻印がありますよ」

回して見ると、〝オリヴィア・パラス　ホワイトハウス・エグゼクティブ・シェフ〟とあった。国務長官の名前も、あのおじいちゃんの名前も、何の記念かといったことも彫られていない。

「とてもうれしいです。ありがとうございます」

ナジはわたしの顔を、反応を、じっと見ている。

「わたしは――いえ、国務長官は、実用的なもののほうがよいだろうと考えました。これがキノンズの感謝の気持ちを思い出すよすがとなればさいわいです」

そこでわたしは思い出した――「ベッテンコートさんが行方不明になったいきさつはおわかりになりました？」

ナジはかぶりを振った。「まだ調査中です。残念ながら、いまわかっていることもお話しするわけにはいきません。ただ、キノンズ夫人は自責の念にかられています。一歩まちがえば大きな悲劇であったこと、結果としていかに幸運であったかを身にしみて感じているようです」わたしの手のペンに目をやる。「そこで夫人は、どうしてもお礼をしたいと」

「こちらこそ、お心遣いに感謝します」わたしはほほえんだ。ほかにどういえばいいのかわからず、「愛用させていただきます」と、つけくわえる。

シアンがわたしの横にやってきた。「すばらしい贈り物ね、オリー。いままでみたいに、もうペンをさがしまわらずにすむわ。自分だけのペンができたんだもの。これなら誰も貸してほしいなんていわないわ」

「オリー……ですか？」ナジが訊いた。「それがニックネーム？」

「ええ、みんなそう呼びます」

「オリー……」彼はくりかえした。「いい名だ」

シアンが小さくわたしをつついた。

「ほんとうにありがとうございます」そろそろ会話をきりあげて仕事にもどらなくては。「国務長官と奥さまには、お礼の手紙を送らせていただきますね」

「その必要はありませんよ。しかし、あなたが――」

「ええ、ぜひ送らせてください」

「でしたら事務所のほうへ」ナジは名刺をとりだした。「これはわたしの名刺ですが、住所は国務長官の事務所です」名刺の一カ所を指さす。「わたしの携帯電話の番号なので、何かご質問でもあれば、ここにかけてください」

シアンがまたつついた。

「わかりました。ありがとうございます。何かの折に連絡させていただきます」

「はい、お待ちしています」

ナジはほほえむと、また握手をし、シアンたちにも挨拶して厨房を出ていった。

「すごいわねえ」シアンがうれしそうにいった。「あの人、オリーを気に入ったみたい」

「そんなことないわよ」

バッキーが頭をぽりぽり掻きながら、「シアンのほうに同感」といった。「まあ、いまのオリーは男になんか目もくれないだろうが」

「ええ、そのとおり」ペンを箱に入れ、コンピュータ脇の引き出しにしまう。

「まさか使わないつもり？」と、シアン。

「だって、ここで仕事中に使ったらべとべとになりそうだもの」

「じゃあ、家に持って帰れば？　かなり貴重だわよ。トロフィーみたいなものでしょ。とっくにいっぱいもらってるかもしれないけど、危険な大冒険のトロフィーは初めてじゃない？」

この何年かで、記念品と呼ぶべきものはいくつか手もとにある。エグゼクティブ・シェフの後任を決めるときのライバルのビデオ、ギャヴが講義で使った偽の爆弾、キャンベル大統領の最後のイースター・エッグ・ロールで配られた木製卵、ハイデン家の長男ジョシュアがくれた手作りのお礼のカード……。

「そうするわ、シアン。でもこのペンは、しまいこまずに使うわね。べつに冒険というほどじゃなかったもの。危険な目にはぜんぜんあわなかったし」

「だったらそのペンは、幸運のお守りね」

14

あくる日、厨房にやってきたヴァージルは、人が変わったみたいにほがらかだった。大統領はすでに西棟の執務室に行ったので、家族用のキッチンではなく、この厨房で朝食の用意をする。なんといっても彼らしくなかったのは、仕事をしながら口笛を吹いていることだった。ただし妙に甲高く、メロディもあってなきがごとしだ。残念なのは、シアンが休みでいないこと。ゆうべあんなことがあったあと、ヴァージルが上機嫌なのをシアンにも見せたかった。ほんとにこれほど浮き浮きしているのは珍しく、わたしはできるだけ邪魔をしないようにした。

だけどバッキーに、そんな気遣いはなかった。厨房の反対側からヴァージルをにらみつけ、注意する。

「騒音は控えてくれないか?」

「きみはこの曲を知らない?」ヴァージルは無邪気に訊いた。「〈悲しみのジェット・プレーン〉だよ」

「〈ハウディ・ドゥーディ〉の主題歌じゃないのか」

「なんだ、それ？」

バッキーは背を向けた。「いや、いい。忘れてくれ」

「どうしてこの曲なのか、理由を知りたくはない？」

「べつに知りたくないね」

正直者はバッキーひとりにしておこうか。

「なぜその曲なの、ヴァージル？」

バッキーは首をひねってわたしをにらんだ。

わたしはバッキーをにらみかえす。中道を行けば、誰も傷つけずにすむはず、ではない？

「ジェット機に乗るからだよ、きょうの午後」手を広げ、バイバイ、というように振る。

「正確には飛行機じゃなく、ヘリコプターだけどね」

「きょうの午後？　休みの申請書はもらっていないわよ」

給仕係が来て、ヴァージルからできたての朝食をうけとった。

「よろしく頼むね」そういって給仕係を送り出すと、ヴァージルは持ち場のカウンターを拭き始めた。「その点がいいところでね。ぼくはべつに休むわけじゃないんだよ。キャンプ・デービッドに行って、ハイデン夫人と子どもたちの食事をつくるんだ」濡れた布巾をシンクに投げると、くるっと回転してこちらを向いた。「朝食は出したから、これで引きあげる。いったん家に帰って荷物を用意しなくちゃいけないんでね」

「それはいつ決まったの？」怒りが湧いてきた。

「ダグと話しあったのさ」それですべて説明がつくかのように。「ポールより彼のほうがずっとやりやすいな」

そばに来たバッキーのつぶやきが聞こえた――「きみならそうだろうね」

ヴァージルはエプロンをとり、満面に笑みを浮かべた。

「では、またそのうち」

彼の姿が消えるとバッキーがいった。

「ヴァージルはハイデン夫人の弱みでも握ってるんじゃないか？　そうとでも考えないかぎり、ここまでのことは説明がつかないよ」

「相手によって顔と頭をとりかえるのが上手なのよ、きっと。殺人事件の捜査がおちつくまでは、キャンプ・デービッドで夫人たちと過ごすつもりなのかもしれないわ」

「容疑者が浮かんだとか、そういう話は聞いたかい？」

「まだみたいよ」

「捜査の進展を願うばかりだな。早く解決してほしいよ」

「さあ、わたしたちも進展しなきゃね」コンピュータをチェックする。「大統領のランチの準備はしなくていいみたい。まる一日会議がつづいて、西棟の海軍の食堂《メス》が支度をしてくれるわ」

「だったら誕生日パーティの献立に時間をかけられるな」

「ええ、そうしましょう」

それからしばらく、カウンターに置いた書類を見ながら、ふたりで熱く議論した。ビーフ・ウェリントンは献立に入れようかどうしようか――。

「ミズ・パラス」その声はサージェントだった。ふりむくと、「少し時間をとってもらえないだろうか？」と、ホールのほうへ腕を振った。「わたしは外で待っている」

出ていくサージェントを見て、バッキーがつぶやいた。

「いったいどうしたんだ？　いやに丁寧だ」

わたしは立ち上がって背中をのばした。

「お願いごとの件じゃない？」

「オリーは何もしていないんだろ？」

「ええ、いまのところ」

「これからも、ずっとだ。どんなトラブルであれ、たぶん彼の自業自得なんだよ。オリーが困ったときに、一度でも手を差しのべてくれたことがあるか？」

「そうね、バッキーのいうとおりかも」

彼の表情が険しくなった。「成り行きを見守るだけにしたほうがいい。サージェントが窮地を脱しきれなかったら、厨房の頭痛の種がひとつ減る」

「希望的観測？」

「頼むから、希望の光を消さないでくれ」

外に出ると、サージェントはおちつかなげにホールを行ったり来たりしていた。

「カリグラファーのリンと話してくれたか？」

「きのうはディナーで手一杯で、いまはまだ朝よ。しかもきょうは日曜日。彼女はお休みなんじゃない？」

サージェントはそこまで考えていなかったらしい。わたしの知っている式事室の室長とは大違いだ。目は充血し、胸のハンカチはポケットからだらりと垂れている。

「リストの件でまた何か？」

「いや、何も。いま以上に悪いことなどない。早く一段落つかせたいよ。だが、きみに話したいのは別件だ」

「というと？」

「ミルトンと話した。すると、かなり動揺してね。なだめすかして、ようやく認めた。二日まえ、きみのアパート周辺をうろついていたらしい」

「それで？」

「あのごろつきは、きみの部屋をのぞこうとしたことも認めた。薄気味悪いか？」

「地下鉄の男に比べればぜんぜん。ミルトンは無害な人でしょ？」

サージェントは唇を引き結び、鼻を大きくふくらませて息をした。

「きみには無害だろう」

「どうして彼を憎むの？」

この言い方に、サージェントはびくっとした。

「憎んでなどいない」

「でも、そうとしか見えないわ」

サージェントは顔から表情を消した。「リンと話してくれるな?」

「できるだけのことはしますけど」

サージェントの唇がゆがんだ。「それ以上は望むべくもない」


厨房にもどると、バッキーが人差し指を上に向けた。

「ダグがすぐ、上のオフィスに来てくれとさ」

「今度は何?」

バッキーはうんざりしたように首を振った。「今回もお決まりの緊急事態なんだろ」


開いたドアの脇柱をノックすると、ダグは電話中だった。〝待ってくれ〟と口を動かし、椅子を指さす。

「ぼくも行くよ」ダグは電話の相手にいった。「ずいぶんみんなと出かけていないからな。うん、頼むよ、ワイアット。じゃあ、また」

彼が電話を切り、わたしは尋ねてみた。

「ワイアットって、もしかしてソーシャル・エイドのワイアット・ベッカー?」

ダグはわたしのよけいな質問にいやな顔はしなかった。

「ああ。彼はキャンプ仲間のまとめ役でね。数カ月に一度のペースだったのに、いまじゃよくて一年に一度だ」

「ふたりが友人とは思いもしなかったわ」

「ホワイトハウスで働いていると、なかなか友人をつくれないだろう？」

「ほんとにね。それで、用件というのは？」

ダグはメモの束を引き寄せた。「ヴァージルのことなんだ」

「キャンプ・デービッドに行くんでしょ？」

「それがベストだと思ったからね」

「どうして？　解決の先延ばしにならない？　問題があれば、早く解決したほうがいいわ」

「ふたりの頭が冷えるまでは、ということだ。オリー、新顔にきつく当たるのはやめたほうがいい」

「わたし？　ヴァージルではなく？　彼は短気で、何をいいだすかわからなくて、厨房のアシスタントにも強圧的な態度をとるわ。彼に必要なのは頭を冷やす時間より、マナーのレッスンだと思うけど。キャンプ・デービッドでマナーを学べる？」

「これが最善なんだよ」

「同意できないわ」

きっぱりいうと、ダグはわたしの顔をまじまじと見た。

「ポールから、きみがこれほど議論好きだとは聞かなかったな」

「ポールは人間を見ていたもの。どうすれば協力関係が得られるかをいつも考えていた。あなたはポールからいろんなことを学んだんじゃないの？」

ダグは目を細めた。「何をいいたい？」

自分が境界線を踏み越えたのがわかった。こみあげる怒りを鎮めるために、ダグを見つめ返す。

「ポールは厨房の管理をわたしに任せてくれたわ。そしてわたしは問題が発生したら、かならずポールに報告して相談した。ヴァージルは指揮系統をもっと尊重してくれないと。それがうまく機能してはじめて、チームとして力を合わせられると思うから。ポールだったらヴァージルに、まずわたしとじっくり話せといったでしょう。もしそれで解決しなければ、ポールが加わって三人で、話し合いの場をもつわ」

ダグの目に何かがよぎった。そう、あれは理解の光だ。問題は、それを実行に移して前に進むか、それとも自分の意見に固執しつづけるか——。

しばらくの沈黙後、ダグはいった。

「キャンプ・デービッドに行くな、とヴァージルにいうつもりはない」

「残念だわ」

ダグの目から光が消えた。「忙しいなか、来てくれてありがとう、オリー」

歩いていると、両手が自然にげんこつになり、厨房に入ったら、バッキーがわたしを見て一歩後ずさった。

「オリー、どうした?」

わたしはそうそう逆上しないけど、いまは自制心の限界だった。それでもなんとか頑張って、気持ちをコントロールする。

「ここではひと息つく暇もないと思わない?」

バッキーは無言だ。

「厨房の仕事は、ホワイトハウスで出される料理をすべて、チームでつくりあげることでしょう?」

バッキーは不安げな顔でうなずいた。

「だったら、ファースト・ファミリーの日常の食事に特化した料理人が、なぜ必要なの? なぜ、彼ひとりだけで? 誰かに訊かれたら……」声が小さくなる。「誰にも訊かれたことはないけど……チーム精神、協力意識には有害だ、とわたしは答えるわ。でも、それならそれで、ヴァージルとうまくやっていく道を、この厨房なりに模索するのに、それをダグったら……」人差し指を振る。「こういうとき、ポールなら静かに見守ってくれたような気がするわ」

バッキーは何もいわない。わたしはため息をついた。

「ヴァージルはダグの了承を得て、キャンプ・デービッドに行くの。これはまわりの目に、どんなふうに映るかしら? たしかにヴァージルは、ファースト・レディのお気に入りなんだろうけど」

「ファースト・レディはオリーのこともなおざりにはしていないよ。とくにヴァージルが約束をすっぽかして、ジョシュアがあんな危険な目にあってからは」

「そうね……」バッキーのいうとおりだとは思うけど、気持ちはおさまらない。むしろ、これはおかしい、という思いはもちつづけていたかった。そして捌《は》け口も、ほしかった。

「ダグは急きょ総務部長代理になったから」と、バッキー。「まだ手探り状態で、失敗もやらかすさ」

「わたしをなだめようとしている？」

バッキーはほほえんだ。「効果はありや、なしや？」

「どちらともいえないわ」

「のりきろうよ、オリー。いままでだって、そうしてきたじゃないか」

「そうね」といっても、気持ちはぐずつく。

「もうひとつ、頭を悩ます件はどうした？　サージェントの話は？」

「意外なことに、彼から聞いたのはグッド・ニュースだったわ」

「何事にも〝初〟はあるな」

「甥御さんのミルトンの話はしたでしょ？　うちのアパートでうろうろしていたのは彼だったの」

「それがグッド・ニュースか？」

「レキシントンの殺人犯より、はるかにいいでしょ」

「まあね」バッキーは顔をしかめた。

「それで思い出したわ」わたしは電話をとった。「シークレット・サービスに、二十四時間警備を解除してもらえるかどうか訊かないと」

トムは不在で、できるだけ早く電話がほしいと伝言を頼む。トムを煩わせたくはなかったけど、シークレット・サービスの送迎や警護は精神的に大きな負担だった。

その後、バッキーとわたしは並んで立って仕事に励んだ。バッキーは不機嫌らしいけど、何もいわず淡々と作業をこなし、わたしは厨房の静けさが心地よかった。ヴァージルがもどってくれば、何やかやとまた話すしかない。それまでに自分のいいたいことを整理し、言い方も相応に練っておかなくてはいけないと思った。

そうやって一時間ほどが過ぎ、ダグとの会話を反芻《はんすう》して、ふと思いついた。

「ソーシャル・エイドのワイアット・ベッカーを知っている？」

バッキーは頭を横に振った。「いいや、知らない」

「わりとまえからホワイトハウスに出入りしているみたいなの。顔を見ればわかるかも」

また黙々と仕事をする。

「なぜ、そんなことを訊く？」

「え？」理由は自分でもわからない……。

バッキーはわたしの返事を待っていた。

「ここだけの話にしてくれる？」

バッキーは〝いつものことだろ？〟というように、眉をぴくりとあげた。

「このまえ、サージェントとふたりで誕生日パーティの予定会場に行ったとき、彼も来たの」

「その顔つきから察するに、好みのタイプじゃなかったな？」

「あら、よくわかるわね。じつは、そうなの。無駄口が多いといったら失礼かしら……」

「どの程度？」

「他愛ないおしゃべりならまだいいんだけど、自己顕示欲も強いみたいで」

「ふうん。で、彼の役割は？」

「誕生日パーティの企画で、サージェントとわたしの補佐役なの。だけど正直なところ、わたしには手に負えないというか、耐えられそうにないというか」

「きみが？」バッキーは両手を胸に当て、「驚いて心臓が止まるかと思ったよ」と、笑った。

「サージェントとヴァージルを例外として、きみは博愛主義だと思っていた」

わたしはわざとらしく顔をしかめ、にらみつけた。「彼はひとりよがりといったらいいのかしら。自分はこんな働きをした、こうやってその場を救ったとか自慢するんだけど、実際はその場しのぎで、嵐が過ぎるのを待っているだけにしか思えないの」

「サージェントの弟子なんじゃないか？」

わたしは吹き出した。「そうかもね。でも大きな違いもあるわ。少なくともサージェントといると、自分の立場がはっきり見えるもの。わたしに対しては、おまえなんか気にくわないって露骨に態度や言葉で示すから、わたしにもそれなりに対応のしようがあるわ。これはまぎれもない現実なんだと、いやでもわかるから。うまくいえないけど、サージェントに対してては妙なプレッシャーを感じないというか……。わたしが何をしようと、彼のわたしに対する見方は変わらない、だから気にしても仕方ない、と思えるの」

「ずいぶんサージェントに寛大になってきたな」

「ええ、自分でもそんな気がするわ」

「あまり気に病まないほうがいい。ぼくは何年もここで働いて、来ては去っていく人たちを見てきた。一部の例外を除き、わき目もふらずまじめに仕事に専念していれば、認められ評価される。そうでない者は、たいして時間もかからずに見抜かれるよ」

「だといいけど」

「まあな」バッキーはくすっと笑った。「きみには当てはまらないが」

「どういう意味？」

「わき目をふる、からさ」

「バッキー！」

電話が鳴って、わたしがとった。

「もしもし、トムだ。伝言は聞いたよ。詳しい話を聞きたいから、十分くらいしたらオフィスに来てくれないか？」

わたしは時計を見た。「はい、わかりました、うかがいます」

電話を切ると、バッキーが「ふうむ」とうなった。

「どうしたの？」

「表情と声から、ちょっと心配だな」

「あら、そんな必要ないわよ」例のペンをとりだして、いくつかメモする。「これからシークレット・サービスのオフィスに行ってくるわ。時間の見当がつかないから、パーティの献立で思いついたことを書いておくわね。きょうはあわただしくて、書き留めないと忘れそうだから」

「新しいペンを使っているが、その理由は？」

「え？　理由？」

「イーサン・ナジを思い出したくて、とかさ。シアンも彼はオリーを気に入ったといっていたし」

「目が輝いていたのはシアンのほうよ」手のペンをかかげる。「これで思い出すのは、おじいちゃんが無事に帰ったこと。お礼なんてもらわなくてもよかったけど、せっかくだから」

「ナジに興味はないのか？」

「どうして？　バッキーはわたしをその気にさせたいの？」

彼はさぐるような目でわたしを見た。

「もしオリーにいま、つきあってる男がいないならね」

顔が赤くなったのが自分でもわかる。

バッキーはにやにやした。「思ったとおりだ」

「何の話だか、さっぱり――。さ、シークレット・サービスまで行ってくるわ」

「あとはぼくがやっておく」

厨房からホールに出ようとして、足が止まった。

「べつにどうでもいいんだけど」われながらしらじらしい気もした。「バッキーは、わたしが誰とつきあってると思うの？」

彼は謎めいた笑みを浮かべた。「早く行ったほうがいい。遅刻は嫌いだろ？」

バッキーがギャヴのことを知っているはずはない。彼には知りようがないのだから。西棟のシークレット・サービスのオフィスに向かいながら考える。ギャヴとわたしのあいだには……何がある？　固い友情？　それよりもっと違う何か？　ううん、なにもあせって決めつけなくてもいいんじゃない？

わたしたちが先に進まないのは、彼にためらいがあるから。過去の恋人ふたりの話を聞けば、彼が恐れるのも理解はできる。でも過去は過去、今度は違う。そう思ってもらうには、どうしたらいいのだろう。あなたは不幸を招く男じゃない。それをわかってもらうには……。

トムのオフィスに入ると、「ドアを閉めてくれ」といわれた。

わたしは閉めて、椅子に腰をおろした。

「伝言を聞くかぎり、シークレット・サービスの警備を解除してほしい、ということだな？」

「ええ、要点はそう。ウェントワースさんという隣人が——」

「彼女のことは覚えているよ」

また顔がほてった。トムの頰も赤くなる。

「彼女が不審な男を見たの」

「らしいね」

「でもその男はミルトン・フォルゲイトという人で、ピーター・エヴェレット・サージェント三世の甥御さんなのよ」

トムの表情が変わった。こういう場でなかったら、わたしはその変わりぶりを見て笑っていたかもしれない。

「きのうの朝もアパートの外にいたという報告を受けた。いったいどういうことだ？　なぜきみにつきまとう？」

「ホワイトハウスで働きたくて、わたしにコネがあると思っているのよ」

「おい、おい。彼にはわからないのか？　職員につきまとうような人間が、雇ってもらえるわけがない」

「ええ、そうなんだけど……ミルトンはレキシントンの事件の情報ももってきたの」

トムはわたしを見すえた。「どんな情報だ？」

「きのう、あなたの部下に伝えたとおりよ」そこであらためて、事件の日の朝、サージェントに男がぶつかったこと、ミルトンがその男にわめいたところまで話す。

トムはうなずいた。「その件なら、きみへの事情聴取でわかっている。だがきのうは、誰からも報告をうけていないな」

この何カ月か、シークレット・サービスの失態が新聞やテレビをにぎわせている。でもそのうちどれくらいが、事実に基づいているのだろうか。

「それでミルトンは、その〝追突男〟をまた見たというの。ほかにもうひとりいて、外見を聞くかぎり、地下鉄でわたしをつけてきたブラッドと似ているところが多いのよ」

トムは大きく息を吐き、何やらメモした。「どうしていつも――」

「きみなんだ、とはいわないでね」

彼は目を上げた。「いいだろう。で、それから？」

「ふたりは三人めの男と会ったの」

「どんな男だ？」

「よくわからないけど、ミルトンがいうには政府の人間だって。ただ名前までは思い出せないみたい」

「それだけでも手掛かりにはなる。この話は全部、きのう聞いたのか？」

「ええ。でも、かなりお酒臭かったから、信憑性はよくわからないわ」

「ふむ」

「というわけだから、護衛は解除してもらえる？」

「検討してみるよ」

がっかりしたのがわかったらしく、トムはこういった。

「ぼくの独断で、即答はできない。ブラッドという男が殺人事件にからんでいるような気がしてならないからね。ベッテンコート氏の誘拐にも。ミルトンの目撃どおりであれば、その〝追突男〟も関係がある」言葉が途切れ、トムは天井を仰いで目をつむった。「なんだかぼくも、きみとおなじだな。証拠もないのに、追突男と殺人を結びつけたり。そのうえ、共犯まで疑いはじめた」

「ブラッドといっしょにいたら、かなり怪しいわよね」

「きみはぶつかった男の顔をしっかり見なかったと証言している。サージェントやミルトンも、似たようなものだろうと。だがミルトンは、おなじ男を見た、と断言したんだな？」

「そうなのよ。そこがちょっと……」

「市民は誰しも、シークレット・サービスに協力したがる」

「それだけ信頼し、賞賛しているからよ」

「不祥事さえ起こさなければね」

わたしは立ち上がった。「じゃあ、決まったら教えてね」

「了解」

ドアをあけようとしたところで、トムが「オリー」と呼んだ。

わたしはふりかえった。

トムはペンをいじりながら、椅子のなかですわりなおした。

「きみとギャヴィン捜査官は、その……」両手を広げ、首をかしげる。

どうしたらいいいか、わからなかった。この世の誰よりも、トムには正直に答えなくてはいけない。だけどその答えが、自分でも見つけられない。わたしはまごついた。

「あなたには関係ない、といってもいいんだよ」と、トム。

「ううん、そうじゃなくて、なんていうか――」

トムは黙ってわたしを見ている。

「自分でもね、よくわからないの」ギャヴとの会話をここではいえない。悩んだすえに、これなら最低限、嘘にはならないと思った。

「オリー」トムは手のなかのペンを見下ろした。「彼は友人よ」「ギャヴィン捜査官は、いいやつだよ」

「彼もあなたのことをそういっていたわ」

トムはどこかさびしげな笑みを浮かべた。

「ほんとうに」わたしはドアノブを握った。「ふたりのいうとおりだと思う」

15

トムから連絡がないまま、スコッロコの運転で会話もなく帰った。でも車を降りようとしたところで、珍しくスコッロコが話しかけてきた。

「自分は、明朝は参りません」

「休日なの？」

「いいえ、シークレット・サービスはミズ・パラスの送迎の中止を決定しました」

「じゃあ、きょうで最後なのね？」

「自分はそのように聞いています」

「誰からも連絡はなかったけど」

「自分がいまお伝えしています」

「ええ、そうね。ありがとう」

スコッロコは小さくお辞儀すると、わたしがドアを閉めるなり走り出した。

「お疲れさま！」車に向かって大声でいい、ようやくひとりになれた解放感で、ギャヴに電話した。

「もしもし、なんの電話かわかる?」

「銃を持った男、および仕事から解放された」

「なんでもお見通しね」

電話の向こうで笑い声。「それで?」

「きょうは日曜だし、わたしは鳥のように自由だし、あなたに手料理を食べていただこうかと思ったの。ご都合はいかが?」

少しの間。「ではこうしよう。わたしがきみにディナーをごちそうする。どこかそちらに近い場所で」

アパートから一キロほど先のシーフード・レストランで待ち合わせることになった。歩いてすぐだから、支度の時間は一時間ほど。手早くシャワーを浴びて、いつもは髪が顔にかからないようポニーテールにするところを、今夜は少し手をかけてみる。結ばずに肩まで垂らし、ドライヤーとブラシでさらさら揺れる感じにしてから、ヘアアイロンでゆるくウェーブをつけ……鏡で厳しくチェック。

やっぱり、やわらかく流れるようなスタイルのほうが、若く、明るい印象になっていい。はい、これで髪は終了、つぎはメイクだ。毎日の出勤では、化粧水と日焼け止めだけで、あとはせいぜいマスカラくらいのものだけど、今夜は控えめにアイライナーも。それからミネラル・パウダーを軽くはたいて、頬紅も少し。服はお気に入りの黒いパンツに決めた。上は最近買ったばかりの赤紫のブラウスにして、シルバーのイヤリングもつける。そして最後に鏡で確認し、まあまあこんなもんでしょうと満足した。だけど何より満足したのは、時間がたっぷり残ったことだ。

レストランにはギャヴより先に着きたかった。彼は迎えに行くといってくれたけど、おそらく仕事場から来るのだろうし、久しぶりに監視の目がなく、外をひとりで歩くほうを選んだ。日が沈みきるまで、まだ三十分はある。

レストランに到着して、回転ドアから入ると、その先は薄暗いバーだった。今夜はずいぶん静かで、ハイテーブルにカップルが三組と、カウンターで歓談している男性グループ一組だけだ。ざっと見まわしたけど、ギャヴの姿はない。

「やあ」いきなり真後ろで声がして、びくっとふりむくとギャヴだった。

「おどかさないでよ」

「これでわかったかな？　きみはもう少し観察力を鍛えたほうがいい」ギャヴは一歩後ずさった。「とてもきれいだ」

その言葉に、全身がふわっと温まる。「ありがとう」

「さあ、テーブルへ行こう」

椅子にすわったところで、女性の接客係がメニューを持ってきた。ウェイトレスはこのあとすぐに来るとのこと。

「きょうは休みなんだよ」ギャヴがワイン・リストを見ながらいった。「きみも飲むかい？」

休みだなんてびっくりして、うれしくて——。「ええ。いただくわ」

彼はワイン・リストをゆっくりながめ、わたしは彼をゆっくりながめる。目尻にはほんの少しカラスの足跡。唇の両脇の皺は、初めて会ったときより深くなっているみたい。でもギャヴは、ほんとにすてき。背が高くて見栄えがよくて気品があって。それに頭もきれる。心臓がどきどきしてきた。彼はいまもすごく真剣。ワインをひとつ選ぶだけでも。

ギャヴは視線をあげ、わたしに見られているのがわかってもたじろがない。それどころか、にっこりほほえんでくれた。心臓はますます加速。

「ワインには詳しいの？」

「いや、そうでもない。好みがふたつほどあるだけだが、置いている店がなかなかなくてね」

ウェイトレスが来て、本日のお勧めを説明し、飲みものを尋ねた。ギャヴのオーダーに、彼女はちょっと驚いたらしい。リストを指さし、こちらでよろしいですか、と確認する。

ウェイトレスがそのワインを持ってきて、ラベルを見せて香りをかいで――のお決まりの手順を踏み、ギャヴは笑顔で大丈夫というと、わたしをふりむいた。

「このワインは期待できるよ」

ウェイトレスがいなくなると、ギャヴはグラスの脚を持ってかかげた。

「そうだな……初めてのデートに乾杯、ではどうだろう？　デートと呼べるのは、いままで一度もなかったように思う」

お腹のなかで、胃が歓喜の宙返りをした。

「はい。初めてのデートに――」そして乾杯。「何百年もまえから知っているみたいな気はするけど」

「キッチンの生意気な女性と乾杯することになるぞ、と誰かにもし予言されていたら……」

ギャヴはその先はいわず、ほほえんでグラスに口をつけた。

わたしもひと口飲んで、ゆっくり味わう。「すばらしいわ、このワイン」

「お気に入りの片方でね。どちらかというと、赤のほうが好みだ」

「そんな気がしてたわ」

「ほう」彼はグラスを置くと、テーブルに両肘をのせた。「きみが培った超絶的推理力でそう思ったのか？」

「ええ、もちろん」わたしはもうひと口。「それにしても、おいしいわ」

「喜んでもらえてうれしいよ」

「わたしが喜んでいるのは――」ささやくようにそっという。「あなたとこうしていられるから」

「じつはそれに関して、話したいことがある」

わたしはグラスを置いた。

ウェイトレスがそれを合図と受けとり、「お食事のご注文になさいますか？」と尋ねた。

「彼はまだみたいだから」ギャヴに視線を向ける。料理のメニューを開いてもいないのだ。

「では、またのちほど」

ギャヴは鋭い目でわたしを見つめた。

「きみはいまも生意気な女性、かな？」

「あなたがわたしを最大限にそうさせているんじゃない？」

「ん？」ギャヴはメニューを膝に置いて身をのりだした。「つまり……」ためらいがちに。

「わたしが事態を悪化させていると？」

「えーっ」声が大きくなった。

ギャヴが、しっ、静かに、とたしなめる。

「それはどういう意味？」

「わたしはきみより年寄りだ」

「だから何？　たいした歳の差じゃないわ」

「わたしはずっと独り身だ」

彼の表情を読もうとしたけど読みとれない。

「独身をあきらめる気はないの？」

ギャヴは笑った。でも……悲しげな笑い。

「ほとんどない、かな」

「じゃあ、それはわたしのせいね」

「オリー、きみのせいでないことは、まえに話したはずだ」

わたしは広げたメニューを胸に当て、彼に顔を近づけた。

　わたしは彼を困らせている。

「問題は、そこよね」

　ため息をつき、話しつづけた。「あなたを前に進ませない原因は、このわたしにあるの。わたし以外の原因なんて、あってはいけないの。もしわたしといっしょにいたい、二度三度とデートしたいと思ってくれるなら、どうか、思ったとおりにしてちょうだい」椅子の背にもたれ、メニューを読むふりをする。「ね、単純な話でしょ?」ギャヴのことばかり考えて、彼が何をいうかが気になって、見ているメニューが前菜なのか主菜なのかさえわからなくなった。

「きみといっしょにいたくないわけではない」

　わたしは目をあげた。

「何かをしたくなったら、わたしは夢中になってやるわ」

「きみならそうだろうね。しかし……」

「しかし?」メニューに視線をもどす。だけど文字が目に入ってこない。「しかし、でおしまい?」

「わたしはきみが怖い」

　え? また目をあげて彼を見る。茶化したわけではなく、真剣な言葉だとわかった。

「きみは、これまで出会ったどんな女性とも違う。大義があれば、どんな危険も恐れない。ときには命を失いかけてもね。勇敢で、強靭《きょうじん》で、つねに明るく前を向いている」

「それが……いけないことなの？」

「オリー」声がやさしすぎて、うなじがざわっとした。「もっと大人になってほしい」

わたしは怒ったわけじゃない。でも、言葉を誤解されるのもいやだった。

「いつかあなたに、わたしはいくらでも辛抱するっていったわ。前言をひるがえす気はないけれど――」

ウェイトレスが来て、「お食事は？」と訊いた。

ギャヴは彼女にメニューを返し、わたしのほうに手を振った。

「レディファーストだ」

「そうね……」急いでメニューをざっと見る。「このトラウトにするわ」カネリーニ豆とガーリック、ドライ・トマト、ルッコラで仕上げたもので、おもしろい組み合わせだと思った。

「わたしはメカジキを」と、ギャヴ。「もし可能なら、アスパラガスをべつの野菜に替えてもらえるとありがたいが」

「芽キャベツかホウレンソウではいかがでしょう？」

「では芽キャベツで」

ウェイトレスがいなくなってからギャヴに尋ねた。

「アスパラガスが嫌いなの？」

ギャヴは顔をしかめた。「子どものころからね。この歳になってもだめだ」

「わたしのアスパラガスを食べたら変わるかも」

「きっとね」

「長年の思いこみが消えること、請け合いよ」

「ぜひそうなりたいものだ」ギャヴはそこで、真剣な顔つきにもどった。「オリー、前言をひるがえす気はないけれど――なんだ？」

わたしはワインのグラスをいじった。「あなたには、まだわかっていないことがある。わたしはあなたがわかるまで待つわ。喜んでそうするわ」

「わかっていないこと、とは？」

なぜこの男性にここまでの思いを感じるのだろう？　いっしょにいて、とても心が安らぐ。ここが自分の居場所だと思える。でもそこに、ひとつ大きな障害がある。

「あなた自身よ」

「意味が――」

「あなたを押しとどめているものは、過去の出来事だけじゃないの」ギャヴはすぐ否定してくれる、と思った。でも彼は、話の続きを待っているだけだ。「不幸を招く男だと信じているだけではない、もっとほかのものもある。あなたは前に進むことを望んでいるのか、それよりも引き返したがっているのか、わたしにはよくわからないわ」

ギャヴは何もいわなかった。ずいぶん長いあいだ、何もいわない。わたしの言葉が的を射たのを感じた。彼のまばたきの仕方、顔のそむけ方から、それを感じる。彼はなんとかほほえもうとした。

「抜群の推理力だな、オリー。政府の仕事に就いても有能だったろう」

軽い口調だったけど、わたしは傷ついた。それを悟られないように、またワインを飲む。

「きみはいま、わたしに何を望んでいる？」

「正直さ、かしら」

予想どおり、というように、ギャヴの口の端がゆがんだ。

「では正直になろう。だが、ここではなく、いまこのときでもない。さしあたっては、いつもとおなじでいかないか？　友人のように、同僚のように——戦友、のようにね。何か新しい話は？　よもやま話を楽しもう。ふたりのことについては、その後だ」

「〝その後〟は、今夜？　それとも一年後？」

「今夜だ。約束するよ。そういう話をレストランでする気にはなれない」

わたしは椅子の背にもたれた。どんなにおいしいディナーでも、今夜は心ゆくまで味わえそうにない。ここで話す気になれないって、どんなこと？

「わかったわ」

「それでは……厨房の仕事の調子はどうだ？　何か変わったことは？」

ハイデン家には触れないよう気をつけながら、わたしはヴァージルの件を話した。

「ダグは総務部長の役割をこなすのに苦労しているみたいだわ。結局、ヴァージルを——」

外で〝キャンプ・デービッド〟の名前を出すわけにはいかないから、古い名称を使った。

「理想郷《シャングリラ》に行かせたの。彼の頭を冷やすためらしいけど、問題解決にはならないと思う」

料理が届いて会話は中断。でもウェイトレスがいなくなると、すぐ再開した。

仕事の話をしたおかげで冷静さがもどり、目の前のトラウトをおちついて味わうことができた。

「すごくいい香りだわ」

「ダグ・ランバートには荷が重いかな。もっと経験を積まなければいけない」

「どの程度まで、彼の裁量に任せるの？」

ギャヴはメカジキを切った。

「職員情報をつねに把握しているわけではないから」

「セキュリティにかかわるときだけ？」

「まあ、そのような感じだ」

「せっかくの初デートだから、お互いをもっとよく知りましょうか？」

ギャヴの唇がひくついた。「何が知りたい？」

「手始めに、あなたが育った場所は？」

「ほとんど里親の家だ」

わたしは故郷を訊いたつもりだった。意外な答えにつぎの言葉が浮かばない。

「戸惑わせてしまったかな」

「ええ、少しばかり。もしよかったら、話せる範囲で話してちょうだい。根ほり葉ほり詮索したりしないから」

ギャヴはゆがんだ笑みを浮かべた。「それはどうかな。わたしのオリーはたしか、かなりの詮索好きだと思ったが」

わたしのオリー？　その響きに、トラウトが二倍も三倍もおいしくなった。

「いいわ。だったら何もかも話して」

「今夜は要約版にさせてもらおう」どうせたいした話ではない、というように首をすくめる。

「母はわたしが三歳のとき、ベビーシッターに預けて外出したきり、帰ってこなかった」フォークを小さく振る。「きみはこの話と、すでに知っていることを結びつけて推理するかな？わたしの人生には、大切な女性が去っていくという問題があると」

「そんなことをいうつもりはないわ」

「口にしなくても、顔にかいてある。きみは探偵としては有能だが、スパイとしては……」顔をしかめる。「さほどでもない」

「ありがとう」

「どこで育ったか、という話にもどれば、その後、里親制度に組みこまれた。幸運にも、そのほとんどがよいところだった」

「ほとんど？」

ギャヴはメカジキをまた切ったけど、口には入れずにじっと見つめた。

「最後がひどくてね。さいわい期間は短かったが。そして十八で入隊した。軍務をこなし、除隊し、学位をとり、つぎの人生を歩んで……」

その先はいわなくてもいいわ。まえに聞いた話はちゃんと覚えているから。

「……公務に就き、いまに至っている」

わたしは食べずにただじっと聞いていた。

「要約版は以上だ。これで長い完全版は聞きたくもなくなっただろう。育った場所を地理的にいえば、きみとおなじ中西部だ。やや南のインディアナポリス」メカジキを口に入れる。

「ぜんぜん知らなかったわ」

「里親のことか？　知っている人間は少ないよ。いちいち話す理由もないからね。人は評価を下したがる。たぶんこうだという憶測をもとに判断する。残念ながら、その多くは当たっているが」

「だからわたしにも話さなかったの？」

「いま話したじゃないか」目が少しやさしくなった。「きみは書物を表紙で判断したり、人を育ちで決めつけたりする人ではないだろう。そこにある姿をそのまま見ようとする。そういうところはすばらしいよ」お皿に視線をおとし、芽キャベツをフォークで刺してから、反転攻勢に出た。「きみがシカゴ出身なのは知っている。お母さんとおばあちゃんに育てられたことも。お父さんはどういう人だったんだ？」

「長い話になるわ」

「気が向かなければ無理に話すことはない」

「ううん、そういうのじゃなくて――」わたしはにっこりした。「父の名前は、アンソニー・パラス。いまはアーリントン墓地で眠っているわ」

　ギャヴは眉間に皺を寄せ、わたしの手を握ろうとしてやめた。

「すまない、オリー」

「平気よ。わたしが小さいころに亡くなって、母はあまり話そうとしないの。従軍中に亡くなったみたいなんだけど」

「具体的なことは？」

「ぜんぜん知らない」

「きみが調べまくらないとは意外だな」

　わたしはワインをひと口飲んだ。これは誰にも話さなかったこと――。

「きっとね、いろいろあるんだろうな、とは思ってるの。ＤＣには友人もできたし、その気になれば調べられるのもわかっているけど」

「どうしてやらない？」

「父の死を話題にしたら、母はきまって複雑な顔をするの」

「きみならそれで、よけい好奇心をそそられないか？」

「よしてちょうだい。わたしはそこまで無茶な知りたがり屋じゃないわ。母はね、わたしに調べてほしくないのよ」

「その理由を尋ねたことは？」

　わたしはワインのグラスを回した。

「あなたは母のあの顔を見たことがないから……」

「胸が苦しくなる？」

わたしは黙ってうなずいた。

「いい娘だ、きみは」

ウェイトレスが来て、デザートの注文を訊いた。

「いいえ、わたしはいいわ。あなたは？」

「またの機会にしよう」でもギャヴは、ウェイトレスがいなくなったところでささやいた。

「じつはこれでも多少、甘党なんだけどね」

「だったら、ペイストリー・シェフのマルセルと仲良くするといいわよ」

ギャヴは苦笑いした。「彼はわたしのタイプではない」

お店から駐車場に出て、わたしは官用車をさがしたけど見当たらなかった。そしてギャヴが腕をのばしてクリックすると、隣の通路の普通車が低い音をたてた。

「完全な休日だったのね」ふたりでそちらへ向かう。

「火曜まではね」

「あら、それはいいわ」

「きみは明日、仕事だろう？」

ちょっと考えた。ギャヴは明日、何をするつもりなのかしら？　ううん、そんなことはどうでもいい。少しでも長い時間、いっしょにいられるのなら、それだけでしあわせなのだけど……。

「明日はね」声に元気が出ない。いっそ仕事を放り投げようか、とも思った。ほんの一日だけ。でもやっぱり、責任放棄は厳禁だ。「ヴァージルがキャンプ・デービッドに行くし、国務長官の誕生日パーティの打ち合わせもあるのよ」

「わかっていたが、訊くだけでも訊こうと思ってね」

車はシルバーのホンダ・シビックだ。

「あなた個人の車なの?」

「似合わないか?」ギャヴはドアをあけてくれた。

わたしは助手席にすわりながら、「そんなことないわ」といった。「もしコルベットだったら、そっちのほうが驚きよ」

「コルベットのどこがいけない?」ギャヴは助手席のドアを閉めずに訊いた。「コルベットに乗っている友人は多いよ。わたしの趣味ではないというだけだ」

彼がドアを閉め、わたしは独り言をつぶやいた――「ほっとしたわ」

シビックのエンジンがかかった。

「まっすぐアパートでかまわないか?」

彼は今夜話すと約束してくれた。早くその話を聞きたい。

「ええ、お願い」

車はゆっくりと動きだした。

「きみはシークレット・サービスの警護がないほうがいいのか?」

「もちろん。不審な男がミルトン——サージェントの甥御さんだとわかってすぐ、解除してくれるように頼んだの」

「個人的には感心しないな。事件が解決するまで、警護はつづけるべきだったと思う」車は駐車場から出ていく。「ミルトンがきみのアパートに行った目的は何だ?」

わたしはミルトンの話を伝えた。サージェントにぶつかった男とブラッドらしき男をレストランで見たこと、名前は不明だけど政府関係者もいたことなど——。そしてあれからじっくり考えた自分の意見も。

「ミルトンの見間違いの可能性もあるけど、〝追突男〟がもしほんとうに殺人事件にかかわっていて、ブラッドがベッテンコートさんの失踪にかかわったのなら、殺人事件とキノンズ家に関連があるってことじゃない? ひょっとして、キノンズ国務長官は狙われているとか?」

ギャヴはわたしに鋭い視線を向けた。「まったく、きみという人は——」

「ん? わたし、何かいけないことをいった?」

ギャヴは正面を見据え、車を路肩に寄せると停止した。どうしていつもこうなるんだろう? わたしはまごついたけど、こちらをふりむいたギャヴのようすは、このまえのトムとはまったく違っていた。

「キノンズ国務長官に関し、脅威の存在を警告する情報は以前からある。情報源は信頼できるものばかりだが、きみはそれを漏れ聞いたのか？」

「べつに……ただ推測しただけ」

「きみの才能がうらやましいよ」

わたしは笑った。ただし、空笑いだ。

「まえにも似たような話をしたけど、才能どころか呪いに近いわ」

「だったら、きみの呪いの垢《あか》を、わたしの体にこすりつけてくれないか？」暗い車中でも、ギャヴが赤面したのがわかる。「失礼。良い表現ではなかった」

このときは、わたしも心から笑えた。

シビックは日曜夜の明るい道路にもどっていく。

「それで何か手を打つの？」

「数日内に、ニュースで聞くことになるだろう。国務長官は脅迫を受けたと発表する」

「殺害予告？」

「いや、漠然としたものでしかない。長官が狙われていることを示唆する情報はあっても、首謀者は不明だ。ブラッドと名乗った男や、きみのいう〝追突男〟は、おそらく手先でしかないだろう」

「国外のグループとか？」

「なんともいえない。キノンズ国務長官の記者会見により、暗殺計画が――あるとしてだが――練り直され、こちらに調査の時間ができるのを期待するだけだ」

「コーリー首席補佐官とパティを殺した犯人が、キノンズ国務長官を狙っていると思うの？」

「まあ、ね。いずれにせよ、ブラッドなる男に関し、きみには顔写真をチェックしてもらおうと考えている」

「それはもう警察でやったわ。成果なしだったの」

「こちらには、警察とはまたべつの写真がある。逮捕歴はないが要注意の者たちだ」

「スパイ……とか？」

「きみの警護は解くべきではなかった」わたしの質問には答えない。「追突男はさておき、ブラッドは確実にきみを知っている」

「でも住所までは知らないわ」

ギャヴはわたしに厳しい目を向けた。

「それだけであきらめる男だろうか」

この会話はもうつづけたくないと思った。

「わたしは大丈夫だから」

ギャヴは車を駐車場に入れ、奥のほうに空きを見つけてエンジンを切った。

「では、話をしよう」

急に鼓動が速まった。シートベルトをはずしてうなずく。

「部屋に上がらない？　シークレット・サービスはもういないから、その点は気にしなくていいわ」

「しかし……」

「もし長話になったら外気は冷えて、車の窓は白く曇るわ。通りすがりの人が見たら、なんて思うかしら？」

ギャヴは苦笑した。

「きみは説得上手だな」

16

ロビーに入り、フロントデスクで居眠りしているジェイムズの前をそろりそろりと通りすぎる。

「警備は名ばかりだな」ギャヴがささやいた。

「みたいね。でも彼はやさしい人だし、仕事が大好きなの。それにこのアパートは平和そのものよ」

ギャヴは眉をぴくりとあげた。

「はい、そうでした。過去にはちょっとしたこともありました」

エレベータのなかではお互い無言で、ギャヴは階数表示を見ている。いま、彼は何を考えているのだろう？

十三階に着いて、まずウェントワースさんの部屋に目をやると、ドアは閉まっていた。ギャヴにひと言いおうとふりむきかけて、視界に入ったのはわたしの部屋のドア――。ほんの少し、開いている。

それをいう間もなく、ギャヴはわたしを自分の背後へ押しやった。ジャケットの下から銃を引き抜き、ゆっくりと歩いていく。わたしに腕を振って〝廊下の端へ行け〟と指示。わたしは声には出さず口だけで、〝気をつけて〟と彼の背中にいった。

ギャヴは銃をかまえ、少しずつドアを開いていった。ドラマの刑事がやるように、声をあげたりはしない。鋭い目つきで、静かになかへ入って……見えなくなった。

息を殺して待つ。何か音がしないか、耳をそばだてる。なかで起きていることが、少しでもわかることはないか。でも聞こえるのは、建物内の装置があげるいつもの低いうなり音と、高まる自分の鼓動音だけだ。

腕時計をちらっと見る。ギャヴの姿が消えてから何時間もたった気がしたのに、実際はせいぜい二分だ。たいしたことじゃない、と自分にいいきかせる。部屋を出るとき、うっかり鍵をかけ忘れただけなのよ、きっと。

そんなうっかりがないことは、よくわかっているけど。

ミルトンではない、と思った。わたしに話したいことはもう話したのだから。それにあのミルトンが、いまさら住居侵入までするとは考えられない。

ウェントワースさんの部屋に目をやると、ドアは閉まったままだ。エレベータの到着音が聞こえたら、こっそりのぞくのがいつものウェントワースさんなのだけど……。もし侵入者がいたら？　もしウェントワースさんが目撃したら？　侵入者は彼女をどうする？

動いてはいけない。それがわかっていても心配でたまらない。わたしはウェントワースさんの部屋に向かった。

「オリー」ギャヴの声がした。ささやきではなく、ふつうの声。部屋の外に出てきた彼の顔は険しかった。「ちょっと見てくれ」

「そのまえにウェントワースさんのようすを知りたいの。廊下に出てこないなんておかしいわ」

そこで初めてギャヴも気づいたらしく、こちらへ歩いてきながら、「わたしが確認する」といった。

と、そのとき、背後でエレベータの動くかすかな音がした。いつもなら気にもとめないけど、緊張した静寂のなかでは不吉にとどろく。

「わたしの後ろにいなさい」

「ほかの階に行くのかも」

ギャヴはわたしの腕をつかむと、大きく四歩でエレベータまで行き、わたしを背中のほうへ押しやった。銃を持つ手は下げたけど、銃口は前を向いている。

「気をつけて」わたしはささやいた。

ギャヴは答えない。ぴくりとも動かない。広くたくましい背中から緊張が伝わってくる。

わたしは息を殺した。

エレベータ音はつづき、しばらくしてぴたっと止まると、今度は到着音が鳴った——この階で。ギャヴはひと言もしゃべっていないわたしに向かって、小さく「しっ」といった。

わたしに回していた腕を離し、銃を両手で持つ。エレベータの扉が開きはじめ、ギャヴは壁にはりついた。

エレベータから現われたのは、ウェントワースさんとスタンリーだった。わたしとギャヴを見て、ぎょっと目をむく。

「あなたたち!」ウェントワースさんがわめいた。「ここで何をしているの!」

ギャヴはすぐさま銃をジャケットに隠し、あやまった。

「申し訳ありません」

わたしはほっとして、大きく息を吐いた。

「ウェントワースさん……心配したのよ」

彼女は瞬時に状況を把握したらしい。

「何があったの?」

スタンリーはウェントワースさんの腕をつかんで、自分のほうに引き寄せた。顔は青白い。

「いったいどういうことだ?」わたしを見て、ギャヴを見て、またわたしを見る。

「ほんとうに申し訳ありません。部屋までごいっしょします」

ウェントワースさんはギャヴに射るような視線を向けた。

「理由を聞くまで動きませんよ。デート帰りの年寄りふたりを待ち伏せて脅した理由はなんですか」

ウェントワースさんにさからっても無駄なのを、ギャヴはもうわかっている。

「何者かがオリーの部屋に侵入したのです」

「まあ……」ウェントワースさんは喉に手を当てた。「あなたは部屋にいなかったのね？」わたしが返事をする間もなく、「泥棒？」とギャヴに訊く。「それともあなたの仕事に関係するようなこと？」

「おっしゃっている意味がわかりませんが……」ギャヴはそういいながら、ふたりをウェントワースさんの部屋のほうへ導いた。「オリーはまだ部屋に入っていません。彼女がなかのようすを見てから、警察に連絡します。おちついたらお知らせしますので、それまでご自身の部屋にいていただけますか？」

ウェントワースさんとスタンリーはしぶしぶ部屋にもどっていった。

「さあ、オリー」ふたりでドアを押して入ると、ギャヴがいった。「見てごらん」

侵入者がいたかもしれない、と思いながら自分の部屋を歩くのは、この何日かで二度めだ。一見、とくに変わりはなかった。リビングからキッチンへ。何か盗まれたものはないか。テレビの見すぎかもしれないけど、裂かれたクッションが床に捨てられているとか、キッチンの椅子が横倒しとか、そういったことはまったくない。引き出しはどれもふつうに閉まっているし。

「わたしが鍵をかけ忘れたのかしら？」

ギャヴが、ついて来なさい、と腕を振って方向転換した。

「きみのプライバシーを侵害したくはなかったが、ここも見せてもらった」

ここ、というのは寝室だった。だけどいつもと違うところはない。ごく些細な部分を除いては。

「引き出しをあけっぱなしにすることはないんだけど……」そちらへ行って、なかをのぞく。なくなっているものは、なさそうだ。でも見知らぬ誰かが下着にさわったかもと思うだけで、気持ちが悪くなる。ゆっくり歩きまわり、わずかな宝石類ももとの場所にあるのがわかった。

「断定はできないけど、見たところ、なくなっているものはないわ」

「こちらは？」遠慮して外にいたギャヴについて、予備の寝室へ行く。

「あら！　まさかあんなものを？」

ギャヴは黙っている。

わたしは机の上を指さした。埃《ほこり》ひとつない、くっきりきれいな跡が残っている。

「コンピュータがあったの。とっくに買い替えてなきゃいけないくらい古いものよ。不格好だし、動作は遅いし、部品だってもう価値はないと思うわ」つい声が大きくなった。価値のなさを強調すれば、机の上にふたたび姿を現わすかのように。「あんなものを盗んでどうするの？」プリンターとモニターのコードを引き抜き、デスクトップだけが消えている。わたしは机の前まで行った。犯人はわたしのノートや書類もごっそり持っていったらしい。机まわりはいつも、仕事の予定や終了の覚え書きなどが散らかり放題で、年に二度くらいしか片づけない。最後に片づけたのは、たしか四カ月くらいまえだ。

「コンピュータそのものではなく、なかに入っているものがほしかったのね」

盗んだ犯人に怒りが湧いて、うろうろ歩きまわる。いますぐつかまえて、わたしの財産を返せ！　と怒鳴ってやりたい。

「犯人はブラッドだと思う？」

ギャヴは無言だ。

「何を盗みたかったのかしら？」少しでも気持ちを鎮めたくて、話しつづけた。「コンピュータはレシピと電子メールでしか使っていないのよ。機密情報のアクセス権はないし、ホウレンソウの調理法なんて、秘密でもなんでもないわ。誕生日パーティの献立メモも」

ギャヴはわたしがおちつくのを待ってから口を開いた。

「キノンズ国務長官のパーティか……」独り言のようにつぶやいてから、わたしに尋ねる。「レキシントンで遺体を発見したあと、何かメモを残したか？」

「コンピュータには入力していないけど、見たときの印象を書いて――」あのメモはどこに置いたかしら？　あたりを見まわす。「ほかにはブラッドのこともいくつか。ラフなスケッチもね。あなたと別れたあとすぐよ。何かまた訊かれたときに備えて」犯人は小さなメモまで盗んでいったようだ。

「それもなくなっているんだな？」

「ええ、そうみたい」

「ほかには？」

わたしは小さな悲鳴を漏らした。「スケジュール帳！」あわてて引き出しをあけ、ひっかきまわす。「大切なことはスケジュール帳に書いておくの！」

「携帯電話ではなく？」

「ホワイトハウス関連は携帯電話と厨房のコンピュータに入れてあるわ。でも個人的なことはそれと分けて、スケジュール帳に書くの。古臭いかもしれないけど、開けば一週間ぶんがひと目で見られていいわ」

「よく考えてくれ、オリー。犯人はそのスケジュール帳で、どんな情報を知りたかったと思う？」

わたしはあれまで盗まれたことに憮然として腕を組み、床をにらみつけて思い出そうとした。

「たいしたことは何も……クリーニング屋さんの仕上がり日とか、歯医者さんの予約日。定期の健康診断とか……そんなものよ。食べもの関連のフェアも二つか三つ。またあちこち確認して、新しいのに書きこまなくちゃいけないわ……」

ギャヴは手帳にメモしている。

「直近の予定は思い出せるか？」

「どうして？」

「いいから、思い出せるか？」

「ええ。でも、どうしてそれが必要なの？」

「きみの記憶にあるものはすべて教えてほしい」

そこで、思いついた。「犯人はわたしの立ち寄り場所を知りたかったということ？　わたしを狙っている？」

ギャヴは手帳から目をあげてわたしを見つめた。不安と心配でいっぱいの目。

「その可能性はある」

わたしは机によりかかった。いくらおちついたふりをしても、心のなかは激しい怒りとともに、手に負えないほどの恐怖であふれかえる。

「コンピュータに関してはバックアップしてあるから、新しいのを買ったらもとどおりになるわ」

ギャヴは黙ってわたしを見つめつづけた。

「わたし、どうしたらいいの？」

「まず、警護をうけいれること。シークレット・サービスに厳重警戒してもらう」

それしかないと思った。胃がちぎれそうになり、足が震える。わたしはうつむき、膝に両手を当てた。

「大丈夫か？」

ギャヴがそばに来てくれて、前かがみのまま顔をあげかけると、プリンターの下が見えた。そこに何か光るものがある。

「あら、何かしら」

「待て――」ギャヴは止めようとしたけど、そのときにはもう、わたしは手をのばしてつかんでいた。

「ノートは盗んでも、ペンは残していったみたい」わたしはそれをギャヴに見せた。例の、お礼にもらったシルバーのペンだ。「刻印があるから、持っていると危ないと思ったのかしら。それともただ見過ごしたか」

ギャヴはペンには目もくれず、わたしをにらんでいる。

「わたしの講義を忘れたか？　怪しいものにはけっして手を触れるな」

「怪しくなんかないわ。わたしのペンだもの」

「オリー」声がもっと怖くなる。「記者会見室で、ふたりで訓練しなかったか？」

そうだ、わたしは偽爆弾のグループ講義をサボり、そのせいでギャヴから一対一の特訓を受ける羽目になったのだ。あれが彼との出会いだった。

わたしはほほえんでギャヴを見あげた。

「あのとき、ギャヴィン捜査官はすてきな人、と思ったような気がするわ」

ギャヴは眉をつりあげた。でも心のなかでは笑ったみたいだ。ただし、ほんの一瞬だけ。

「犯罪現場に一歩でも足を踏み入れたら、すべてを疑ってかからなくてはいけない。軽はずみな行動はとるな」

「もともと軽はずみだもの」と、冗談で空気をやわらげようとしたけど、逆効果だった。そこですなおに認める。「はい、わかりました。もっと気をつけないとだめね。教わったことを忘れて、はずかしいわ」

「ほう。はずかしいのは、わたしに叱られたからじゃないか？」今度ははっきりとほほえんだ。

考えているうち、体が震えてきた。結局、この部屋は誰かに――たぶん人を殺せるほどの悪人に、侵入されたのだ。わたしなんかでは防ぎようがなく、抵抗することもできない。自分がいかに弱く小さいかをひしひしと感じた。

「ごめんなさい、ギャヴ。それほど軟弱な人間じゃないつもりだったけど……」

「軟弱だなんてとんでもない。きみは強い人だよ、オリー」

小学生のころ、十一歳くらいのとき、学校帰りにひどくいじめられた。でもそのあとは、いつもとおなじように家の玄関階段をとんとんとあがった。そして玄関をあけ、いつもの調子で元気よく、ただいま！　と声をあげた。奥から母さんが、お帰り、といって顔をのぞかせ――そのとたん、わたしは泣きくずれた。いまが、あのときとおなじだった。ずっとひとりで、気持ちをしっかり保ってきた。なのにいまこのときは、雨に濡れた子猫のように震えている。

「心配するな」そっとギャヴがいった。「わたしがついている」

彼の胸に顔をうずめたかった。人殺しがわたしの部屋を歩きまわった跡を見たくなかった。だけどもう十一歳の子どもではなく、それはわたしのやり方でもない。大きく深呼吸して弱気を吐き出し、一歩後ろに下がる。

ギャヴはわたしの顔をじっと見た。

ゆっくりと部屋を歩いてみる。散らかった書類と埃をかぶったデスクトップのない部屋は、ずいぶんがらんとして見えた。

「じゃあ、何から手をつけたらいい？」

「それでこそオリーだ」

「だけど、くやしいからといって犯人をつかまえることはできないから……」

「まずは警察に連絡だ」

ほとんど待たずに警官がふたり来た。そしてフロントのジェイムズと話し、わたしには型通りの質問をしただけで、悲観的なことをいった。

「この種の家宅侵入は、犯人が指紋を残し、それがデータベースのものと合致しないかぎり、なかなか解決できないんですよ」

「そうかもしれないわね」

警官たちは、わたしの横で何もいわないギャヴに目をやった。

「あなたもこちらにお住まいですか？」片方が訊いた。ギャヴのジャケットのふくらみに気づいたようだ。

「いや、住人ではない」

「銃の携帯許可は？」

ギャヴはシークレット・サービスのＩＤを取りだして見せ、警官ふたりは同時にうなずいた。そして片方が確認する。

「ここはなんらかのセキュリティの対象になっているとか？」

「パラスさんはホワイトハウスの職員でね」

警官たちは、とりあえずはそれで納得したらしい。そして帰りかけたところで、ひとりがふっと立ち止まった。

「あなたは先日、行方不明の老人を地下鉄駅で助けた人ではないですか？」

わたしはギャヴを見たけど、彼は無表情だ。

「ええ、わたしよ。そういえば、あのとき顔写真を撮られたわ」

警官は「どこかで会ったか見たかしたような、と思ったんですよ」とほほえみ、「では、お気をつけて。おやすみなさい」と、帰っていった。

それからすぐ、ウェントワースさんがやってきた。すぐ後ろにはスタンリー。

「どうだったの？　何か盗まれた？」

たいしたものは盗まれなかったと答えると、ウェントワースさんは首を横に振った。

「盗みたかったのは品物ではなく、あなただったのよ、オリー」

「同感です」と、ギャヴがいった。「警備を再開するよう、早速連絡します」

ギャヴは電話を取りだし、ウェントワースさんはその腕をつかんで止めた。

「今夜はあなたがオリーを護衛しないとだめよ」握った手に力を込める。「それがいちばんいいのは、あなただってわかってるでしょ？」

ギャヴは横目でちらっとわたしを見た。

「オリーは隣人に恵まれていますし——」ウェントワースさんの手にやさしく自分の手を重

ねる。「とても心をそそられるご提案ですが、ひとりではなく複数で護衛したほうがよいでしょう」

電話をかけようとした彼を、今度はわたしが止めた。「護衛に関してはもう何もいわないわ。でも、あなたがここにいたことをどうやって説明するの?」

「みんなにわかってしまうわね」ウェントワースさんが眉をぴくぴくさせた。「おふたりが個人的に会っていたことを」

ここまでずっと黙っていたスタンリーがいった。

「彼は秘密の存在ということか?」

ウェントワースさんは肘でスタンリーをつついた。「まだ公表していないのよ」そしてまたギャヴに向かって眉をぴくぴく。「でしょ? だけどみんなに知れるのは、時間の問題よ」

侵入事件さえなかったら、この場の会話を楽しめたのだけど、いまはそうもいかない。わたしはギャヴの手を握った。

「連絡は、わたしのほうからしましょうか?」

ギャヴは迷っているらしく、即答しない。

「トムに電話するわよ。ね?」

ウェントワースさんがスタンリーに目くばせした。でも彼には何のことかわからない。

「さあ、さあ、わたしたちは消えるとしましょう」

ふたりがいなくなると、ギャヴは電話をしまった。

「そうだな、きみから連絡したほうがいいだろう。だが確実に安全とわかるまで、ここに残っているよ」

トムは日曜の夜遅くの電話がわたしからだと知って驚いた。そして事情がわかると、ひどく心配げな声になる。

「きみは大丈夫か？　怪我は？」

「ええ、大丈夫よ。留守中だもの」

「どこにいたんだ？」

予想外の質問だった。「外出してたの」

「ひとりで？」

それには答えなくてもいいだろう。「とにかく連絡しなくちゃと思って。今後のことはお任せするわ」

「きみは警護をいやがっていたが、こうなると、そうもいかないよ。また何か起きるまえに、すぐ連絡してくれて賢明だった。最近のきみはずいぶん理性的だな。どうしたんだ？」

わたしは電話を耳から離し、にらみつけた。ギャヴは首をかしげている。そしてまた耳に当て、

「あなたに認めてもらえてうれしいわ」といった。「そろそろ切るわね。何かほかに訊きたいことはない？　護衛の人は知らないうちに上にあがってきたりはしないわよね？　でないと侵入者と区別がつかないから」

「まえのときは、あんなやり方ですまなかった、オリー」

「気にしなくていいわ」

「あやまるよ。話そうと思っていたが、そのままになってしまった」

わたしはもう何もいわない。

「ところでギャヴィン捜査官は、きみの行動に特別な関心があるみたいでね。ひょっとして、この電話は彼のアドバイスかな？　もちろん、いい意味でだよ。きみらしくないというか……」ふうっと息を吐く。「こんな話はよしたほうがいいな」

「この電話は、わたしが自分で考えたのよ」真っ赤な嘘とまではいえない。「わたしもまだ捨てたもんじゃないでしょ」

「ほんとにすまない。護衛は二十分以内に着くようにする。到着したら、まずきみに連絡しろといっておくよ」

「ありがとう」

電話を切ると、ギャヴが興味津々の顔で訊いた。

「さっき電話をにらみつけたのは、なんだったんだ？」

「古傷よ」

ギャヴは尋ねたことを後悔したらしい。

17

月曜日。日が昇りはじめたころ、わたしはシークレット・サービスの車に乗った。どうも、前の車とおなじに思える。いずれにしても、車内の飾りつけはどれもおなじだし、黒い座席にクロームトリム、窓は防弾ガラスだ。運転もおなじスコッロコだけど、前回と今回の大きな違いは、わたしが不在のあいだでも、アパートの外に常時ふたりがはりつくことだった。

黒い空が灰色に変わっていくなか、わたしはかなりの寝不足を実感した。護衛が到着するまで、ギャヴはわたしの部屋ではなく、駐車場の車のなかで周囲に目を光らせた。部屋を出るとき、彼はわたしの肩を抱き、またいつかゆっくり話せるときがくる、そのときを待っていよう、きっとすぐにくる、といった。

彼がいなくなり、わたしはコンピュータが盗まれた予備の寝室をうろうろした。たまらなく、むなしかった。いまもそのむなしさはつづいている。ギャヴは全力でわたしを守ってくれた。

なのにそれでも、危険を承知で部屋に入り、立場を顧みず、護衛を依頼しようとしてくれた。わたしは彼の人生の一部にはなれないらしい。

窓の外をながめる。実用に徹した車。会話をしないドライバー。むなしさは、孤独感は、消えようもなかった。

厨房に入るとすぐ、きょうのスケジュールをチェックした。誕生日パーティの件で、十一時にサージェントと打ち合わせる予定。弔意を表明してもなお行事を催すことに違和感を覚えたのは、これが初めてではない。だけどビッグ・イベントであればあるほど、身動きがとれないのもわかる気はする。厨房としては、ひと月後のパーティを成功させるべく、ともかく前に進むしかなかった。

スケジュール表を見ながら、ちょっと考えた。政府顧問団の食事は九時だから……九時半にはカリグラフィー室に行って、リンの話を聞くことができる。バッキーもシアンも大反対だったし、たしかにサージェントはいやなやつだけど、仕事にいいかげんな人ではない。バームガートナー夫妻の名前がリストから消えたのは、サージェントの過失とは思えなかった。わたしを前へ突き動かすものがあるとすれば、それはパズルのピースがうまく合わないときの好奇心だ。

数分後にバッキーが出勤して、つづいてシアンも到着。三人で顧問団の朝食準備にとりかかった。作業に集中する心地よい沈黙のなか、三人の息は合い、順調に料理が仕上がっていく。このチームで何百、いや何千という料理を、世界のリーダーたちのためにつくってきた。きょうのようにヴァージルがいないと、ほんとうに何もかもがスムーズでほっとする。あとはヴァージルが——わたしは唇を噛んだ——キャンプ・デービッドでおかしな告げ口をしないよう願うだけだ。

フライパンのなかのジャガイモをスパチュラで押しながら、ヘンリーのことを考えた。このヘンリー考案のハッシュドポテトは、いまではホワイトハウスの名物料理だ。わたしとバッキー、シアンがチームとしてうまく回るようになったのも、前任のエグゼクティブ・シェフ、ヘンリーのリーダーシップがあってこそだといえる。わたしたちにとって、ヘンリーは良き師、良き相談相手であり、また、父親のような存在でもあった。下面がいい色に焼けてかりかりになったジャガイモをひっくり返す。それにひきかえ、わたしはほんとに力不足だ。ヴァージルが加わったいま、どうすればヘンリーのように協調関係をつくることができるだろうか。

ヴァージルのほうが馴染もうとしない、とばかりはいえない。気持ちよく働いてもらおうと、わたしなりに努力はしてきたつもりだけど、無意識のうちに苛立ちや反感を見せ、エグゼクティブ・シェフという立場への固執を感じさせたのではないか。

料理ができあがり、盛りつけも完了。給仕にバトンタッチしてひと息つき、これからもっとまとまりのある厨房チームをつくらなくては、と気持ちを新たにした。そう簡単にはいかないだろうけど、ヴァージルがいないあいだにやり方を考えておかなくては。

ではそろそろ、カリグラフィー室に行こう。サージェントはわたしのために、あれだけ嫌っているミルトンに連絡してくれたのだから、わたしはリンに話を聞くのだ。サージェントとは波長が合わないけれど、何かをすることで少しは溝が埋まると思いたい。ヴァージルとの関係とおなじだ。

明るい気持ちで東棟へ向かい、階段をあがってカリグラフィー室へ。ここはかなり広く、ずらりと並ぶ斜面机の前で、カリグラファーたちが美しい文字を書くのに集中し、彼らを作業灯が明るく照らしていた。

「失礼します」

声をかけるとみんながふりむき、部長のエミリーがペンを振った。

「おはよう、オリー。何かご用?」

「少しだけ、リンと話せないかしら?」

リンがつと顔をあげた。「わたし?」ペンで自分を指し、「何かミスでもしたでしょうか?」と不安げにいった。

「ううん。招待状についてちょっと訊きたいことがあるだけ」

エミリーはリンに、わたしのほうへ行くよう手を振った。

「話してらっしゃい」

リンはペンを置き、わたしについてホールへ出てきた。

「厨房の方が、わたしに何を?」

「国務長官のパーティの準備を手伝っているの。責任者でないのが、ほんと、ありがたいわ」彼女の気持ちを楽にしたくて軽口をいい、ほほえむ。若くて内気なリンはいま、おどおどした子猫みたいだ。髪の色は白っぽく、両目はかなりくっついている。ほかに大きな特徴はなく、小柄でもあるから、目立たないタイプといえた。

「式事室のサージェント室長がね、招待客リストについて知りたいことがあるみたいなの」

リンは潤んだ目をしばたたいた。

「知りたいこと？　あの室長さんは、なんだか怖いです」

怖がってる人はたくさんいるわ、とはいわずにおいた。

「心配しなくていいわよ。よくわからないことがあるから、ちょっと教えてほしいだけ。誕生日パーティの招待客リストから、バームガートナー夫妻が漏れた理由を何か知らない？」

「いまは入っています」リンは即座にいった。「追加されました。いまはもう、漏れた人はいません。二重、三重にチェックしましたから。間違いないです」

リンはどうやら、自分の責任にされると思ったらしい。

「知りたかったのはね、夫妻の名前がリストから漏れた経緯なの。サージェントさんは削除した覚えがないのに、そちらに送ったリストでは削除されていたでしょ？」

「すみません、どういうことなのか……」

「じゃあ、ひとつずつ訊くわね。夫妻の名前がないことに気づいたのは、あなたでしょ？」

顔に赤みがさし、リンは目をそらした。「気づいたというより、ただ照合しただけで……」

「あなたより先に、おかしいと思った人がいたの？」

リンはもっと顔を赤くして、言葉に詰まりながら話した。

「わたし、仕事は静かなところでしたくて、すごく早く出勤するんです。ひとりきりで書くほうが、出来がいいので」

せかさずに、黙って聞く。

「わたしはカリグラファーです。招待状とかカードとか、割り当てられたらなんでも書きますけど、それを送る理由とか、誰が招待されるとか、そんなことは気にしません。ただきれいな文字を書くことだけ考えます」

「ええ、わかるわ」つまり彼女は、招待客リストに関心などないということ。だったらどうして、今回はこんなことに？

「あの日、出勤したら、机のライトに付箋が貼ってあったんです。国務長官の誕生日パーティの招待客リストをクロスチェックしなさい、という内容で、部長のエミリーからのものだと思いました。いつものエミリーの筆跡とはちょっと違ってましたけど、ともかくそう思って――」首をすくめる。「わたしはチェックしました。リストを全部、コンピュータで印刷して。資源の無駄づかいだとわかってましたけど、こういう仕事をしていると紙のほうがやりやすいので」

「ええ、きっとそうでしょうね」相槌《あいづち》をうつだけにする。

「それで一人ひとり照合していって、消された名前を見つけました。だからエミリーに、やっぱり食い違いがありましたと報告したら、エミリーはなんのことかわからないみたいで……。あの付箋は、エミリーが貼ったものじゃなかったんです。でも問題は問題なので、処理しました」

「結局、その付箋は誰が？」

「エミリーはみんなに訊きましたけど、誰ひとり、覚えがありませんでした」

「それは変ね」

リンは顔を真っ赤にしたままつづけた。

「エミリーは、バームガートナー夫妻の名前を消すなんて致命的なミスだ、よく見つけたと誉めてくれました。でも、わたしはただ照合しただけで……。守護天使が舞いおりて、幸運を授けてくれたとしか思えません」

「あなたが照合しなかったら、たいへんなことになったわ。胸を張って自慢していいのよ」

「エミリーもそのようなことをいってくれました」

「きっと誰だってそう思うわ」ただし、削除された経緯は不明のままだ。「あなたが受けとったリスト――夫妻の名前がないほうのリストについて訊いてもいい？」

「どのようなことでしょう？」

「ふつうと違うところはなかった？　たとえば、サージェントさん以外から送られてきたとか？」

「わたしはサージェントさんから直接は受信していません。すべてエミリーが受信して、それをスタッフに割り当てるんです。データの更新もエミリーから伝えられます。エミリーの話だと、サージェントさんがリストは修正されたとメールしてきたそうです。だからそれを最終版として使うつもりでいたら……」下唇を嚙む。「あの付箋が貼られていました」

「ありがとう、リン。とても助かったわ」

リンの表情がようやく明るくなった。「こんなものでよかったですか？」

「ええ、十分よ」でも実際は、謎が増えたといっていい。この件は最初から最後まで、どこかうさんくさい。

部屋にもどりかけたリンをわたしは引き止めた。

「この件について、誰かに訊かれた？　サージェントさんとエミリー以外に？」

「いいえ、誰にも」

「時間をとらせてごめんなさいね」ちょっとためらったけど付け加える。「もし誰かに訊かれたら、教えてくれる？」

「はい、わかりました」

「何か困ったことでも？」厨房にもどるとシアンがいった。

「べつに何も」

バッキーが鼻を鳴らした。「オリーはポーカーに不向きだな。カードを引くたび、顔に出る」

「べつにたいしたことは……」

ふたりはじっとわたしを見ている。でもわたしは、先をつづけなかった。

「まだお昼まえよ」シアンは笑った。「朝食しかつくっていないの。いくらオリーでも、揉め事を起こすには少し早すぎるわよね」

「サージェントのトラブルのことは話したでしょ？　彼の知らないうちに、招待客リストが変更されていたこと」

バッキーは顔をしかめた。「ほったらかしておけなかったのか？」

「だって、そういうわけにはいかないもの」バッキーもシアンも、見るからに不満げな表情。

「やってもいないミスの責任をとらされるかもしれないのに、知らん顔はできないわ。そりゃね、たしかにサージェントは良き友ではないけど――」

「良き友じゃないどころか」と、シアン。「オリーを敵視してきた人よ。もしオリーのほうに何かミスがあったら、彼はどうすると思う？」わたしは返事ができなかった。「まちがいなく、徹底して責めてくるわ。あなただって、それくらいわかってるはずよ」

「想像するに」と、バッキー。「サージェントを助けるために動く職員はひとりもいない、だから自分がやるしかない、と思ったのかな？」諦めのため息をつく。「命にかかわるような危ないことでも、オリーはかぎまわるのをやめられないからな」

「それがね、じつは問題解決どころか、もっとおかしなことがわかったのよ」

バッキーとシアンは顔を見合わせた。

「また何か新しいこと？」と、シアン。「お願いだから、もう首をつっこまないでね。オリー自身の精神的安定のためだけじゃなく、わたしたちのためにも。サージェントがあなたに罠を仕掛けた可能性だって、けっして否定できないのよ」

会話をつづけてもしようがないと思った。ふたりの知恵を借りるのは、どうやら無理らしい。こと、サージェントに関しては。

「まあ、よく考えてみるわ」わたしは話題を変えようと、コンピュータの前に行った。「つぎの仕事は？」

バッキーが横に来て、新規のスケジュールを指さした。

「キノンズ国務長官の昼食が入った。大統領は午後、国務長官と打ち合わせをするらしい」

「午前中の閣僚会議とはべつに？」

シアンがうなずいた。「記者会見のあとでね」

「あら、そう。いつ連絡が？」

「オリーが探偵をしに出かけているあいだ、ダグから。遅めの昼食で、大統領と国務長官とあと数名。詳しいことは、こっちにあるわ」

わたしはそのページを見た。「大統領のランチは、スープとサラダをやめて、チーズバーガーとフライドポテトにするの？」

バッキーは首をすくめた。「ファースト・レディの居ぬ間に、だろ」

「そういえば、夫人と子どもたちはいつ帰ってくるの？」

「それをいいかえると」と、バッキー。「ヴァージルはいつ帰ってくるのか？　一日でも遅いほうがありがたいな。厨房が静かでいいよ、きょうみたいにね」

シアンはバットの上のビーフ・ミンチをすくい、丸い形に整えながら、「わたしもバッキーとおなじよ」といった。「ヴァージルを辞めさせる企みがあったら、わたしも一枚かむわ。

でもどうせなら、ヴァージルより先にサージェントかな」

それを聞いて、ふっと思った。バッキーやシアンが、まさか招待客リストをいじるなんて考えられない。そもそもアクセスできないだろうし……。でも、リストからバームガートナー夫妻の名前を削除した人間は、リンの作業灯に付箋をつけた人間とおなじだろう。そうやって、あえて間違いを見つけさせたのだ。目的はパーティの混乱ではなく——サージェントをホワイトハウスから追い出すこと。

バッキーはまた仕事に集中し、シアンはミンチを丸めながら小さくハミングしている。サージェントが解雇されたところで、ふたりは涙を流したりしないはず。かといって、リストを改ざんするほどのことはしない。つまり、よほど……。

いつになく豪華なランチができあがった。ベーコンつきのチーズバーガーに、ぱりぱりのフライドポテトだ。リクエストはなかったけれど、栄養面を考慮して、サラダもおまけにつけた。そして後片づけも完了。しばらくしたら、夕食の準備にとりかからなくてはいけない。

「大統領は、ひとりで夕食よね？　変更はない？」わたしはふたりに確認した。

「いまのところ、変更の連絡はなし」

わたしはコンピュータの前に行くと、上の階で行なわれる記者会見の生中継を見た。シアンがわたしの肩ごしに画面をのぞき、「どこがおもしろいの？」と不思議そうにいった。

キノンズ国務長官が記者会見することをギャヴから聞いたの、とはいえない。

「だってペンまでいただいたし、いやでも親近感をもつわ」

「オリーらしいわね」

「行方不明だったおじいちゃんが見つかって、奥さんも――」

「国務長官の奥さんと会ったの？」

「あの記者会見のあと、ちらっと見ただけ。憔悴《しょうすい》しきってたわ」

「ちらっと見ただけでわかるのか？」と、バッキー。

わたしはふたりに向かって指を振りながら、「気をつけたほうがいいわよ」と笑った。「長く知っていればそれだけ、もっとずっといろんなことがわかるんだから」

いよいよキノンズ国務長官の話が始まる。長身で肉づきがよく、ふっくらした桃色の頰、目尻の深い皺。カメラの前では堂々として、いつも笑顔で語り、その声も大きい。そしていつも、愛想がよかった。聞くところによると、最初はその外交姿勢が海外の首脳から批判的な目で見られることが多いものの、いったん交流が進むと、逆に彼の人柄に魅了されていくという。そして短い期間でも、大きな成果があがる。〝比類なき〟とか〝鬼才〟といった表現がよく使われ、政治評論家たちは彼を、優れた戦略家でありながら全方位外交ができる稀有《けう》な政治家、と評していた。

ところがきょう、キノンズ国務長官は笑顔ではなかった。

「みなさん――」大きな手で演台の縁をつかみ、カメラを見据える。「事前にお知らせしたとおり、わたしの事務所に脅迫状が届きました。わたしだけでなく、家族もふくめた脅迫です」右のほうに腕を振る。「彼らシークレット・サービス、および首都警察の精鋭たちが二十四時間体制でわたしたち家族を守りぬき、脅威を廃絶、掃討すると約束してくれました」

「廃絶とか掃討って、まるで命を奪うみたいね」と、シアン。

「そこまでじゃないでしょう」と、わたし。「犯人を逮捕するってことよ」

「しーっ」後ろにいるバッキーからたしなめられた。

「きょうのこの会見は、みなさんにその詳細を伝えるものです」

キノンズ国務長官の後ろには大統領、その左にイーサン・ナジ、右にはトムと報道官。誰ひとりとして、国務長官の話に表情ひとつ変えない。もちろん、すべて台本どおりだからだ。

「数日まえ、行方不明だったわたしの義父が無事に帰宅できたことを報告しました。しかし、じつは行方不明ではなく、誘拐されたのだと確信しています」いったん言葉を切り、わりと長めの沈黙をつづける。「義父を誘拐したのは、わたしに脅迫状を送った者です」記者たちの反応は見えないけれど、いっせいに質問が飛ぶのは聞こえた。国務長官は片手をあげて制止する。「もう少し話をつづけさせてください。質問は、その後に——」

会場は静まり、国務長官はまた演壇の縁をつかんだ。

「ホワイトハウスは、ここで働く者たちはみな、先週起きた悲劇——コーリー首席補佐官とパティ・ウッドラフの死に涙しました」ぎゅっと目をつむり、しばし沈黙。「わたしはふたりのどちらも、よく知っていました」そこでもう一度、気持ちをおちつける。「ふたりの尊い命を奪ったのも脅迫状の送り主であると、いまは確信しています」

記者たちが息をのむのがわかった。わたしのそばで、シアンとバッキーも息をのむ。

「オリーはこのことを知っていたんじゃないか？」バッキーがいった。

「疑ってはいたけど……」

「どうして？」と、シアン。

バッキーはわたしに鋭い視線を向けたけど、何もいわない。

「怯えているかと？」キノンズ国務長官は質問に答えている。「これで怯えない者などいますか？　しかし、先ほどもいったように、わたしはシークレット・サービスと首都警察の力を信じていますから」いっそう表情を硬くし、カメラを真正面から見据えた。「犯人は——」低く太い声。「覚悟しておくがいい。このようなことをした報いから、けっして逃れることはできない」

さらにいくつか質問に答えてから、キノンズ国務長官は後ろに下がり、報道官がマイクの前に立った。

わたしたちは画面を切り替える。

バッキーがぽつりといった——。「ホワイトハウスで退屈することなんてないな」


本来の仕事に集中し、一段落したところで西棟に向かった。バッキーとシアンには、どこへ行くかは伝えない。大反対されるのは見えているから。

サージェントのオフィスのドアをノックし、声が聞こえてなかに入った。そして初めて、ここには窓がひとつもないことに気づいた。陰気だし、なんだかさびしい気もする。

「お時間、ちょっといいかしら？」

「かまわない。ミルトンはきみに感心していたよ」

わたしは椅子に腰をおろし、「彼は孤独なのではない？」といった。「だからわたしのところにも来たような気がするの」

サージェントはこれには答えず、デスクの上で手を組んだ。

「用件は何かな、ミズ・パラス？」

「最初にお礼をいわなくては。ミルトンに連絡してくれて、ありがとうございます」

「最初にいっておく。親戚が他人の部屋をのぞいて逮捕されたらたまらない。だからあれは自分のためにやった」

シアンやバッキーの言葉がよみがえり、ふたりのいうとおりだと思った。でも、やってもいないことで非難されたり解雇されたりするのは、やはりおかしい。

「ほかには、ミズ・パラス？」その表情は、きみを見るのはもううんざりなんだよ、といっているようだ。

いざ決断のとき——彼を助けるか、否か？

悩んだときは引き延ばし作戦でいこう。

「その後また、ミルトンと話したりしたの？」

「ありがたいことに、きみのおかげで」わざとらしく、目をくるりと回す。「何度も何度も、電話がかかってきたよ」人差し指を立てる。「それとはべつに、直接会いもした」

「きょうはまだ月曜よ。この二日間でそんなに？」

「ふたたびシークレット・サービスがきみのアパートを警備しているのだろう？」質問ではなく断定だった。「きみは銃を持った男に警護されているのではないか？」

「ええ」

「なぜわたしがそれを知っていると思う？」

「ミルトンから聞いたの？」

うすら笑いを浮かべる。「そのとおり。きみはミルトンに、自分の代わりに探偵ごっこをやるようそそのかしたらしい」

「そんなことはいわないわ」

「口でいう必要はない。きみはミルトンにとって、苦難の乙女なんだよ。きみのために何かすることで、あいつは騎士の気分になれるらしい。ばかなやつだ。きみの強さは男顔負けだというのに」

「だったら、わたしから彼に話すわ」

「ああ、そうしてくれ」

サージェントの返事に、わたしはびっくりした。

「いいんじゃないか？　あいつのところに行って、話してくれ。家に連れて帰り、体を洗ってやり、心地よく眠らせてくれ。たまには散歩に連れていくのもいいな」

「ピーター、いったいどういう――」

「ミルトンは、かまってもらえてしあわせだろう。きみのほうは、世話をやくペットができてうれしい。なんとも絶妙なカップルだよ」

サージェントはわたしが知っているなかでも指折りの不愉快な人だ。とはいえ、ここまでのことはめったにいわない。

いま彼は、早くいいかえせ、という目でわたしを見ている。でもその目の奥に、何かべつのものがあるような……。サージェントはわたしに喧嘩をふっかけた。そうでもしなければ、よけいなことを話してしまいそうだからではないか。ミルトンをあれだけ嫌うのは、たぶん、ひどく傷つけられたからだ。わたしでも、それくらいは察しがつく。目の奥にうごめくものは、怯え。ミルトンとわたしのつながりを、サージェントは怖がっている。

「カリグラファーの――」と、わたしはいった。「リンに会ったわ」

サージェントの顔つきが、びっくりするほど急変した。

「それで?」ぐっと身をのりだす。「不正なリストを送ったのは誰だといってた?」

「リストはいつもエミリーに送信するんでしょ?」

「ああ、そうだよ、そうだ」じれて、いらついている。

「不正リストを使用するまえに、リンのところに〝守護天使〟が舞い降りたらしいの」わたしはリンから聞いた付箋の話をくりかえした。

サージェントは半信半疑だ。

「カリグラファーの誰かが間違いに気づいたのなら、自分で訂正すればいいものを。その話は筋が通らないな」

「あなたを陥れたい人がやった、と考えれば筋が通るわ」

サージェントは考えこんだ。「わたしはカリグラフィー部の職員をほとんど知らないが……」

「あそこの人たちは関係ないように思うの。リストを改ざんした人が、付箋を貼ったのよ。心当たりはない？」

「このホワイトハウスの職員で？」と、サージェント。「ならば、きみしか思いつかない」

わたしは笑いそうになった。「いいえ、わたしではありません。断言します」

サージェントは横を向き、うつむいた。「もちろん、きみではないな。きみのやり口ではない。きみならこそこそやらずに、顔面を殴りつける」

「それはお誉めの言葉よね？」

サージェントは顔をもどし、わたしをまっすぐ見つめた。その目にかすかに笑いがよぎる。

「では、どうしたらいい？」

「わたしたちはまだ、パーティの準備でやることがあるでしょ？」

「違う。妨害工作に関してだ」

「やれることは、ほとんどないような……付箋を貼った人間を見つけないかぎり」

「職員に、地道に聞き取りをすればいい。ホワイトハウスに出入りできる者のリストをもとに、付箋が貼られた日にカリグラフィー室の近辺にいた者、わたしのオフィスにあの日、入れた者を調べる。そうすればある程度、範囲がせばまるだろう」

「本気でいってるの？　そんなのは不可能に近いわ」

「きみとふたりでやれば――」

わたしはとんでもない、というように手を振った。

「辞退します。特定の日に特定の場所に、それも二日で二カ所もあるのに、職員に訊きまわるなんて論外よ。〝干し草の山に針をさがす〟どころの話じゃないわ」サージェントが本気でそんなことを考えたとは信じられない。「それとなくつついて、反応があるかどうかを見るならまだしも、全面的な聞き込みはむしろ、ピーターに不利に働くかもしれないわ」

「きみがやってみるのか？」

「え？」

「それとなくつついて、反応を見るのか？」

「わたしがやるなんて、いっていません」

「こんなことをいうのもなんだが」サージェントの目に、いつもの意地の悪い光がもどった。

「きみは陰謀を暴く名人であることをすでに証明している」

「一日に二度もわたしを誉めるなんて――」椅子の背にもたれた。「ピーターも、以前のような切れ味を失いつつあるのかしら？」

「慎重にしなければ、失うのは切れ味どころではなくなる。この何カ月かで、予想外のことがいくつも起きてね。今回初めて、その元をたどれそうなのだ」サージェントとは思えないほど、情けない顔つきになる。「だから、きみの協力がほしい」

本音をいうと、わたしも元を知りたくてたまらなかった。サージェントのためというより、自分のために。見えないところで、何かひどく汚いものがうごめいているような気がしてならない。式事室の室長を、こういうかたちでホワイトハウスから追い出すのは不当だと思う。裏に何があろうと、誰がいようと、止めなくてはいけない。

「かならず何か見つけ出す、なんて約束はしませんからね」

サージェントは驚きを隠そうとしても隠しきれなかった。

「何かあればいつでもいってくれ。わたしにできることはやる」

「じゃあ、とりあえずひとつ」

サージェントはうなずいた。

「ミルトンに、もう少しやさしくしてちょうだい」

ぎょっとのけぞり、サージェントは頭から湯気を立て、口をぱくぱくさせた。辛辣な言葉を返したいのを我慢しているらしい。

「きみの――」ようやくおちついていう。「協力には感謝する。たしか、つぎの仕事はジャン・リュックの再訪だな？」

18

その晩はスコッロコの運転で、会話なしの帰宅をした。ただ今夜は、さすがのスコッロコも驚いたらしい。途中で寄るところはないかと形式的に訊いたあと、わたしが〝ある〟と答えたからだ。今夜ばかりはどうしても、わたしはそれを買いたくてたまらなかった。

部屋にもどってカウチで、バスキン・ロビンスの一パイントを膝にのせ、冷たい、おいしいアイスクリームを食べた。わたしはこのミント・チョコレート・チップが好きで、冷蔵庫にしまったふたつめもおなじ味だ。このペースで食べていけば、あっちの蓋もたぶんあけるだろう。

うっとりするほどおいしかった。ミントの香りにおいて、バスキン・ロビンスの右に出るものはないと、百万回くらい思う。それに後悔で自分の身を溶かすより、アイスクリームに溶かして食べたほうがずっといい。

テレビはつけず、照明もつけず、外の街灯の明かりだけがカーテンの隙間から射しこんでくる。今夜はとても静かだった。平和な夜。侵入者もいない。廊下には、銃を持ったシークレット・サービス。

ふたつめの蓋をあけた。

おちこんで、何もせずにすわっているだけ、ということはめったにない。いまもそれとは少し違って、考える時間がほしかった。アイスクリームをたっぷりひと口。そうね、考えるだけじゃなく、ミント味を堪能する時間もほしかったわ。

でもどうして、サージェントはあんな状況に？　改ざんされたリストがカリグラフィー部に送られた謎を解くなんて、はたしてほんとにできるだろうか？　でもこんなトラブルが、わたしの身にふりかからずにほんの少し安堵する。

シアンとバッキーがいうように、わたしが窮地に立ったとき、サージェントは率先してわたしを責めた。わたしに手を貸すくらいなら、ファースト・ファミリーのペットのそそうを自分のきれいなハンカチで拭くほうを選ぶような人なのだ。なのにわたしはきょう、彼に手を貸すことにした。

サージェントもわたしも、自分にすなおにならなくてはいけない。口いっぱいの冷たいアイスクリームが、溶けて喉を伝わっていく。

唇にスプーンをはさんだまま、ここ最近の嫌な出来事、困った出来事をひとつずつあげてみる――。まずは、この部屋に誰かが侵入し、コンピュータや書類を盗んでいったこと。その犯人は、キノンズ国務長官を脅迫した犯人とおなじではないか。たぶん、コーリー補佐官とパティを殺害した犯人もおなじだろう。

ただし、その根拠は薄弱。

困ったことは、ほかにもある。警護がいると安心できる半面、行動は監視され、ギャヴとのことも中断したまま宙ぶらりんになった。

ギャヴ――。彼はすべてを自分ひとりの胸にしまいこんでいる。

それからもうひとつ。たぶんこれがとりわけ最悪。誕生日パーティの仕事を、これからもサージェントとふたりでこなさなくてはいけない。これ以上最悪のコンビなんて、ほかに考えられる？

そうだ、ヴァージルを忘れていた。

もうよそう。嫌なことを数えあげていくと、早くも片手では足りなくなった。

ディプロマティック・レセプション・ルームは美しい楕円形の部屋で、名前が示すとおり、公式訪問した外交官《ディプロマット》たちをここで迎える。また、この部屋の南面のドアは、ファースト・ファミリーがホワイトハウスに入るときの入口にもなる。わたしたち職員はめったに使わないけど、きょうのわたしは銃を持った護衛にぴったり張りつかれ、ここから外に出ることになった。火曜の朝九時。サージェントは予定どおり姿を見せた。

「ジャン・リュックには、あと何回行かなくてはいけないんだ？」待機している車に向かいながら愚痴る。

「必要なかぎり何回でも、でしょうね、たぶん」きょうは晴天で気持ちよく、わたしは大きく深呼吸した。ようやく体が温まってきた気がする。「こういう日は車じゃなく、のんびり徒歩で行きたいわね」そばの護衛官は歩きながら、襟のピンを調節していた。新しく支給されたものらしく、四角い緑の中央に、シークレット・サービスの小さな星がある。シークレット・サービスは、定期的にピンをとりかえるのだ。犯罪者にとって、瞬時にそれとわかる目印にならないための予防策で、大統領の警護では一時間単位で替えることも珍しくない。

「きみはだめだ」と、サージェント。「わたしなら徒歩でも安全だろうが――」後部座席のドアをあけて待つシークレット・サービスには目もくれない。「歩くのはごめんんだ」

「ありがとう」シークレット・サービスに声をかけて、わたしは車に乗った。

彼はドアを閉めて運転席にすわると、バックミラーで目を合わせ、「エドガーといいます」と自己紹介した。「何か用がありましたら、いつでもおっしゃってください」

サージェントは窓ぎわの隅に身を寄せ、わたしは運転席の真後ろでもう一度「ありがとう」といった。

その後、車内は無言で、あっという間にジャン・リュックに到着。沈黙を破ったのはエドガーだった。

「帰りもわたしが運転しますので――」座席ごしに名刺を二枚差し出す。「仕事が終了したらご連絡ください」

「わかった、連絡するよ」サージェントはドアをあけ、外の地面に足をつけたとたん、うめき声を漏らした。

わたしは車から降りて、うめき声の原因を知った。

「おはよう、ワイアット」そこで待っていたソーシャル・エイドに挨拶する。「あなたも来るなんて知らなかったわ」

彼は負傷した手首を見せた。「本来の任務につけなくなるとね、やることを見つけてできるだけ忙しくしていたいんですよ。あなたがきょうジャン・リュックを訪ねると知って、ぼくがいれば仕事がはかどるだろうと」

「ここに来るのをどうやって知った？」と、サージェント。

ワイアットは漠然とホワイトハウスのほうへ腕を振り、わかりきったことを訊くなといわんばかりに、「ダグから」と答えた。そして走り去る車を指さす。「送迎付き？　ずいぶんランクがあがったんですね」

「話せば長くなるから」説明しかけたサージェントをさえぎって答える。「あなたは歩いてきたの？」

「そう。帰りは便乗させてもらえますかね？」

サージェントはまたうめき声を漏らし、咳をするふりをしてごまかした。

「悪いが、帰りに立ち寄るところがある」

ワイアットは口を開きかけた。たぶん、それがどこなのか知りたいのだろう。

「個人的な用件だ」すかさずサージェントはつづけた。「ミズ・パラスとともに、個人的な知り合いに会う」

あら、そんな話、聞いていませんけど。

ワイアットは「いいでしょう」というと、階段をのぼりはじめた。

わたしは階段をあがりながらサージェントに、「嘘はよくないわ」とささやいた。「彼も乗せてあげればいいじゃない？」

「嘘ではない」サージェントも顔を寄せてささやく。「ミルトンがまた電話してきた。条件付きでなら会ってもいいと伝えた」

「どんな条件？」

「こちらから連絡しないかぎり、これを最後として、わたしにもきみにも今後いっさい連絡するな、というものだ」

「ずいぶん寛大ね」

わたしの皮肉は無視された。

やることがいっぱいあって、駆け足でこなし、二時間後にはおおよそ終了。館内のあちこちを、ダンスホールもふくめて見てまわり、そのあいだずっと、ワイアットはわたしたちの後ろをついてきた。

「これでもなかなかダンスはうまいんですよ」ワイアットがいった。

わたしもサージェントも、ワイアットの自慢話やちょっとした噂話に辟易《へきえき》していた。わたしが爆発せずにすんでいるのは、サージェントがワイアットを怒鳴りつけないよう、ふたりの間に入るしかなかったからだ。でも半面、怒鳴りつけてくれ、といいたくもあった。お願いよ、ワイアット、もう少し黙っていてちょうだい。

「ぼくのガールフレンドがね」ワイアットは話をつづけた。「こんなにダンスが上手な人は見たことがない、といって——」

サージェントが、つと顔をあげた。「きみにガールフレンドがいるのか？」

ワイアットは嫌味に気づかないか、あるいは無視したか。

「彼女はビヴァリー・ブロンソン。文句のつけようがない名前でしょう？　結婚しても、ぼくの苗字はベッカーだから、イニシャルは変わらない」

古い時代の諺《ことわざ》か何かに、たしかこういうのがあった——名前は変われど頭文字は変わらず／それは幸運ではなく不幸な結婚。もちろん、ここでそれをいう気はない。

「その人と結婚するつもりなの？」わたしの知るかぎり、ソーシャル・エイドは基本的に独身だ。これでようやく彼も、べつの仕事に就くとか？

「いや、いまのところはまだ。この仕事をつづけたいから」

「ガールフレンドはそれを承知なの？」

ワイアットは首をすくめた。「べつに、よそで遊びまわってるわけじゃないしね。ただ、スペアはいますよ、万一の場合に備えて。道でいきなりパンクして、スペアなしじゃ困るでしょう？」

女性をタイヤにたとえるなんてどういうつもり？　個人的なことを訊くのはもうやめよう。どっちみち、彼はひとりでもしゃべりつづけるし。

ワイアットの無駄話は極力無視して、サージェントとわたしは室内の色に関して細かくメモし、写真もできるだけたくさん撮った。装花を考えるフローリストのケンドラ用の事前データだ。彼女ももちろん下見に来るけど、そのまえに基本情報があったほうがいい。

「そんな単純な仕事はほかにやらせればいいのに」と、ワイアット。

「まあね」わたしは壁面に並べてある折りたたみの宴会テーブルを見た。「でも後任が決まるまで、できるだけのことはやっておきたいから。ところで、これは十人テーブルね」予定では、一テーブルに八人だった。「ゲスト間のスペースには余裕がほしいわ。このテーブルをひとつ広げてみてくれる？」

ワイアットは負傷した手首を見せた。「すみませんね」

サージェントが横に来て、「ずいぶん役に立つ手伝いだ」とつぶやき、わたしとふたりで丸テーブルをひとつ広げた。

「これで八人だと、食事をするには余裕でも、会話をするにはちょっと離れすぎかしら」

「ぼくは十人がいいと思いますけどね」と、ワイアット。「ピッタラ夫人は——ニュージャージーのピッタラ家の——いつもお客さんを隙間なくすわらせる。彼女にいわせると、そのほうが親しくなれて会話もはずむらしい」

わたしはニュージャージーのピッタラ家を知らないから、この話は無視した。

「報告するだけでいいだろう」と、サージェント。「ファースト・レディのアシスタントが席次を考えるから、人数の判断も任せればいい」

いいかえると、問題回避。サージェントもワイアットとおなじで、ぶらぶらしているだけだ。

「ピッタラ家はビーグルのチャンピオン犬を育てているのを知ってました？」

「いいえ」どうかこの返事で、興味のないことが伝わりますように。ここには仕事で来たというのに、ワイアットはどうでもいいことをしゃべるだけだ。

「さあ——」と、わたしはいった。「きょうのところは、こんな感じかしらね。もう帰っていいわよ、ワイアット」

ワイアットは帰りたくないらしい。

サージェントがノートを叩いた。「この情報を各部署に届け、質問があれば答えなくてはいけない。ミズ・パラスは厨房の責任者として、ほかにも確認せねばならないことがある」

「これから確認する？」

「きょうはしないわ」と、大嘘をつく。

「オーケイ。ではまた手助けが必要になったら連絡を。ダグがきっと教えてくれるだろうけど」

「ええ、きっとね」

サージェントは黙ったまま、立ち去るワイアットの背中に射るような視線を向けている。

そして予定の仕事をすべて終え、わたしはシークレット・サービスのエドガーに電話をし、サージェントも携帯電話を手に持った。

「具体的な時間をいわなかったから、ミルトンはいないかもしれないな」

それからすぐ車が到着して、エドガーが後部座席のドアを開いた。サージェントとわたしは乗りこみ、「途中で立ち寄りたいところがある」と彼に頼む。

住所を聞いて、エドガーはふりかえった。

「あまり良い地区ではないですが」

サージェントは深く大きなため息をついた。

「甥が住んでいるんだよ」といって、窓の外に目をやる。「悲しいことに」

エドガーはもう何もいわなかった。

車が停車したのは、おなじ形の窓がびっしり並ぶ三階建てのアパートの前だった。このブロックの建物にはみんな、程度はさまざまながら壊れたセメント階段がつき、その上の入口にはバリケードが立てられている。ミルトンのアパートは、茶色の傾斜屋根がついた白壁の建物だった。それにしても、どの家にもみんな、一階の窓に色つきの鉄パイプが渡してある。柵で囲った小さな前庭あり。布張りの家具が置かれた庭もあり。布張りを見るかぎり、ひと冬、いや何度かの冬をその状態で越したらしい。

「応援を頼みます」エドガーがいった。「おふたりだけでは心配なので」

「何いってるんだ」サージェントが電話をかけながらいった。「建物のなかに入る気はない。ここで、外で会う」

しばらくして、階段の上にミルトンが現われた。やあ、と手を振りながら降りてくる。エドガーが仕方なく二重駐車した車にミルトンも乗ってきて、サージェントはわたしのほうへ寄り、場所をあけた。

「前に乗ればいいものを。これではサーディンの缶詰だ」

ミルトンはエドガーをちらっと見てから、「こいつの前で話していいのか？」と訊いた。

「これはゲームでもスパイ小説でもなければ、政府転覆計画でもない。運転席にいる紳士は、武器を持ったシークレット・サービスだ。さあ、話したいことがあるなら話しなさい」

ミルトンはもう一回ちらっとエドガーを見た。

「わかったよ。で、あの男ふたりが偉い役人か政治家といっしょにいたと、このまえ話しただろ？」

サージェントはうんざり顔になる。「あれをここで修正するのか？」

わたしはサージェントに、とりあえず黙って聞けば？　といいたかった。ミルトンの話が早く終わればそれだけ、わたしたちも早く帰ることができる。

「申し訳ないけど」わたしはエドガーに声をかけた。「このあたりを少し走ってくれる？」

「はい、自分もそのほうがよいと思っていました」そしてすぐ車は発進し、あたりを気にせず話に集中できるようになった。

わたしはサージェントにくっつかないようできるだけ窓際に寄り、シートにもたれた。

「修正なんかしないよ」と、ミルトン。「おれ、あいつらを尾行したんだ」

「だめよ、そんなこと」わたしは思わずいった。「もしあなたのいうように、あの男がほんとうに――」

「ほんとうだよ。自信がある」

「だったら尾行なんて危険だわ」

サージェントは不機嫌になった。

「おまえだけじゃなく、わたしたちにも危険がおよぶ。それくらい考えなかったのか？」

ミルトンは背をドアに押しつけた。これでゆったりすわっているのはサージェントだけになる。

「もちろん考えたさ」ミルトンの声が大きくなり、口の端に泡が溜まった。「だからよく考えて、抜かりなくやったよ。あいつらは気づいちゃいないって。政府の人間と会ってるのを見られたのも知らないって」

「もう帰りなさい」サージェントは前の座席に身をのりだした。「エドガー、悪いが――」

「頼むよ。何があったのかだけでも聞いてくれ」

サージェントは体をもどし、時計を見た。

「二分で話しなさい。それ以上はだめだ」

「あの、三人めの男がわかった」

「誰なんだ？」

「名前は知らない……」

「いいかげんにしてくれ。時間の無駄だ」

ミルトンは、ひっぱたかれたみたいに顔をそむけた。

「あんたたちなら、きっと知ってるよ。このまえテレビで見たから。記者会見をやってたときだ」

「どんな記者会見だった?」と訊いたのは、わたしだ。

ミルトンは口を拭った。「国務長官のだ」

「ミルトン」サージェントの声は低く、苛立ちに震えている。「しょうもないことで時間を無駄に――」

「ちょっと待って」わたしはサージェントを制し、ミルトンに訊いた。「その男の人は、どんな外見?」

「背が高かった。色が白くて、髪は明るいブロンドで。ああいうのをハンサムっていうんだろ」

「イーサン・ナジじゃない?」わたしの言葉に、サージェントはくるっとふりむき、まじまじとわたしを見た。

「こいつの話を本気で聞いてるのか? きっとテレビで見て、さも大きな情報のようにつくってるんだ。違うか、ミルトン? 自分に注意を向けさせたいだけだろ?」

「いいや、ピーティ、信じてくれ。ほんとうなんだって」

「おまえの〝信じてくれ〟は耳にたこができるほど聞いた。さあ、二分たったぞ」運転席の背もたれを叩く。「もどってくれ、いますぐ。甥は自宅に帰る」

わたしは聞き足りなかった。「あなたの尾行した男たちは、国務長官の秘書官――イーサン・ナジに会ったのね?」

「名前とか仕事とかはわからない。でもそいつがふたりと会ったのはたしかだよ」

サージェントは腕を組んだ。「信じるものか」

「こんなことで、どうして嘘をつく?」ミルトンの声は哀れだった。

「わたしの成功にあやかりたいからだ。わたしの生活に踏みこんで、甘い汁を吸いたいんだろ」

ミルトンは顔を真っ赤にし、下唇を震わせて顔をそむけた。車内は静まりかえり、重い空気が流れる。ミルトンは唇を引き結んだ。

「そう、ピーティのいうとおりかもしれない。おれはきっと、ピーティとおなじ暮らしをしたがってるんだろう。子どものころのようにね。だけど話したことは嘘じゃない。ほんとうだ」わたしをふりむく。「ホワイトハウスの就職の件は、もう気にしないでくれ。あんたとピーティを危険な目にあわせるようなことはしない」

アパートの前でミルトンを降ろした。ドアが閉まるなり、サージェントはわたしのそばから離れてドアぎわまでずれる。きっと何も話したくないのだろう。でも――。

「わたしは彼を信じるわ」

「それはきみの問題だ」

「いいえ、わたしたちの問題だと思う」

「もうこれ以上はない。こちらは約束をはたし、あいつは二度と連絡をしてこない」わたしをふりむいた目には、厳しい光が強さを増してもどっていた。「任務完了だ」

19

「トムのところに行きましょう」わたしはホワイトハウスに着くとサージェントにいった。

「トム・マッケンジーか、ＰＰＤの？　気でも違ったか？」

「だってミルトンが――」

「あれは妄想だ。自分のためにでっちあげたんだよ。不幸なことに、あいつ自身、その妄想を信じこんでいる」

「ピーター……」

彼は両手をあげた。「わたしは関係ない。ミルトンはかつて、わたしを悲惨な目にあわせた。二度とそんな真似はさせない。シークレット・サービスが甥のうさん臭さをかぎつけたら、叔父のわたしはどうなると思う？　たちまちホワイトハウスを追い出される。ミルトンと、あいつのろくでもない嘘のせいでね」

わたしはディプロマティック・レセプション・ルームの中央で立ち止まった。

「もしミルトンの話が嘘でなかったら？」

「別れた恋人のところに行くがいい。きみなりの陰謀説を話したらどうだ？　そして話の元は、シャーロック・ホームズ気どりで町をうろつくはぐれ者だと教えるんだ」人差し指をわたしの鼻につきつける。「ただし、わたしを巻きこむな。それはなぜか？　なぜなら、わたしにはトム・マッケンジーの反応が目に見えるからだ。彼はきみに、気はたしかか、というだろう」

「そんなことはないわ」

「さあ、どうだろうね。では、行って試してみたまえ」サージェントはそそくさと部屋を出ていった。

わたしはためらい、しばらくその場につったっていた。ひとつには、すぐここを出てトムのオフィスへ向かえば、またサージェントといっしょにおなじ方向へ歩くことになる。そしてもうひとつは、ギャヴに伝えるのが先ではないか、と思ったからだ。そして電話をかけてみたら、留守番電話になった。曖昧なメッセージを残し、個人的な用件ではない、と強調しておく。それが何より大切な気がした。でなければ、彼は連絡してくれないかもしれない。

「またかい、オリー？」デスクの向こうでトムがいった。わたしは椅子を勧められずに、ずっと立ったままだ。「一体全体……国務長官の秘書官をつかまえて尋問しろとでもいうのか？　もっと理性的になってくれよ」

「でもミルトンが……」

「信頼できない。だってそうだろう？　たとえ彼が、〝イーサン・ナジ本人から直接、殺人事件と国務長官の義父誘拐について告白された〟といったところで、ぼくは信じない。はい、この件はこれでおしまい。いいね？」

「トム――」

彼は立ち上がった。「頼むから、オリー、もう忘れてくれ。きみの知らないことがたくさんあるんだよ。きみはそれを知る必要もない。ミルトンという男と何度も会って、きみはごたごたの種をふりまいているんだ」

「彼のせいで、あなたが困った立場になったりしないでしょう？」

「そう、彼のせいではなく、きみだ。いいかい？　きみの行くところにはかならず護衛がつくんだよ。探偵ごっこのために寄り道させて、シークレット・サービスの貴重な時間を、どうか無駄に使わないでほしい。わかったかい？」

トムの声はどんどん大きくなっていった。

でも、もし……もしミルトンのいうとおり、殺人犯かもしれない男たちとイーサン・ナジが会っていたら？

トムの顔はひきつっている。かなりの怒り――。

「わかったわ。このあとは厨房にいるから、何かあったら声をかけてちょうだい」

その晩、スコッロコにアパートまで送ってもらうと、玄関に新しい護衛官がいた。以前とは違う女性で、いっしょにエレベータに乗って上にあがると、廊下にもうひとり女性のシークレット・サービスがいた。

「夜中に怖い思いをしたら——おかしな物音を聞いたとか、ただ不安になったとかでもよいですから、わたしを呼んでください。ずっとここにいますから。どうか、くれぐれも遠慮せずに」

彼女はわたしを内気な女だと思っているらしい。

「ありがとう」わたしはお礼をいって部屋に入った。

冷凍庫をあけて、鼻の頭が凍りつくほど長いあいだ、アイスクリームを見つめて悩む。ゆうべの残りを食べきってしまおうか。でもそうしたら、あしたもし、やけ食いしたくなってもアイスクリームはない。どうしよう、なんだか頭が割れそうだ……。そこで、もっと健全な思考に切り替えようと、冷凍庫を閉めた。わが家にひとりでいるときは、好きなものを好きなように食べればいいのだ。公式晩餐会じゃあるまいし。料理の見てくれなんかどうでもいいし。と思ってカリフラワーを片手鍋で蒸した。そのあいだにケサディーヤをささっとつくる。超お手軽な簡易版だ。

テーブルでわが家のディナーを味わいながら、いちばんの悩みの種——ギャヴのことを考えた。

偽爆弾の件で出会い、ホワイトハウスで大騒ぎを乗り越えたあと、彼は任務でどこかへ行った。ごくごくたまに連絡をとりあうこともあったけれど、意識としては、せいぜい友人程度。二カ月、三カ月、半年くらい連絡がなかろうと、べつに気にもしなかった。でもいまは、そうじゃない。

ケサディーヤをひと口かじり、こんなに簡単なものがどうしてこんなにおいしいんだろうと思った。焼き野菜にチーズをふりかけ、トルティーヤで包めばいいのだ。そしてパニーニ・メーカーで数分焼くだけで、出来上がり。

ギャヴは堅物だ。ともかくまじめで冷静で、目の前のことに集中する。でもそういう人に……恋したりするものかしら？　わたしはギャヴに恋をしている？

ケサディーヤをもうひと口。わたしの人生も、これくらい手間がかからないといいのだけど。

「おはよう、オリー」翌朝、厨房に入るとすぐバッキーがいった。「特別捜査官がさっき、オリーをさがしてここに来たよ」

「どの捜査官？」

「この捜査官だ」

びくっとしてふりむくと、戸口にギャヴがいた。

「おはよう、ミズ・パラス。リード氏のいうように、わたしはきみをさがしていた」

リード氏？　一瞬とまどって、そういえばバッキーの苗字はリードなんだと思い出した。でもほんとうは、思いがけずギャヴがすぐそばにいて、心が乱れただけなのかもしれない。

「おはようございます、捜査官。どのようなご用件でしょう？」

ギャヴはいつものようにホワイトハウスでは無表情だけど、きょうはそれに加え、出会ったときの講義のような緊張感が漂っていた。

「少し時間をとってもらえるだろうか？」

わたしがギャヴについて厨房から出ていくのを、バッキーは奇妙な顔で見送った。

「できればチャイナ・ルームは避けてください」わたしはギャヴに頼んだ。何年かまえの事件で、あの部屋には良い思い出がない。

「わかっている」ギャヴはチャイナ・ルームを通り過ぎ、左のライブラリーの前で止まると、わたしを先になかへ通した。

「時間はあまりない」ギャヴは早速話しはじめた。「だが状況が悪化するまえに、きみに話しておきたかった」

「何かあったの？」

ギャヴはドアを、ほとんど音をたてずに閉めた。

「きみはきのう、トム・マッケンジーと話した」口調は質問でも確認でもない。

「それが何か問題でも？　わたしはただ、ミルトンから聞いたことを――」

「内容はわかっている。報告を受けたからね」

わたしは黙って待ち、ギャヴは額に手を当てて、それから髪をかきあげた。

「きみは今回、いつものように自分で調べまわり、その結果をシークレット・サービスに伝えたりしていない」まぶたをこすり、目頭を押さえる。

「わたし、何かいけないことをしたの？」

「いいや」

「でもあなたの顔は、まるで解雇通告するみたいだわ」

彼は手をおろした。「幸運なことに、それをやるのはわたしの部署ではない」

「冗談をいってるつもり？」

「トムとわたしでは、意見に相違がある」ギャヴはわたしの言葉を無視した。「彼はカードを見せずにしまっておく。ほとんどの場合、わたしもそれに賛成だ。だがときおり、きみは常軌を逸する」

「常軌を……逸する？」

「そう、きみがだ」

すぐには言葉が出てこなかった。「どう……うけとめたら……いいのか」

「トムはそれを問題だとみなし、わたしは資産だとみなしている。それはわかるね？」ギャヴは歩きまわりはじめた。「きみはトムに、イーサン・ナジが殺人事件と誘拐の容疑者たちと会っていた、という諜報結果を伝えた」

「あれは諜報結果なんかじゃないわ。ただミルトンが――」

ギャヴは足を止めた。

「イーサン・ナジは現在、調査対象だ」

「わたしがあんなことをいったから？」

「いいや、数日まえからだ。理由はいえない。だが極秘の調査であり、シークレット・サービスの首脳部しか知らず、調査に当たっているのも、わたしたちのごくひと握りでしかない。シークレット・サービスが国務長官の筆頭秘書官を調査している、などと知れわたったらどうなると思う？」

「それは……」

「そんな折、トムのオフィスにきみが駆けこんできて、イーサン・ナジは怪しい、と訴えた。それがどんなトラブルを引き起こすか、きみは想像がつくか？」

「でも、わたしは何も知らなかったし」

ギャヴはぎこちない笑みを浮かべた。「そう、きみは知らなかった。きみはただ、いちばんよいと思ったことをやっただけだろうが――」

「そうだ、エドガーがいるわ！　車のなかで、話を全部聞いていたはずよ。彼がイーサン・ナジの極秘調査をやるひと握りのなかに入っていなかったら、情報漏れの危険があるわ」

「すでに手は打った。エドガーは優秀な捜査官だからね、調査メンバーのひとりに組み入れたよ。あくまで善後策ではあるが。彼も自分のキャリアにとって、いまは何が大切かはよくわかっているはずだ。そしてここでわたしは、きみに約束してもらいたい。今後いっさい他言しないとね」

「こんなことをほかで話したりしないわ」

「わたしはそうは思わなかった。トムはきみに、もう忘れろ、といっただろう？　だがきみの場合、納得できる理由がないかぎり、いわれたとおりにするとはかぎらないと思った。まあね、きみに対するわたしの理解の範囲内では、だが」ギャヴはほほえんだ。今回は、ほんものの笑顔。

「はい、よく理解しているみたいです」

「本来なら、トムより先にわたしに知らせてくれ、とはいえない。指令系統は順守しなくてはいけないからだ。しかし――」

「しかし、ミズ・パラスは常軌を逸することがあるから」

ギャヴは苦笑した。「そうだ。そのため変更を余儀なくされる」

「最初にあなたに電話をしたの。すぐ知らせたほうがいいと思ったから」

「すまない。あのときは電話に出ることができなかった」

「あやまることなんかないわ」

「わかってもらえるとありがたい」

わたしはひとつ深呼吸をした。「ええ、わかる努力はしているつもり」

ほんの一瞬、抱きしめてくれるかも、と思った。でもここはホワイトハウス。いきなり誰かが飛びこんでこないともかぎらない。

「オリー、いずれまた、ゆっくり話そう」

せかしたりはしない。わたしは彼を待つんだもの。

「だけど、どうして?」話をもどすことにした。「イーサン・ナジに、補佐官やパティの命を奪う動機なんてあるの？　おじいちゃんを誘拐して、どうするの？」

「そこが大きな問題でね。ナジの経歴には曖昧なところが多いが、結果的にＤＣで注目される存在となった。キノンズが彼を秘書官にできたのはラッキーだった、というのが大方の見方だ。ほかの誰よりも、とりわけキノンズにとってはね。だが、動機が判明しないかぎり、なんともいえない」

「ナジの背後に誰かいるのかしら？」

ギャヴはわたしのそばに来て、声をおとした。

「その可能性も、いま調査している。だがキノンズに、大きな敵はそれほどいない。現在のところ、手掛かりは皆無だ」

「ほんとうのことを話してくれてありがとう、ギャヴ」

「いつだって、そうしている」


その日の夜、ホワイトハウスを出るころには春の嵐で土砂降りだった。ディプロマティック・レセプション・ルームから、スコッロコがさしてくれる相合傘で走って車に向かい、わたしは後部座席にすべりこんだ。スコッロコは運転席にすわるとすぐふりむいて、途中で寄るところはないかと訊いた。

「アイスクリームは足りていますか？」

「あら、あなたもアイスクリーム好き？」

「いいえ、とくには。護衛対象の習慣を知るのも任務の一環ですから」

「ありがとう。でもこんな雨だし、いくらアイスクリームのためでも寄り道はしないほうがいいわ」

「了解しました」

その後はいつものように沈黙のドライブがつづいた。

そして三九五号線からペンタゴン方面に向かったとき、何か妙な音がして、車が斜めに進んだ。スコッロコが「おっと」といいながらハンドルをきり、車線にもどす。シートベルトをしていても、わたしは横に倒れそうになった。

スコッロコは顔をしかめ、両手でハンドルをしっかり握って、車はなかばスリップしながら路肩で停止。

スコッロコがハンドルから手を離したところで、わたしは尋ねた。

「どうしたの？」

「パンクのようです。車内にいてください。見てきますので」

「でもこんな土砂降りよ」

「タイヤに自己修理機能はないので」

「どこかに連絡したら？」

「はい。しかしそのまえに、状況を確認しておかなくてはいけません」

「こういう車のタイヤは、パンクしないものと思っていたわ」

バックミラーに映るスコッロコの顔は、会話をつづけるかどうか迷っているようだった。

「この車は、その種の車ではありません」

スコッロコがドアをあけると、激しい雨の音がした。彼は傘をさしたけど、たちまち濡れてしまうだろう。この季節、この時刻にここまで降れば、寒さも厳しい。スコッロコは走って車のフロントをまわり、助手席側の前輪を確認した。自分が快適な車内で、何もせず見ているだけなのが心苦しい。濡れた体で運転席にもどってきたスコッロコは、応援を頼んだ。どこに電話したのかわからないけれど、「パンクらしいんだ」という。「この状況ではしっかり目で確認できない。早急に代替車を寄こしてくれ」ここの位置を告げて電話を切る。

つまり、ほとんど口をきかない人と、狭い車内でしばらく過ごすということだ。

「どうしてパンクなんか？」

「不明です」

「べつの車はどれくらいの時間で来るの？」

「不明です」

雨が車の屋根を叩く音が、子どものころを思い出させた。ほんのかすかな記憶だけど、運転席には父がいて、助手席には母。もっと思い出したくても、それ以上は無理だった。魔法でも使わないかぎり、父の記憶は呼びもどせない。

「あれが聞こえる？」わたしはスコッロコに話しかけた。

どうやら聞こえていたらしく、彼は人差し指を立てると、助手席側の窓に目をやった。雨をはねのけるワイパーのリズムの合間に、べつの音がする。パンクしたタイヤから聞こえてくるようだけど……。

「機械みたいな一定の間隔じゃないわね。ずいぶん、でたらめだわ」

「車内にいてください」スコッロコは傘を手にとりドアをあけ、座席が濡れないようにすぐドアを閉めると、また走ってフロントをまわった。

ヘッドライトはついたままだけど、ハザードランプはついていない。こういうときはやっぱりつけないと、とは思ったものの、小さな体では、手が後部座席から前面パネルまで届かなかった。そこでシートベルトをはずし、片足だけ前の座席のほうへのばして身をのりだした。こんな恥ずかしい格好をスコッロコに見られてはまずい。前の足に全体重をかけ、急いでスイッチの場所をさがして押した。

そして足を後ろに引こうとしたそのとき、どすっというやな音がした。車体が大きく左右に揺れる。

「どうしたの？」窓の外に目をやったけど、スコッロコの姿はない。もう一度、どすっという音。

後部座席のドアが開いた。

「スコッロコ？」

彼じゃなかった。

わたしは悲鳴をあげた。

黒覆面の男は大きな銃を、わたしがさっきまですわっていた場所へ向け、身をかがめた。ほんの一瞬だけ間があって、前座席のほうにいるわたしに気づく。わたしはその一瞬を逃さずに、銃口をこちらへ向けようとする男の手を、後ろの足で思いっきり蹴とばした。

びっくりしたことに、銃は座席にどさっと落ちた。男は銃をつかもうとしたけど、わたしが姿勢をもどしきれずに銃の上に倒れこんだ。妙な形で曲がった足が、冷たく硬いものを感じる。すかさずわたしは男の覆面をつかみ、引きはがそうとした。でも男はもがき、なんとか見えたのは下顎だけだ。

すると男の後ろにスコッロコが現われた。なかばふらふらしているけど、それでも男の顔面を殴りつける。男はうめき声をあげ、二度めのパンチをかわした。

スコッロコはなぜ、銃を使わない？

そうだ、わたしの下には銃がある。

震える手でそれをつかんだ。使うのは怖いけど、使わないのも怖い。そしてなんとかしっかり握ると、男は走って逃げだした。スコッロコがあとを追う。

わたしは震えのやまない手で電話をかけた。

「ギャヴ……」彼の声が聞こえるなり告げる。「わたしたち、襲われたの」

20

ギャヴとわたしは後部座席にすわっていた。あの電話のあとで五台の車が到着し、そのひとつだ。大勢のシークレット・サービスがスコッロコの車と周辺を調べている。漏れ聞こえる会話からわかったのは、覆面男はわたしたちの車のタイヤを銃弾でパンクさせ、出てきたスコッロコの頭を殴り、銃を奪ったらしい。証拠らしい証拠は見つからなかった。雨脚はあいかわらず強く、懐中電灯くらいではたいした照明にならない。暖かい車内で、わたしは窓の雨滴ごしに外をながめた。

「いきあたりばったりの強盗とは考えられない？」

「車のタイヤを撃ったんだから、違うだろう」ギャヴは唇を嚙みしめた。「大胆になってきたな」

わたしは大きく息を吸いこんだ。恐怖が去ったあとの安堵感でさえ、これほど体が震えるなんて――。

「どうしてわたしなの？」声まで震えてしまう。「調べまわってもいなければ、犯罪を目撃したわけでもないのに」

「きみは〝ブラッド〟を見た。そいつが犯人グループのひとりであることはわかっている。そしてきみは殺人犯——例の〝追突男〟の顔も覚えているかもしれない。犯人たちには、きみが探偵ごっこをしようがしまいが関係ないんだよ。顔を見られた、ただそれだけで十分だ」

「そうなの……」

ギャヴはまっすぐ正面を向いたまま、「久しぶりにお母さんに会ったらどうだ？」といった。「一週間くらいの故郷帰りだ。総務部長代理には、わたしから話す」

「犯人がシカゴまで追ってこないという保証はある？」

ギャヴは少し考えて、かぶりを振った。「万一、イーサン・ナジが関与していれば——そうでないことを心から願うが——公的機関を利用できる。さして時間をかけずに、きみの居場所を特定する可能性も捨てきれない。悪かった、わたしの提案は忘れてくれ」

「シカゴまで行くより、DCにいるほうが安全ではない？　あなたの……そばにいれば？」

ギャヴはわたしをふりむいた。「きみは自分で自分の命を救った。今回もね。きみの直感が救ってくれたんだ。それを信じなさい」

ギャヴの横のドアが開いた。

「どうした？」雨に濡れそぼる捜査官に訊く。

「ここは終了しました。スコッロコ捜査官はこれからオフィスにもどり、ミズ・パラスはわたしが自宅まで送りとどけます」

「よし、わかった」ギャヴはわたしをふりむいた。「ミズ・パラス、今後また、お話をうかがうことがあるかもしれない。だがきょうのところは、ローレンス捜査官が自宅までお送りする。どうか、ゆっくり休んでください」

翌日の朝、わたしを迎えにきたのは、なんとスコッロコだった。べつの人に替わると思いこんでいたのだけど。襟のピンはきょうは丸形で、色は紫。

「体調は、どう？」車が走り出したところで訊いてみた。

「問題ありません」

「きょうはいまのところ、お天気もいいいし」空は晴れわたり、気温も春らしい暖かさだ。

「はい、そうですね」

「ゆうべ、お医者さんに診てもらった？」

「はい。どうかご心配なく。任務は十分にこなせます」

「任務にかぎらず、あなたのことが心配なの」スコッロコは何もいわない。「きのうはあなたのおかげで命拾いしたわ。ほんとうにありがとう」

バックミラーで目が合った。

「ミズ・パラスも、なかなかのものでしたよ」

「今度は何があった？」厨房に入るなり、バッキーがいった。

「どうして？　何か聞いたの？」バッキーが新聞を広げているカウンターまで行って、彼の肩ごしにのぞきこむ。「新聞に載ってるわけがないんだけど」

「ほら、やっぱりな。新聞には何もないよ。それにこれは、きょうの朝刊じゃないしね。料理コーナーのスクラップ用に出していただけだ」わたしの目をじっと見る。「何があったんだい？　白状しなさい」

「新聞に載ってもいないのに、どうしてそんなことを訊くの？」

「今朝、捜査官がオリーをさがして二度も来たんだよ。九時にミーティングがあるから、出席してくれと」

「あら」わたしはスツールを引き寄せて、腰をおろした。

「だから何があったんだい？」

どうしようか……。イーサン・ナジの名前や調査のことは伏せて、ごく基本的なことだけなら、バッキーになら、話してもかまわないだろう。

そして話し終えたとき、バッキーの目はまんまるになっていた。

「お願いよ。これは絶対に――」

「最後までいわなくていい。わかってるから」口に指をあてる。「百も承知さ」

わたしは新聞を指さした。「マスコミにかぎつけられて新聞に載ってたら、と思うと怖かったわ」

「怖い？　まさかだろう？　たしかにゆうべは怖かったと思う。でも今朝は、もし朝刊に載っていたら、怖がるどころか怒ってわめかないとだめだ。こっちはオリーの反応に合わせるからさ。それにしても、きのうも瀬戸際で闘争心を使いまくったらしいな。しかし、オリー、闘争心の乱用は禁物だ」

冗談めかしてはいるけど、バッキーの言葉はずっしり胸に響いた。

「肝に銘じるわ、バッキー」

「そうだ、そういえば、サージェントはこの件とどんな関係があるんだ？」

「え？　サージェント？」

「きょうは体調をくずして休みをとったんだ」

「それで？」

「オリーをさがしにきた捜査官の話だと、体調の良し悪しに関係なく、サージェントも九時のミーティングに呼ぶみたいだ」

「へえ……。なんのミーティングなのか見当もつかないわ」

朝食の準備やらパーティの献立素案やら、わたしは本来の仕事にいそしんで、よけいなことは考えないようにした。でもそろそろ九時になるというころ、あのエドガー捜査官が厨房にやってきた。

「ミーティングはレッド・ルームで行ないます」

わたしはちょっと驚いた。レッド・ルームは主に外向きのイベント関連で使われ、職員の会議場になることはめったにない。

「何か理由があってレッド・ルームなの？」

「マッケンジー捜査官の指示です」

つまり、ちゃんとした理由があるということだ。

すばらしく背中の広いエドガーの後ろについて厨房を出る。

「これはどういうミーティングなの？」階段をあがりながら訊いた。

「先日の、あの件に関することです」おちついた声で、意味ありげな視線をわたしに向ける。

「わかったわ」そう、たぶんミルトン関連だ。

それ以上の会話はなかったけれど、堂々とした歩きぶりから、エドガーが秘密調査のメンバーになったことを誇りに思っているのは十分読みとれた。レッド・ルームの入口で、彼はわたしをなかに通すと、自分は外に立ったままドアを閉めようとした。

「あなたは入らないの？」

「自分はここで任務につきます」

まだほかに人はなく、わたしは暖炉のほうへ行くと、窓から外をながめた。ここからだと、南側の景色が一望できる。でもゆっくり鑑賞する間もなく、ドアが開いてトムが入ってきた。

「やあ、オリー。話は聞いたかい？」

「何の話？」

トムが答えるより先にまたドアが開き、今度はふたり入ってきた。ひとりはわたしの知らない捜査官、もうひとりは見るからに具合が悪そうなサージェントだ。高級スーツを着ていない彼を見るのはこれが初めてだと断言できる。茶色のコーデュロイのズボンに、クリーム色のスエットシャツ。立っているのもつらそうだった。

「ミスター・サージェント」トムが声をかけた。「どうか、すわってください」

サージェントはそばの赤い帝政様式のカウチにすわりこみ、付き添っていた捜査官はトムに小さくうなずいてから部屋を出ていった。

わたしはサージェントの隣に腰をおろし、「大丈夫？」と尋ねた。

ほんとうに、身も心も最悪の状態に見える。サージェントは腿の上で両手をもむと、充血した目でトムを見上げ、頭を横に振った。

「いったいどういうことだ？」

そのようすから、わたしはぴんときた。

「病気じゃないのね？」サージェントは怯え、震えあがっているのだ。「何があったの？」

サージェントの声はかすれている。「男がうちまで来て、わたしを殺そうとした」

「え？　男って？」

トムがわたしたちの正面に来た。

「先走ってはいけない。全員集まったところで始める」

「でも彼はこんな状態よ」生まれて初めて、わたしはサージェントの肩を抱きたくなった。

スコッロコと女性捜査官がひとり入ってきた。女性のほうは、ミルトンがアパートに来た日、警備についていたローズナウだ。それから数秒ほどで、ギャヴが姿を見せた。

「これで全員そろったな」と、トム。

「ピーターに何があったのかを教えてちょうだい」

わたしの言葉にトムはうなずいた。「ぼくたちもそれを聞きたくて、ここに集まった」

「昨夜、男がひとり――」サージェントが話しはじめた。「わたしのアパートメントに来た。どうやって玄関のドアマンをやりすごしたのかはわからない。わたしはフロントから何の連絡もなくドアがノックされたから、隣人の誰かだと思い、確認もせずにドアをあけた。そうしたら、男が踏みこんできて、静かにしろという。わたしが出て行けと怒鳴ったら、男は銃を抜いた」

サージェントはそのときを思い出したのだろう、全身を震わせた。

「そいつはわたしの顔に銃をつきつけたが、ありがたいことに、わたしの怒鳴り声を聞いた隣人が見にきてくれた……」

「それで？」

「男は走って逃げた。わたしの部屋は一階なんだが、男は裏口から飛び出した」

「ああ、ピーター」

「男は部屋に踏みこんですぐ、死体を発見したのはおまえだな、といったよ」

わたしはトムを見上げた。

「というわけで、みんなに集まってもらった」と、トム。「新しい情報を共有できる、信頼できるメンバーだ。ここに誰が呼ばれたのか、しっかり覚えていてほしい」

トムは最初から話しはじめた。地下鉄のブラッド、殺人事件当日の〝追突男〟、ベッテンコート老人の誘拐――。ただし当然ながら、イーサン・ナジの名前は出てこない。このミーティングは、サージェントとわたしのために開かれたものだろう。捜査官たちが個別に打ち合わせをし、担当任務を決めているのはまちがいなかった。

「ミズ・パラス、ミスター・サージェント――」トムはつづけた。「あなたたちには、ホワイトハウスの外で二十四時間体制の警備がつく。たとえ知った顔がいなくても、心配しないように。ふたりをこのメンバーだけで警護するのは無理だからね、ほかの捜査官も順次、割り当てる。詳細は知らなくても、警備の任務は立派に果たすよ。そしてひとつ、くれぐれもお願いしたいのは――」わたしに鋭い視線を向ける。「警備をふりきって、勝手な真似をしないこと」

わたしなら、しそう？

「もちろん、そんなことはしない」サージェントはいくらか語気を強めた。

「でも、どうしてピーターだとわかったの？」わたしはトムに訊いた。「わたしの場合は、地下鉄でブラッドと遭遇したけど、なぜピーターまで？　それもいまごろ？」

捜査官四人は顔を見合わせた。

「リークがあったんだよ」と、トム。「きみの同僚のヴァージルが、探偵ごっこの好きなエグゼクティブ・シェフとおなじ職場で働く感想を記者に話してね」

「えっ？　どういうこと？」

「マスコミがつかんでいなかったことまで、おもしろおかしく語ったんだ」

わたしはうなだれ、髪を掻いた。

「きみのでしゃばりのせいで、わたしまでこんな目にあうんだ」と、サージェント。

いまは、いい返す元気もなかった。

「名指しの批判は、誰のためにもなりませんよ」トムが珍しくわたしをかばってくれた。「手持ちの札で、できるかぎりのことをするしかない。ともかく話が漏れて以降、ふたりとも尾行されていたはずだから、その点をよく考えて。過去の発言や行動で、今後の調査に影響しそうなものはない？」

わたしは頭を横に振り、サージェントもおなじように振ったところで、わたしたちははっと顔を見合わせた。

「ミルトンは？　わたしとピーターは、火曜日に彼と会ったの。そのときはもう尾行されていたかしら？」そこであることが気になった。「ヴァージルには誰か口止めをしたの？」

「イエスかノーかでいえば、イエスだ」トムはため息をついた。「ただし過去に、厨房の職員が犯した逸脱を見逃した前例があるからね」わたしにまた鋭い視線。「彼に対しても、厳重注意でおしまいだ」

「人の命がかかっているのに」

トムの表情が暗くなる。「これが初めてのことじゃないだろ」

ギャヴが割って入った。

「そのミルトンという人物に接触すべきだろう。ミズ・パラスがすでに尾行されていた可能性は高く、彼の身にも危険が及ぶかもしれない。ミスター・サージェント、彼の連絡先を教えてもらえないだろうか」

21

「ほんとうに自宅には帰らないの？」わたしとサージェントはライブラリーの椅子にすわった。作業員がふたり、長い折りたたみテーブルを運びこんでセッティング中だ。

「帰るつもりでいたが、やはりこちらのほうが安全だ。しばらくホワイトハウスから出る気はない、何があっても」

「だけど、たまには帰らないと」

捜査官がふたり入ってきて、腕いっぱいに抱えた写真帳を、わたしたちの前にセットされたテーブルに置いた。

「急がずにゆっくり見てください。ほんの少しでも似た顔があれば、ご連絡を」

わたしは重ねられた資料をざっと見て、「そんなに時間はかからないわ」といった。「これくらいなら一時間もあれば」

「いえいえ、このあとにまだ控えていますから」

サージェントはぎょっとした。「針の山から針をさがすようなものだ」

捜査官のひとりが目をぱちくりさせた。「干し草の山から、ではなく？」

「干し草は無害だろ。しかしわたしたちは、罪を犯し、有害で、痛い針の山から、同種の一本をさがすのだ」

捜査官は眉をぴくりとあげ、「ではすぐ、追加を持ってきますので」というと部屋から出ていった。

サージェントとふたりきりになり、やり方を考えた。まずそれぞれ一冊ずつ見て、終わったら交換し、それが済んだらつぎの二冊をおなじようにして見る。このやり方が最適、と思って実際にやってみたら、わたしのほうがサージェントよりはるかに早く見終わってしまった。

「きみはいいかげんに見ているんだ。そんなに飛ばしたら、見つかるものも見つからないぞ」

「一人ひとりちゃんと見てるわ。でも、これだ、とぴんとくる顔がないだけよ」

わたしたちは黙々と確認をつづけた。部屋のなかで聞こえるのは、ページをめくる音だけだ。

捜査官がようすを見に来た。

「いかがです？　休憩は？」

「いまのところはいいわ」

「卑怯な連中が見つかるまではな」

「わかりました。では、わたしは部屋の外にいますので」

捜査官が出ていくと、わたしはサージェントに訊いた。

「ミルトンには連絡したの？」

「それはシークレット・サービスがやる」

「彼が無事かどうか、自分で直接確かめたくないの？」

サージェントはうつむいたまま目もあげず、ページをめくって顔をしかめた。

「電話はかけたよ」

「それで？」

「無事だといっていた」

ためらいつつも訊いてみる。「彼に注意喚起した？」

サージェントは口のなかで舌をまわし、「ああ、したよ」といった。「きみには黙っていろといわれたが……また男を尾行したらしい。あの追突男だ」

「どうしてわたしに知られたくないの？　何か発見したのかしら？」

「きみに心配させたくないからだと。あいつ、追突男に気づかれたらしい」

「あら！」わたしは思わず立ち上がった。「それをトムに報告した？」

サージェントはばかにしたような目でわたしを見た。

「すわりなさい。報告するに決まっているだろ。知性の持ち主はきみひとりではないんだ。ミルトンには十分気をつけるようにいい、シークレット・サービスにも伝えた。わたしが警告したら、ミルトンはどう答えたと思う？」

「なんていったの？」

「じゃあ雲隠れする、といったんだ」サージェントは鼻を鳴らし、またページをめくった。「犯罪者じゃあるまいし、もっとほかにいいようがないのかね」

「ずいぶん口うるさい叔父さんだわ」

サージェントは何もいわない。

「シークレット・サービスは彼からも目を離さずにいてくれるのよね？」

「ミーティングのあとに出かけていっただろう。わたしたちはここで安全だし、ミルトンにも注意してくれる」心配無用というように片手を振る。「あいつは大丈夫だ。なんだって、うまく切り抜ける男だよ」


そのあと、厨房にもどった。山のような写真を見つづけて目がしょぼしょぼし、視界がかすむ。結局、ブラッドらしき男は見つからず、覆面男の顔は不明だから、成果なしだ。サージェントのほうも同様。ライブラリーにいたとき、限られた会話のなかで、サージェントを襲った男の外見を訊いてみた。記憶にあるのはごく一部で、わたしも確かなことはいえないけど、どうもブラッドのような気がしてならない。そう思うほうが気持ちが休まるということもある。悪者がふたりだけなら、大勢いるよりは、つかまえる確率も高まるだろう、たぶん。

「どんな感じ？」と、シアン。「バッキーから、オリーはどこに行ったか聞いたわ」

「幸運には恵まれず、かな」ランチの準備について尋ねようとしたら、冷蔵室の角からヴァージルが現われた。「あら、もどってきたの？」

彼はわたしをにらみつけた。「歓迎会は開いてくれなくていい」

「何をそんなに怒ってるの？」むしろ怒りたいのはこっちのほうだ。マスコミにぺらぺらしゃべったせいで、サージェントとわたしは命をおとしかけた。厨房の仕事に関しては、彼をチームの一員として受け止めるよう努力するけど、それ以外の勝手気ままを見過ごす気はない。

「あまり感情的な態度はとらないでね、ヴァージル。ましてや――」

彼は大きく腕を振ってバッキーを指さした。「だったら飼い犬がわんわん吠えるのをやめさせてくれ」

「一時中断！」わたしは両手で〝タイムアウト〟のサインをつくった。「最初からきちんと話してちょうだい。敬意をもって、言葉づかいに気をつけるのよ」シアンは青い目をまんまるに見開き、唇を噛んで後ずさった。

ヴァージルはバッキーを指さしたまま、声を荒らげた。

「彼はぼくがここに来るなり、猛攻撃したんだ」

バッキーは非難されて黙っている人間ではない。コンピュータの横にあった新聞をさっとつかんで掲げた。

「ご立派なシェフは、オリーとサージェントがレキシントン殺人事件の目撃者だとしゃべったんだよ！」

わたしは目を閉じ、三つ数えた。「その話は聞いたわ」

ヴァージルは頭上の棚からポットを取り、カウンターに激しく叩きつけて置いた。

「ダグからとっくに注意されたよ。記者にスクープはないかと訊かれただけだ」またポットを取り、今度は振りまわす。「みんなオリー・パラスが何をやってるのか知りたがるんだよ。ここは探偵事務所じゃなく厨房だってことを忘れてね。いいシェフはいい料理をつくるのが仕事だ。ところがそんなことより、何かおもしろいことをやってるんじゃないか、今度はどんなことに首をつっこんでるんだと、それればかり知りたがる！」

「そしてあなたはしゃべったのね」

ヴァージルは首をすくめた。「それのどこが悪い？」

「さあ、わたしにはよくわからないけど……」怒りはきつね色に焼け、甘くておいしい激怒に変わった。「わたしがゆうべ襲われたのは、あなたがしゃべったスクープと関係があるかもしれないわ。きのうサージェントが殺されかけたのもね。どう思う？　あなたの意見を聞かせてちょうだい」

水を打ったように静まりかえった。

「あなたが厳重注意されたのは、知っています」わたしは声をおとした。「今回はその程度にとどめておいた、というのもね」ヴァージルに近づいていく。「忘れないでちょうだい。今後また、許可なくマスコミにしゃべったら、わたしはけっして許しません、永遠にね。断言します」

ヴァージルはポットをカウンターに叩きつけると背を向け、厨房を出ていった。

「すごいな、オリー」バッキーはシアンとハイタッチした。わたしとしないだけの分別は十分にある。叱責は当然のこととはいえ、やって楽しいわけがなく、人を見下すつもりは毛頭ないけど、見下されても困る。やるべきことをやった、ただそれだけ。立ち止まらず、先に進まなくてはいけない。

呼吸が整うのを待ってから、バッキーに訊いた。

「直接ヴァージルを非難するまえに、どうしてわたしに新聞を見せてくれなかったの？」

バッキーの顔つきに、反省の色などまったくない。

「記事を見つけたとき、きみはよそで忙しくしていたからね」眉をぴくりとあげる。「それに事前に知らせていたら、きみはきみのやり方で処理するだろう。彼のやったことは明らかに間違いだ。ぼくはそれを自分で、彼に教えてやりたかった」

「すっきりした？」

「ああ、すっきりしたね」

わたしはため息をつき、「ありがとう、バッキー」といった。「わたしの代わりによくいってくれたわ。でもね、もしまた何かあったら、ヴァージルのことはわたしに任せてちょうだい」

バッキーは誇らしげに、わかった、とうなずいた。

そのあとの時間は、あっというまに過ぎていった。速すぎるくらいに速く。わたしはだんだんサージェントとおなじ気分になり、今夜はアパートに帰りたくなくなった。ここにいるかぎり、安全なのだ。それにサージェントとわたしがホワイトハウスにいれば、シークレット・サービスもミルトンを見張るだけでいいのでは？

ヴァージルは厨房にもどってきても、怒りをふりまくことはなかった。空気ははりつめ、手で感じられそうなほどぴりぴりしている。必要な会話をのぞき、みんな黙々と仕事をした。今夜のディナーは四人でつくるほどではなく、わたしはシアンに「きょうはもういいわよ」といった。

「バッキーも上がっていいわ。明日の休日を少し早めに始めたらどう？」

「きみがそういうなら」と、バッキー。シアンもおなじようなことをつぶやいた。

「ええ、あとは大丈夫よ。ふたりでできるわよね、ヴァージル？」

「仰せのままに」

力強い味方。

ふたりが帰るとすぐ、ヴァージルがいった。

「どうぞ始めてくれ。まだ何か文句をいいたいんだろ？　全部吐き出してくれ」

わたしはニンジンを三等分した。「文句なんかないわ」

彼は大声で笑った。

「訊きたかったのは、このまえの取材のこと。殺人事件が起きたすぐあとだったでしょう。

出版社はあなたの〝スクープ〟をどうして何日も手もとに置いていたのかしら。取材と記事の掲載に間隔があいたのは、なぜ？」

ヴァージルは答えない。

「どうして掲載が遅れたの？」

彼はわたしの顔を見もせずに箱からタマネギをふたつ取り、両端を切り取った。

「あれは最初の取材でしゃべったわけじゃない。その後、追加取材があったときだ」

「取材当日にすべて話したわけじゃないのね？」

ヴァージルはタマネギを半分に切った。

「あの日、ホワイトハウスは大混乱だった」

「ええ。だから取材許可がおりたのに驚いたわ」

「多少のコネを使ったんだ」

「サージェントでしょ？」たしかあのとき、ヴァージルはサージェントの名前をいった。

「そう。彼が許可を出してくれた」

「意外だったわ。サージェントならもっと状況を見極められるはずだから。どうやって説得したの？」

「そんなことはしないよ。ソーシャル・エイドが、自分はそう聞いた、といっただけだ。彼がサージェントと話して、取材の調整をしてくれた」

わたしはニンジンを刻む手を止めた。

「ソーシャル・エイドが仲介したの？」

「彼がサージェントと話をつけたんだ。ふたりは親しい、といっていた」

「なんていう名前のソーシャル・エイド？」

ヴァージルはタマネギを切った。「聞いていない。このところよく見かけるやつだよ。手首を折ったらしいけど」首をすくめる。「もう治ったみたいだな」

「そうだったの……」

「どうした？　それが何か問題か？」

わたしは答えなかった。ある考えが頭のなかをめぐっている。そして話を最初の疑問にもどすことにした。

「ここにはあなたとわたししかいないわ。どうか教えてちょうだい。マスコミはどうしてあなたに追加取材をしたの？　わたしと殺人事件の関係についての取材？」

ヴァージルは力を込めてタマネギを切った。「いいや、違う」

わたしは待った。

「彼らは記事の掲載を延期したかったんだよ。二度めはその連絡さ。いまはあまり関心がないからってね。ホワイトハウスの裏で起きていることのほうにニュース価値があるんだと。ぼくの記事を掲載するタイミングはいまじゃないといわれた」

小さなピースが埋まった。「それで記事をおもしろくするのに、ちょっとしたスクープを話したのね？」

ヴァージルはわたしの目を見た。「きみよりぼくのほうが注目を集めて当然だ。ぼくのほうが腕がいいんだから」

「そうかもね。だけど……腕はわたしのほうがいい、という自信があるわ」

ヴァージルはわたしをにらみつけた。

わたしはほほえむ。「お互い、それを忘れないようにしましょう」

22

何事もなくアパートまで帰りついて、神さまに感謝した。スコッロコの運転する車から降りると、アパートの玄関前にはローズナウ。彼女とふたりでフロント係の男性（いまだに名前を思い出せない）に挨拶して、エレベータに乗り十三階へ。そこにはまたべつの捜査官がいた。ウェントワースさんがドアをあけ、お帰りなさい、問題なしよといい、ローズナウがそれではおやすみなさい、自分は深夜三時でつぎの捜査官と交代しますと告げた。

そのあとは、部屋でひとりきり。

簡単な夕食をつくり、読みかけのミステリ小説を何ページか読む。そして明日はきっと、もっといい日になる、と思った。明日は明日。新しい一日が始まるのだ。十時まえにはベッドに横になり、たちまち夢ひとつ見ない眠りにおちた。

ドアがばんばん叩かれる音。跳ね起きて時計を見ると、二時三十分だ。いま行きます、と大声でいいながらドアへ走った。

あければそこに、ギャヴ――。

「きみの携帯電話はつながらない」

わたしは目をこすった。

「充電して再起動させようと思って……」

ギャヴの後ろにはローズナウがいる。わたしはTシャツにパジャマのズボン。もちろんノーブラ。髪は片側がたぶんぺたんこで、たぶんほっぺたも。そして目の前には、真っ昼間とおなじスーツ姿の捜査官がふたりいる。わたしは寝ぼけ頭で尋ねた。

「電話がつながらないから来たの？」

「いや、そうではない。なかに入ってもいいかな？」

ローズナウがわたしの視線を避けているのが気になった。プライベートな会話は聞かないようにする、という感じではない。それよりも、自分には何も訊かないで、と逃げ腰のようだ。

「何かあったの？」

「入ってもいいかな？」ギャヴはおなじ台詞をいった。

「ええ、どうぞ」と、ドアを広くあける。「まだ頭がぼんやりしているけど」

ギャヴはわたしの脇を通って奥に進み、わたしは髪を両手ですいて整えた。たいして意味はないような気はしたけど。

「どうしたの？　何があったの？」

ギャヴの右手も左手も、握りこぶしになった。ドアに目をやり、しっかり閉まっているのを確認する。その顔つきに、わたしの眠気も吹き飛んだ。これは悪い知らせにちがいない。

　彼はようやくわたしと目を合わせた。そこには怒り、苛立ち、そして恐れ――。わたしの両手もこぶしになる。

「教えてちょうだい。少なくともあなたは無事な姿でここにいるから、わたしにとっての〝最悪〟はないわ」

　ギャヴの目の光がほんの少しやわらいだ。でもそれも、一瞬のこと。

「すわってくれ」

「ううん、立って聞くわ」

　リビングの真ん中で、わたしたちは向かい合っている。距離は二メートルほど。明かりといえば、さっきつけた玄関の照明だけだ。でもそれだけで、ギャヴの苦悩ははっきり見える。

「お願い。じらされるのはもう限界だわ」

「ミルトンが殺された」

　めまいがした。ソファの背に手をつき、なんとかもちこたえる。でもこのソファも、手のなかで溶けてしまいそうだった。

「どう……して？」感情も理性も、どこかへ消えてしまいそうになる。

「頼む。すわってくれ」

　わたしはよろよろっと腰をおろした。

　ギャヴは立ったまま、両手を握りあわせる。

「なんともいいようがない」

「どうしてそんなことに？」これは夢だ。それも悪夢。まさかミルトンまで――。

「警察は現場の状況から、悪辣な強盗の仕業だとみなした。背後から頭を撃たれていたからだ」

「それは……コーリー補佐官とおなじ？」

ギャヴはうなずいた。「部屋は荒らされていたが、現在のところ、紛失物は特定されていない。首都警察がシークレット・サービスに連絡したのは、監視対象であるのを知ったからにすぎない」

「彼の自宅周辺を見張っていなかったの？」

「きみやサージェントのような二十四時間体制ではなかった」顎がひくつく。「監視はしていたが、夜、自宅で就寝するのが確認できれば、そこで終了とした」

ギャヴの顔を見ると、自分が崩れてしまいそうだった。そうなってはいけない。しっかりしなくては。警護の人たちのためにも、わたしは強くなくちゃいけない。ギャヴに頼れば安心できる。だからといって頼るわけにはいかない。

「サージェントには知らせたの？」

「現在、トムが報告している」

「わかったわ……。教えてくれてありがとう」

ギャヴはわたしの思いを感じとったのだろう、腕をさしのべることもなく、近づいてもこない。わたしはうつむいたまま両手を握り、ねじった。まるで自分の手ではないみたいだった。

「オリー……何かわたしにできることがあれば、いってくれ」

なんとか顔をあげる。「ううん、何もないわ」目頭が熱くなり、まばたきしてこらえる。「時間が必要みたい。ひとりになりたい」

ギャヴは何かいいたそうだったけど、うなずくと無言で部屋を出ていった。ドアがかちっと静かに閉まる音がした。

ギャヴとわたしはずっとこうなんだろうか、と思った。悲しいときも、怖くて震えているときも、互いの距離を縮めることはない。彼に頼ろうとしなかったわたしが、きっといけないのだろう。弱さをさらけだすのを恐れずに、彼の胸に顔をうずめればよかったのかもしれない。いまほど、これほど、自分のもろさを感じることはなかった。

ミルトン。ああ、ミルトン……。彼はわたしたちの力になろうとしただけなのに。

カウチにすわり、ぼんやりする。気がつけば、仕事に出かける時間になっていた。

シアンがわたしの後ろまで来て、「元気？」といった。

わたしはポットを洗っていた。一週間以上使わずに置きっぱなしだから、念のため洗ったほうがいいと思ったのだ。洗剤を入れたお湯のなかで、ステンレスのポットをこする。単純作業なら、疲れた頭を使わずにすむ。

シアンはわたしの左に並んだ。これなら顔の半分は見えるからだろう。

「洗い場の人に頼めばいいのに。何か心配ごとでもあるの？」

すぐには返事ができなかった。なんていえばいい？　とある人の死を悲しんでいる。何度かしか会ったことはないけれど。調査なんかしないように、何度か注意をしたのだけど。それでも彼の死に責任を感じる自分がいた。彼がほしかったのはホワイトハウスの仕事ではなく、自分への関心だったのではないか。自分を見つめ、気遣ってくれる人がほしかったのではないか。いまとなってはもう遅い。わたしがどんなに心配したか、彼が知ることはない。

「ゆうべ、いろいろあってね」

シアンは腕を組んだ。「話してちょうだい」

わたしはシンクのなかでポットを回しながら内側を洗った。

「話せないわ……いまはまだ」

シアンは少しためらった。「まあ、なんでもいいけど、わたしたちがそばにいることだけは忘れないでね」

ミルトンのそばには誰もいなかった。

「うん、わかってる」ほほえもうとしたけどできない。これがバッキーだったら、辛辣で気むずかしい人だけど、わたしをひとりにしておいてくれただろう。シアンは気持ちがやさしいあまり、声をかけずにはいられないのだ。彼女を傷つけてはいけない。「そういってもらえるとうれしいわ、シアン。ありがとう」

彼女はもうしばらくそばにいて、組んだ腕をほどくと、持ち場にもどりながらいった。

「何かあったらいつでもいってね、オリー」

「はい、了解」

ヴァージルは大統領の食事の準備をし、こちらにはまったく無関心だ。わたしのムードを察したからか、あの会話のせいなのかはわからない。いずれにせよ、混乱なくスムーズに仕事が進めば、きょう一日をのりきれるだろう。

何時間も迷ったあげく、やはり電話をかけることにした。サージェントがどう思うかはわからないけど、何もしないままだと後悔するような気がした。

「ちょっとチャイナ・ルームに行ってくるわ」

シアンにいうと、彼女は怪訝な顔をした。

「緊急の用件があるときだけ――」念のためにいっておく。「呼びに来てくれる?」

「わかったわ」

チャイナ・ルームでサージェントの携帯電話にかける。呼び出し音が一、二、三回。

「電話があるんじゃないかと思っていたよ」と、サージェント。

「どんな具合?」

「やたらに忙しい。いろいろ手配があってね。彼は火葬を望んでいたようだ」

「ピーター、ほんとうに心から……」

「ミルトンは書き残していたんだよ、もし自分が死ん――」言葉が途切れた。「何年もまえから考えていたらしい。信じられるか? 自分の葬儀プランをわざわざ練るなんて?」

万一のとき、自分を知っている人がひとりもいないと思えば、たぶんそうする。

「ピーターが手配してくれて、彼も喜んでいるでしょう」

「ほかに誰もいないから、わたしがやるしかないんだよ」

「心からお悔やみ申し上げます」

サージェントは無言だ。

ほかに言葉が浮かばず、こうつづけた。

「もし何かわたしにできることがあれば――」

「ありがとう。では、また」

わたしは電話をしまい、チャイナ・ルームを出た。


「ミズ・パラス？」

顔をあげると、戸口にギャヴがいた。しなくてもいい洗い物をしながら物思いにふけっていたせいで、ほんの一瞬、間があいてから、「はい、なんでしょうか、ギャヴィン捜査官」と抑揚のない声で応じた。

シアンとヴァージルも顔をあげたけど、ギャヴの表情から何かを察したのだろう、作業の手は止めず挨拶もしない。

「新しい知らせがある」

わたしはタオルで手を拭き、彼について厨房を出た。ライブラリーに向かう途中、彼はチャイナ・ルームに腕を振り、「これほど悪い状況では、部屋はどこでもおなじだな」といった。

ライブラリーに入り、ギャヴはドアを閉めた。

「調子はどうだい？」

「サージェントに電話をしたの。葬儀の手配をしているみたい」ここで自分の気持ちを話す気にはなれなかった。「新しい知らせって？」

「イーサン・ナジはいまのところ、シロだ」

いいかえると、行き詰まった、ということのような。

「それで？」

「きみに会いたかった」

こういうとき、ふつうならふたりは歩みより、抱き合い、愛しているとかなんとか、ささやきあうものではない？　でもギャヴとわたしは離れたままだ。

「今度のこと……とても苦しいの」

「きみのせいではないよ。まったく違う」

「でも、そうは思えないの」

ギャヴが何かいうまえに話題を変える。

「イーサン・ナジはほんとうに問題なしなの？」

「うむ。パズルのピースがひとつ欠けているような気はしている」

「ミルトンを殺した犯人の手掛かりは？」

ギャヴの表情を見れば、返事を聞くまでもなかった。

「オリー……」

懸命に自分を抑えた。しっかりしろ、と自分にいいきかせる。

「ゆうべ、あなたが帰ってから考えたの。わたしたちはずっとこうなのかなって。苦しい時期になると、お互い距離を置く。そうしないと、ふたりともが苦しい思いをするから。たぶん、あなたとわたしはずっと友人でいつづけるの。支えあうことはできても、生活のなかにある障害物――殺人事件だとか、陰謀だとか、つねにつきまとう危険をいっしょに乗り越えることはできないの」

ギャヴはわたしをじっと見つめた。

「苦しい時期か。そうだな」目をそらし、今度は暖炉を見つめる。まるでそこに答えがあるかのように。「約束するよ。いずれゆっくり話し合おう。そう遠くないうちに。だがそれとはべつに、わたしに電話するのをためらわないでほしい。いつでも、どんなことでもかまわないから」

厨房にもどるまえに東棟に寄ることにした。サージェントはいま公私ともに忙しく、個人的な感情は抜きにして、わたしにできることはしようと思った。そしてひとつだけなら、わたしにもできることがある。カリグラファーのリンは、例の付箋に関する新情報があっても、自分から厨房まで出かけたりしないだろう。たぶん、わたしが来るのを待っている。

カリグラフィー室にはリンひとりきりだった。作業灯の下、机にうずくまるようにして仕事中だ。

「リン？」呼びかけると、彼女は顔をあげた。

「あら、パラスさん。エミリーなら、いまランチに行ってます」部屋を見まわし、自分ひとりなのに初めて気づいたらしい。「ほかのみんなも、そうみたいですね」

「あなたは食べないの？」

リンはにっこりし、白い顔が輝いた。こうしてみると、とてもかわいらしい。

「デートなんです」壁の時計を見て、まっすぐな髪を両手でもっとまっすぐに撫でる。「あと五分で、彼が迎えにきます」

ホワイトハウスにまたひとつ新しい恋？

「じゃあ、急いで話すわね。あれから何か、付箋についてわかったことはない？　ほら、例の、招待客リストについて書いてあった付箋」

彼女はびくっとし、頬が濃いピンクに染まった。いたずらをして見つかった子どものように、頭を横に振る。

「いいえ、わかったことは何も。何もありません」

ようすがおかしい、と思った。

「まわりの人たちに訊いてみてくれた？」

「はい。訊きました。たくさんの人に訊きましたけど、たいしたことは何もわかりませんでした」

「でもそれなら、何か教えてくれない？　たいしたことじゃなくてもいいわ。誰に訊いてみたの？」

彼女の視線がわたしの右後ろに流れた。ふりかえると、ソーシャル・エイドのワイアットが戸口のところでにこにこしている。でもわたしに気づくなり、微笑は消えた。びっくり仰天なのはお互いさまだ。

彼は片手をあげた。

「すみませんね。どうやら部屋をまちがえたらしい」ワイアットはわたしが何かいう間もなく、そそくさと去っていった。

リンをふりむくと、目の下から鼻の頭まで真っ赤になっている。落胆、戸惑い、動揺。

「ランチ・デートの相手はワイアットだったのね？」

「はい……」わたしがすぐさま断定的に訊いたから、嘘をつく余裕がなかったらしい。「でも、どうしてあんなことを？」

そこで、ぴんときた。「もしかして、あの付箋を貼ったのはワイアットじゃない？」

リンの顔がまた赤くなった。それがたぶん答えだろう。

「わたしにはわかりません。ほんとうです。自分はきみの守護天使だって、笑ってましたけど……」

「でもあなたは、彼が貼ったと思ってるんじゃない？」

「わかりません！」金切り声の一歩手前だ。「わたしのことを思ってしてくれたのかもしれないし……。べつに、いけないことではないでしょう？」

「ええ、ぜんぜん」軽いおだやかな調子でいう。リンはワイアットがもどってこないか、戸口に目をやった。「ねえ、リン。わたしが尋ねたことは忘れてちょうだい。ね？」

戸惑いは消えないものの、リンは静かにいった。「わたし、何も悪いことはしていません」

「誰もあなたを責めたりしていないわ。でしょう？」

「だったら、どうしてこんな気持ちに？」

わたしには答えようもなかった。「仕事中なのに、話を聞いてくれてありがとう。彼はきっとすぐもどってくるわ。お付き合いは長いの？」

「いいえ……。まだ一週間くらいです」

誕生日パーティの準備にワイアットが加わったのは、一週間ほどまえだ。これは偶然？

わたしはカリグラフィー室を出て、厨房に向かった。そして最初の角を曲がったら、なんと、そこにワイアットがいた。まるでわたしに飛びかからんばかり——。

「きょうはいいお天気ね、ワイアット。調子はどう？」

「彼女をランチに誘った理由を知りたいのでは？」

「いいえ、想像はついてるわ」

「へえ」さぐるような目つき。

わたしはこめかみを掻きながらふりかえり、リンがいないのを確認した。

「このまえ、ガールフレンドのことを話していたでしょ。完璧な名前の人。何だったかしら……そうだ、ビヴァリー・ブロンソン？」彼は答えず、わたしは後ろのカリグラフィー室を指さした。「リンはあなたのいう〝スペア〟なんじゃないの？」

「だからなんですか？　ぼくは男だ。寄ってくる女性を拒む理由はない。彼女はぼくに一目惚れした、ただそれだけのこと。お嬢ちゃんを楽しませてあげているだけだ」

「リンの作業灯に付箋を貼ったのは、あなたでしょ？」

ワイアットの顔に動揺がよぎり、すぐに消えた。

「何のことかな？　よくわからないが」

「わかってるはずよ。招待客リストを改ざんし、それが修正されるように付箋を貼った。目的は、サージェントの評判をおとすこと」

「彼の評判なんて――」ワイアットはうんざりしたようにいった。「ぼくがわざわざおとすまでもない」

「わたしの質問に答えてちょうだい」

「だから何の話かわからない。サージェントのミスをぼくのせいにしないでほしいな」

「だったらどうして、ここでわたしを待っていたの？」

「ぼくは彼女をランチに誘った。秘密を漏らさないという確約をとろうと思った」

「リンに本命の恋人がいることを話さない確約？」

ワイアットはほほえんだ。「どちらにも何も約束していないから、かまわないといえばかまわないんだけどね。だからといって、彼女を傷つけたいわけじゃない。秘密は秘密でよろしく、と頼むつもりだった」

「不正な秘密は守らないわよ。わたしがどういう人間か、知っているでしょ？」

返事は聞かずに歩き出した。かわいそうなリン。さっきのようすだと、あんな男に夢中らしい。もし自分があの年頃に、付き合っている男性はろくでもないやつだといわれたら……。とんでもない。そんなことをいわれたらたまらない。軍人の経歴をもち、政府の仕事に就き、外見もよいワイアットは女性の目をひくだろう。少なくとも、おしゃべりをしはじめるまでは。

リンが傷つくことがわかっていても、いまのわたしには何もできない。ワイアットが何をしたのか、確かな証拠をつかまなくては。それがないかぎり、ただの疑惑だけで、ワイアットのキャンプ仲間でもあるダグに話すわけにはいかない。サージェントが抱える問題の、おもとの原因をなんとか暴く方法を見つけよう……。

23

シアンとヴァージル、わたしの三人が後片づけをしているところへ、ダグからオフィスに来てくれという電話が入った。

「また？」と、シアン。「このところ、いやに呼び出されるわね。今度は何なの？」

見当もつかなかった。

「行ってみないとわからないわ。悪いけど、あとはお願いね」壁の時計を見る。「もうこんな時間だから、わたしを待たずに帰っていいわよ」

「待ったりしないよ」ヴァージルが肩ごしにいい、シアンはあきれてぐるりと目を回した。

「じゃあ、オリー、わたしは先に帰るかもしれないわ。明日はゆっくり休んでね」

「ありがとう。久しぶりのお休みで、家でやることがたまってるわ」

わたしはエプロンをとって洗濯籠に入れ、ダグのオフィスに向かった。きょうは長い一日だったけど、たいして疲れは感じない。それどころか、そわそわしてじっとしていられず、目的地もないまま走り出したいくらいだった。

ドアをノックすると、ダグの声が聞こえた。

「あら、ピーター」部屋に入ると、スーツ姿のサージェントがいた。「きょうも出勤したの？」ダグをふりむき尋ねる。「また何かあったのかしら？」

「すわってくれ、オリー。とくに新しいことは――これまで以上に、頭を抱えるような出来事は何もない」

「でも……」わたしはすわりながらサージェントに訊いた。「何日か休むはずだったんじゃないの？」

サージェントは、うるさいというように手を振るだけだ。

「予定が変更になってね」と、ダグ。「おふたりには朗報だ。ファースト・レディのアシスタントの後任が正式決定されて、誕生日パーティの準備も担当する」

「よかった！」わたしは両手を打ち合わせた。「これで本業に専念できるわ」

「いや、それはまだだ。新しいアシスタントと、ジャン・リュックで細かい引き継ぎをしてもらわなくてはいけない。予定では、それが月曜だった」

たぶん、〝しかし〟という言葉がつづくのだろう。

「しかし」と、ダグ。「月曜の午前中は、ピーターの甥の葬儀がある。新任のアシスタントはそれを考慮し、引き継ぎは日曜に行なってもいいと連絡してきた」

「日曜日？　だったら……」わたしはサージェントにいった。「これまでのメモを渡してくれたら、わたしのほうでまとめて新任のアシスタントに渡すわ」

ダグが頭を横に振った。

「報告書を渡しておしまい、とはいかない。担当者は直接、これまでの経緯や感想を聞きたいそうだ」

「でも日曜は、四十人のディナーがあるの」

「知ってるよ。だからピーターにも来てもらった。ふたりとも、ジャン・リュックで見落としたことがかならずあるはずだから、それを今夜じゅうに現地で確認したらどうかと思ってね。そうすれば日曜の朝、漏れのない、恥ずかしくない報告書をジャン・リュックに持っていける。そのあとはディナーでもなんでも、本業に専念すればいい」

わたしが自制心をかきあつめている最中に、ダグはとどめを刺した。

「用件はもうひつ。キノンズ夫人はこれまで、パーティの準備をまったく手伝えなかった。しかしなんといっても、夫の誕生日を祝うパーティだ。今夜なら時間がつくれるから、ジャン・リュックできみたちにぜひ会いたい、とのことだ」

「それはいつわかったの？」

ダグはデスクの上で握っていた両手を広げた。「新任アシスタントについては今朝、キノンズ夫人の要望は一時間まえだ」サージェントに同情のまなざしを向ける。「急に呼びつけて申し訳ない」

これまでサージェントは、ダグの背後の窓をぼんやりと黙って見ているだけだった。話を聞いているのかどうかさえ怪しかったけど、もちろんしっかり聞いていた。

「家にいてもたいしたことはできないからな。こっちのほうがまだいい」

「ワイアットもジャン・リュックで合流するからね」

あら……とどめの上に、またとどめ？

サージェントは無反応だ。

「わたしは明日、お休みなんだけど」

「だから？」

「ピーターとふたりでキノンズ夫人に会うなら、明日の朝のほうがよくはない？　わたしは休みでも出てくるから」

ダグはかぶりを振った。「夫人には明日、予定が入っている。今夜以外に選択肢はない」

「新しい担当者が決まったのなら、キノンズ夫人はその人と会えばいいんじゃないの？　そちらのほうが現実的だと思うけど」

サージェントはまた窓の外をながめた。何も、ひと言のコメントもなし。

「念のためにいっておくが」ダグはいらいらしはじめた。「これでも関係者の都合を調整しているつもりなんだよ。ミズ・パラスとミスター・サージェント、ミスター・ベッカー、そして何よりキノンズ夫人の都合をね。今夜、ジャン・リュックに行くのを〝命令〟するしかないのなら、いつでもそうする」

どうやら勝敗は明らからしい。

ダグは話を止められなくなった。「誕生日パーティは、ぼくが仕切る初の大イベントだ。あんな事件があったあとで、なんとしてでも成功させなくてはいけない。きみとピーターはこの企画に最初からかかわっている。キノンズ夫人がきみたちに会いたいといった以上、彼女をがっかりさせる気は、ぼくにはさらさらない。いいかな。これでわかったね？」

厨房にもどると、シアンもヴァージルも帰っていた。コンピュータに向かい、誕生日パーティのファイルを開く。そして漏れはないかざっと見て、プリントアウトした。ダグのいうとおり、渡すまえにやはり再確認したほうがいい。でもだからといって、あんな言い方をしなくても……。

二十分後、コートとノートを持ち、厨房を出た。ディプロマティック・レセプション・ルームに入ると、生気のないサージェントがロボットのように立っていて、目はうつろだ。

「お待たせしました」わたしが先に出て、後ろにまったく口をきかないサージェント。わたしたちはセダンの後部座席にすわり、ドライバー役の捜査官が運転席にすわる。

「はじめての方ね？」わたしは捜査官に名前を尋ねた。

「はい、フレデリックといいます。すみません、ミルコート捜査官が来るまで、もう少しお待ちください」

「きょうはふたりなの？」

「護衛対象がふたりなので」

そこへ小走りにやってきたのが、たぶんミルコートだろう。彼はドアをあけてシートにすわると、「こんばんは」と事務的にいった。車は走り出し、捜査官ふたりは前方から目をそらさない。サージェントは横を向いてぼんやり外をながめ、わたしも自分の横の窓から外をながめる。

この捜査官たちは極秘調査のメンバーではないだろうから、事件に触れる会話はできない。ただふたりとも、きょう限定の金色の四角いピンをつけていた。

「おふたりは、ジャン・リュックでわたしたちを降ろしたあと、どうするの？　いったんホワイトハウスに帰るの？」

「外で待機し――」と、ミルコートがいった。「予定外の者が建物に入らないよう監視します」

「予定されている人は？」

ミルコートは手帳を確認した。「あなたとサージェント氏、ソーシャル・エイドのベッカーに――」その後につづいた名前はジャン・リュック側の担当者たちだった。「そしてキノンズ夫人です」

何事もなく目的地に到着。夜のジャン・リュックは、昼間とは違った姿を見せていた。玄関の周囲にはスポットライトがじつに巧みに配置され、建物が温かく、どこか官能的にすら見える。人の心をそそり、なんとも粋で上品。ライトが建物の輪郭やカーブを照らしているから、すぐそばの廃墟の路地などはまったく目に入らない。初めてここに来たときの否定的な感想は撤回しなくては、と思った。華々しいゲストが集い、豪華なエンタテインメントもある誕生日パーティにはふさわしい場所といえるだろう。

「ワイアットは何時ごろに来るの？」わたしはミルコートに尋ねた。サージェントは先に車から降りて、初めて見るような目でジャン・リュックを見上げている。

「すでに来ているはずです。安全確認のため、自分たちも会場まではいっしょに行きます」

ミルコートが先導し、わたしの後ろにはサージェント、そしてフレデリックがしんがりだ。宴会場に着くと、そこにいるのはワイアットひとりきりで、捜査官ふたりは建物の正面へともどっていった。

「ようやくお出ましだ！」ワイアットはわざとらしい明るい調子でいった。「いっしょに仕事をするのはこれが最後らしいですね」

わたしの後ろで、サージェントは何もいわない。

「そうみたいね。早くとりかかれば、それだけ早く終えられるわよ」キノンズ夫人の名前には触れなかった。約束の時間まで三十分以上はあるから、夫人が姿を見せるまえにできればワイアットを帰らせたい。

「きょうは何をするんです？」と、ワイアット。「前回、かなり徹底的にやったように見えましたけどね」

「ミスター・サージェントとわたしできっちり要件リストを見直して、漏れた事項はないかを確認するの。あなたのメモも、よければ見せてちょうだい。こちらで見過ごしたものがないともかぎらないから」

サージェントはふらふらと歩いていった。わたしは気にしないことにする。

「彼、どうしたんです？」ワイアットは声をおとし、そこではっと気づいたらしい。「たしか、甥っ子が亡くなった？」

好き嫌いはべつにして、ワイアットにあまり細かいことは話せない。

「リンとのランチはどうだった？」

ワイアットは困ったように目をそむけたけど、それも一瞬のこと。

「残念ながら予定外の用件が入ってしまって、彼女とはぜんぜん話せていない。ビヴァリーは手がかかる女性でね」

「かわいそうに。リンはあなたを守護天使だと思ってるわよ」

彼はつくり笑いを浮かべた。

「ところで、メモは？　持ってきたでしょう？」

ワイアットは自分のこめかみを指さした。「記憶力には自信があるので。ノートや手帳は、なくしたり盗まれたりしますからね。必要なことは頭に書きこむほうがいい。その点では有能ですよ。ぼくより記憶力がいい人間には、めったにお目にかかれない」

「じゃあ始めましょうか」わたしはきょろきょろした。「ピーター？」

サージェントが角から姿を現わした。「わかった、始めよう」

四十分後、必要事項は二度確認した。ホワイトハウスから持ってくる調理道具も残らずメモする。最新のフードプロセッサーをはじめ、ここには何から何まで揃っているけど、使い慣れたもののほうがいい場合もある。その筆頭はナイフ類だ。ただし、刃物はシークレット・サービスの監視なしには運べなかった。切れ味鋭いナイフを何本も抱えて勝手に移動するのは厳禁なのだ。

サージェントは自分の守備範囲の注意事項をチェックしていた。ジャン・リュックはバリアフリーなので、その点は問題ないけど、過去のゲストの要望などを考慮して、布類はオレンジ系ではなく青系にしたほうがいいとのこと。もちろんわたしに異論などない。

そんなこんなを話しているうち、すっかり夢中になって時間を忘れてしまった。

「こんばんは」広いダンスホールの向こう端から、キノンズ夫人が声をかけてきた。「オリヴィア・パラスさん？」

わたしはあわててふりむいた。「はい、わたしです。すぐそちらへうかがいます」

ワイアットがにっこりした。「ぼくは彼女が大好きなんだ。じつは同窓でね。彼女はキノンズ国務長官よりずっと若いんだよ。旧姓はベッテンコート。何度もおなじクラスになった」

わたしは急いだ。ワイアットがついてきませんように、という願いはむなしく、わたしの後ろにはサージェントと彼。キノンズ夫人は右のほうに腕を振ると、そちらへ歩いていった。

「夫人はパーティの打ち合わせで来たのよ」

ワイアットは意に介さない。「きみは知らないだろうけど、彼女、小さいころからバレエを習っていてね」

「ええ、知らないわ」

サージェントはひと言も口をきかない。

「ジュリアード音楽院にだって行けるくらいだったんだ。それも奨学金で。だけど両親が家を離れるのに反対してね。だから彼女もあきらめるしかなかった」

少し黙っていてほしい、と思いながら、ダンスホールの外まであと十歩くらいのとき——。

「当時、マンディはずいぶんおちこんでね」

足が止まった。

「マンディ？　夫人の名前はセシリアでしょ？」

「ファーストネームはそうだよ」ワイアットはにやりとした。「だけどミドルネームはアマンダで、本人はそっちのほうが気に入ってたんだ。そのうちアマンダが愛称のマンディになってね。ただ両親がそれをいやがって、高校を卒業してからはセリシアで通すようになった。キノンズ国務長官も、セシリアのほうがいいんだろうな。マンディよりずっとエレガントだから」

「それは間違いないの？」

ワイアットは〝ぼくの記憶に間違いがあるわけないだろ〟という目でわたしを見た。

殺されたコーリー首席補佐官の携帯電話の着信メロディは、〈哀しみのマンディ〉だった。

この情報はマスコミには流れていないし、シークレット・サービスもごく一部しか知らない。

わたしはワイアットの表情をさぐった。ほんとうのことを話している？　それとも意図的な作り話？

「彼女が待ってるよ」ワイアットは黙りこんだわたしにいった。「早く仕事を終わらせたいんだろう?」

「ええ、そうよ。でもキノンンズ夫人と話すのはわたしとピーターだから、あなたはここまでにしてちょうだい」

ワイアットはむっとして腕を組んだ。

「ほう。だが彼女のほうは、ぼくに会いたいはずだ。ずいぶん久しぶりだからね」

「だったら、べつの日にしてくれない?」わたしは引かなかった。「あなたの仕事はもうすんだから、帰ってもらってかまわないわ」

わたしとサージェントはダンスホールから広いロビーに出た。高い天井に豪華な絨緞《じゅうたん》。キノンズ夫人は遠くの柱のそばにいて、いやに小さく見える。わたしたちが近づくと、彼女のそばのシークレット・サービスがうなずき、少し離れた。わたしは小走りになる。

キノンズ夫人と直接顔を合わせるのはこれが初めてだ。とてもかわいらしい人で、国務長官より二十歳は若いだろう。真っ白でつるつるの肌に茶色の目は大きく、まつ毛もすばらしく長い。でもその顔に、ほほえみはなかった。

「お待たせして申し訳ありません」わたしは夫人にあやまった。「お着きになったら、捜査官が知らせてくれると思っていたもので」

夫人は気にするなというように手を振った。

「正面から入ってこなかったのよ」と、付き添いのシークレット・サービスを指さす。「彼が駐車スペースを見つけられなかったから」

それはセキュリティを厳重にしていたからだろう。わたしは本題に入った。

「ご主人の誕生日パーティの件でご足労いただいて――」

「いいえ、わたしはあなたに会いに来たの、大切な用件で」

「誕生日の――」

「パーティのことは忘れてちょうだい」夫人は捜査官をふりむいた。彼はテロリストでも警戒するような鋭い目でドアを見つづけ、夫人はわたしのそばまで来ると、ほとんど耳打ちに近い小声でこういった――「殺人事件のこと。あのレキシントン・プレイスの」

わたしは思わず後ずさり、夫人を見つめた。

「あなたがマンディ、なのですね？」

視界の隅で、サージェントが驚いたようにまばたきした。

「いったい何のことだ？」

キノンズ夫人は小さく震えはじめた。「わたしには手に負えないの。どうしたらいいかわからなくなって、あなたに話そうと思ったのよ。でも、ここじゃない所で」捜査官のほうに首をかしげる。「彼が車内でなら、わたしたちだけでプライベートな会話ができるというから……いっしょにここを出て、話を聞いていただけないかしら？」

「それはできません」わたしはきっぱりといった。「ここでも問題ないでしょう。彼のいるところまで聞こえないと思います」

夫人はまた捜査官に目をやった。「危険は冒せないの。それほど大切なことなのよ。絶対に聞かれてはいけないの」

首筋がざわっとした。彼女は何もかも知っている。そんな気がしてならなかった。護衛の捜査官は極秘調査に加わっていないはずだから、聞かれないほうがいいのはたしかだ。夫人は何を話す気なのか？　知りたくてたまらない。とはいえ、シークレット・サービスの護衛なしで夫人について外に出ていくことは絶対にしない。

夫人は「サンカー捜査官！」と呼んだ。彼はドアからけっして目を離さず、顔だけ少しこちらに向けた。「しばらくわたしたちだけにさせてくれないかしら？」

「いえ、できません。近くでの護衛を指示されています。この状態でも離れすぎです」

わたしやサージェントの護衛は外で待っているから、キノンズ夫人のほうがはるかに厳しく警備されているわけだ。命を狙われたわたしやサージェント以上に――。国務長官夫人は、式事室の室長や料理人よりはるかにランクが上、ということなのだろう。

「どうか、お願いよ」と、キノンズ夫人。

するとサージェントがわたしにいった。

「こちらの護衛にも、車まで来てもらったらいいんじゃないか？」

理にかなった提案。

「ええ、そうね」

夫人はほっとため息をついた。

「ではそうしましょう。サンカー捜査官、パラスさんとサージェントさんの護衛の人たちに連絡してくれる？」

名前を訊かれたけど、サージェントは覚えていなかったので、わたしが答えた。サンカー捜査官はマイクに向かって小声で話し、うなずく。

「ふたりはこちらの車まで来ます。建物の横に駐車しています」

「これでいい？」キノンズ夫人はわたしをふりむいた。

どうしても一点だけ、確認しておきたいことがある。

「なぜここまでなさるんです？　どうしてわたしに話すと決めたのでしょう？」

夫人は目を曇らせ、わたしに顔を寄せてささやいた。

「あなたたちふたりに話したいの。だから今夜、時間を調整してもらったのよ。ふたりとも、自分で思っている以上に危険にさらされているわ」

イーサン・ナジだ、きっと。

「誰かに狙われているということですか？」

夫人は目を見開き、捜査官のほうに首を振った。「ここではいえないわ」

わたしたちはサンカー捜査官の後ろを黙々と歩いた。ロビーに出て通用口に向かい、彼が扉をあけてくれる。冷たい風が吹きこんできて、コートを車に置いてきたのを後悔した。

「ミルコートとフレデリックが来るまで、車には乗らないわ」腕を組んで背を丸め、寒さをこらえる。車はどこに停めているのだろう？　ジャン・リュックの温かい光が路地を照らしているだけで、腐ったごみの臭いが鼻をつく。

わたしは外に出ようとして、ふとサンカー捜査官の襟のピンに目がとまった。

赤い四角形。

金色ではない。

悲鳴をこらえ、わたしはサージェントの腕をつかんだ。サージェントはぎょっとして後ずさる。

「どうした？」

「ちょっと待ってて」精一杯おちついていう。「ノートを忘れたの。走って取ってくるわ」

サンカーはシークレット・サービスなんかじゃない。それをどうすれば、キノンズ夫人に伝えることができるか？

でもサンカーはわたしのようすに気づき、体をつかんだ。悲鳴をあげる間もなく大きな手で口をふさがれ、両腕と胴に太い腕が回される。わたしはもがこうとしたけど、むなしい抵抗でしかなかった。サージェントは恐怖でその場に凍りつき、キノンズ夫人は両手に顔をうずめてしくしく泣きはじめる。すると、路地の向かいのビルから男がひとり現われた。

ミルコートとフレデリックは何も知らず、いまも正面玄関を見張っているにちがいない。この程度の物音ではあそこまで届かず、大声でわめくか悲鳴をあげるしかなかった。サージェントは金縛りにあったように身動きできず、呆然としている。

わたしはもがいた。足で蹴ろうとすると、サンカーはサージェントの胸ポケットからハンカチを引き抜き、わたしの口につっこんだ。そして体を倒して地面に押しつける。ほっぺたがざらざらした舗装をこすり、息ができなくなった。両手が後ろに回され、紐で縛られ、ピンで刺された昆虫のようになる。もうひとりの男がそばに来て、顔が見えた——。

ブラッド。

髪は染めていたけど、あの割れ顎は見間違えようもない。そして、ふてぶてしい顔つきも。

ブラッドはサージェントをつかむと、路地の向こうのドアへ引きずっていった。だけどなぜ、キノンズ夫人は悲鳴をあげない？　どうして助けを呼びに走らない？

サンカーはわたしを引っ張りあげると、足で蹴りつけながら、ブラッドとサージェントが消えたドアへ向かった。わたしはなんとかキノンズ夫人と目を合わせようとする。どうか少しでもおちついて、助けを呼んでくれと伝えたい。

ところが夫人は、わたしたちの後ろについてドアを入ってきた。

「おとなしくしろよ」サンカーはいったんなかに入ると、わたしを丸太のように横向きに抱えあげた。どんなにもがこうと、サンカーは強く、大きく、びくともしない。これはすべて計画どおり。わたしは罠にはまったのだ。

金属ドアが、音をたてて閉まった。

外の照明が高窓から射しこんで、物にぶつからない程度には明るい。目が暗がりに慣れ、狭い部屋であるのはわかった。わたしの前で、ブラッドがサージェントを壁に叩きつけ、重く鈍い音がした。「なんだ、これは？」サージェントの弱々しい声が聞こえる。「どういうことだ？」

サンカーはサージェントの横にわたしを放り投げた。お腹が床に打ちつけられ、うめいて仰向けになる。でも両手を縛られているせいで、なかなか体を起こせなかった。サージェントがわたしの口からハンカチを抜いてくれ、わたしは声をふりしぼって悲鳴をあげた。

「好きなだけ、わめけ」ブラッドがいった。「ここは昔の銀行の金庫室だ」ふりむいてキノンズ夫人に指をつきつける。「あんたもだ。いくら叫んでも、外には聞こえない。さすがにね、おれだってまえとおんなじドジは踏まないよ」くくっと小さく笑う。「あのドアは、いったん鍵をかけたら内側からは開けられない。だから二度とここから出られないよ。助けに来るやつもいないしね。あんたたちがここにいるのを、誰も知らないんだから」

キノンズ夫人が息をのんだ。

「心配無用」と、ブラッド。「いくら心配したところで、結果はおなじだから無駄ってこと」

わたしはサージェントに背中を向けた。サージェントは手首の紐をほどいてくれたけど、ブラッドもサンカーも、止めようとすらしなかった。そう、これで何かが変わるわけもない。

「どうして？」わたしはキノンズ夫人に訊いた。「どうしてなの？」

彼女はわたしには見向きもせず、部屋の奥に走っていった。目を凝らすと、どうやらそこにもうひとりいる。あれは……ベッテンコート老人だ。これでようやく納得がいった。夫人は手を貸して父親を立たせた。

「おまえ、どうしたんだい？」老人は自分を歩かせる娘の手をやさしく叩いた。「何か悲しいことでもあったのか?」

キノンズ夫人は立ち止まり、サンカーにいった。

「あなたのいうとおりにしたわ。帰ってもいいわね?」

サンカーは銃を引き抜き、銃口をわたしたちに向けた。

「携帯電話を床に投げろ」

「ふたりをおびきだしたら、わたしたちは帰れるんでしょ?」と、キノンズ夫人。「誰も傷つけないと約束したわよね?」

「おれは嘘つきでね。さあ、携帯電話を捨てろ。全員だ。さあ!」

わたしたちは従った。

ブラッドはみんなを後ろに下がらせ、電話を拾ってポケットに入れていった。わたしの電話を拾ったときは、顔をあげてにやりとする。

「追跡されるわよ」わたしは彼に教えてやった。

「壊れなきゃね」

「パティの電話も壊したの? あなたにとっては携帯電話が戦利品?」

サージェントが肘でわたしをつついた。「よしなさい。怒らせるだけだ」

「だから何? お行儀よくしていたら、逃がしてくれるのかしら? 怒りたければ怒ればいいのよ」ブラッドの顔を見て、声が大きくなる。「わたしはとっくに、怒ってるわ」

サージェントに両手をつかまれ、後ろに引っ張られた。

ブラッドは声をあげて笑い、サンカーは冷静だ。

「今度はヘマするなよ、ブラッド。いいな?」

ブラッドは銃を抜いた。「ああ、いつでもいい」

彼はわたしに狙いを定めた。

24

叫んでも外には聞こえない。打ち捨てられた古い金庫室。ここに来る者などひとりもいない。誰も助けに来てくれない。護衛のフレデリックとミルコートは、ジャン・リュックの玄関でわたしたちを待っている。ワイアットも追い帰してしまった。わたしたちが姿を見せなくても、護衛のふたり以外、不審がる人はいない。彼らが不審に思ってさがしてくれても、そのときはもう遅い――。

顔の真ん前にある銃口を見つめながら、めまぐるしく考えたのはそこまでだった。恐怖、死に直面している実感、そして自暴自棄の勇気がいっしょくたになり、わたしはサージェントの手を振り払うと、ブラッドに体当たりした。

「おい――」

銃を持っているほうの腕に飛びつく。銃は床に落ち、わたしはブラッドの顔に爪を立てた。

「銃を取って!」と叫ぶ。

誰も動かない。

サージェントは金切り声をあげ、夫人は泣きだす。

　サンカーはわたしに怒声を浴びせながら、ブラッドから引きはがそうとした。わたしは体をねじり、顔面にげんこつを叩きつける。思いもよらないほどのアドレナリンが噴き出し、蹴りまくっては手あたりしだいに爪をめりこませた。「目……目が……」サンカーはわめき、わたしをつかんでいた手を離す。そして両手で顔をおおい――わたしをブラッドから引きはがすため、銃はしまったらしい――うめきながら、よろよろっと後ずさった。

　でもブラッドがわたしの体に手を回し、こめかみに銃口を当てた。

「やっていいな、ルイス？　それともおまえがやるか？」

　サンカーは体をふたつに折り、うめき声を漏らすだけだ。ブラッドはわたしをサンカーのほうに引きずっていき、わたしはこの瞬間を逃してはならないと思った。サージェントに口だけで〝逃げて！〟と伝える。〝いますぐ！　助けを呼んで！〟

　サージェントはこの何年間かで初めて、わたしのいうとおりにしてくれた。

　キノンズ夫人も逃げようとした。でも老父を連れているから、たまらなく遅い。サージェントがドアをあけたとき、ブラッドがくるっと彼をふりむいた。

「早く逃げて！」わたしは叫んだ。

「止まれ！」ブラッドはわたしを床に叩きつけ、サージェントを追った。

　サンカーもドアへと走る。でもそのまえに、「どっちみち、おまえはここで死んでいくんだ」と、わたしに向かって吐き捨てるようにいった。

　ドアが閉まり、カチッと鍵のかかる音がした。部屋は静まりかえる。

「ごめんなさい……」背後でキノンズ夫人の声がした。

わたしは金属のドアに触れ、厚みは五、六十センチはあるだろうと思った。これなら鍵を使ってあけるしかない。でなければ、アクシデントで人が閉じこめられた場合の安全装置か。

「わかってもらえないだろうけど――」夫人はつづけた。「あなたたちを連れてこなければ、父を拷問して殺す、といわれたのよ」

「その結果がこれですよね」わたしは彼女を無視しようとした。怒りがこらえきれなくなりそうだからだ。

「きっと、わかってもらえないだろうけど――」

わたしは彼女をふりむいた。暗いなか、表情までは読みとれない。

「いいえ、わかりますよ。あなたはコーリー首席補佐官と恋愛関係にあった。そしてそのことを知られ、補佐官は殺された。わたしがわからないのは、補佐官を殺害したのは誰か、ということです。しかもパティの命まで奪った。なぜそこまでしなくてはいけなかったんですか?」

口にしながら、ある疑問が浮かんだ。キノンズ国務長官は、シークレット・サービスに家族の二十四時間警護をさせていたはずだ。なのになぜ、サンカーは捜査官に変装できたのか? まさか……。いいや、違う。そんなことはありえない。

でも彼が、妻の不貞に激怒し――。

「忘れてください」わたしは夫人にそういうと、ドアに向き直った。「いまはそんなこと、どうでもいいので。安全装置をさがさないと。きっとあるはずだから」

「あの人たち、ここからは出られないといっていたわ」

わたしは歯をくいしばり、肩ごしにいった。

「彼らのいうことを、いつまで信じるんですか」

とげとげしいのはわかっている。でも反省はしない。サージェントはどうしただろう。どうか、逃げきってくれますように。もしつかまったら、殺される。それとも、まずここに連れてこられるだろうか。

ジャン・リュックのドアマンの話だと、ここはたしか十九世紀に建てられた。安全面もいまとは比べものにならないだろう。でも当時は当時なりに配慮し、いまだって、労働安全衛生局の基準には沿っているはずだ。お願いよ……。わたしはドアと冷たい脇柱の隙間を撫でていった。

すると、わたしの手の隣に夫人の手が並んだ。

「後ろにいてください。何かわかったらいいますから」

彼女は後ろに下がり、父親に話しかける声が聞こえた。わたしはドアの縁の外側を押し、叩き、こすった。指を広げ、円を描きながら撫でてみる。何か硬いものはないか。少しでも動くものはないか。かならずここから出られるはず。

「腹がへったよ」ベッテンコート老人の声。「何か食べるものはないか?」

夫人がまた、しくしく泣きだした。「ごめんなさい、お父さん」

「いいよ、いいよ、我慢できるよ。そうだ、ポケットに飴がある。おまえも食べるか？」

夫人の心は崩れはじめている。でもここで、慰める気持ちの余裕はなかった。それよりもサージェントが心配だ。あれから何時間もたったように感じるけど、実際はたぶん五分かそこらだろう。

ドアの縁を小刻みに撫でていく。でも何も見つからない。床側からもう一度、上へ向かってくりかえす。今度はもっとゆっくりと。指先が冷たい金属に触れるたび、希望の光は遠のいてゆく。

「今度の事件は――」ふりむいて、キノンズ夫人に話しかけた。「イーサン・ナジが首謀者かもしれないと思ったこともありましたけど、彼はご主人の汚い仕事を手伝っていただけなんですね？」

夫人は答えない。でも泣き声から、図星だったのがわかる。

「だけどパティは？　なぜ彼女まで？」

夫人は二度、苦しそうに息を吸った。「主人は妻の浮気が知れると、自分は物笑いの種になると思ったの。わたしは離婚したいといったのに、彼は承知してくれなくて……。絶対に別れてなんかやるもんか、といわれたわ。あの日、コーリーとレキシントン・プレイスで会うはずだったの。だからわたしも、いっしょに死んでいたはずなの」

「それでは答えになっていません」

「彼らがマークを……コーリーを殺したの」

ふたたび涙、涙。

「ええ、それはわかりました。でも、どうしてパティが？」

「わたしはあの日、レキシントン・プレイスに行けなかったの。それで計画が狂ったみたいで、彼らはコーリーの遺体をあそこに隠して、その足でわたしの父を誘拐して……。主人は自分の思いをわたしに見せつけたかったのよ。おまえはおれから逃げられないって。男たちが遺体を取りにレキシントン・プレイスにもどったら、そこに彼女が、パティがいて……殺してしまったの。遺体を運びだして逃げる気だったらしいけど、あなたたちが来てしまったから」

〝来てしまった〟といわれても――。

「だったら次回はあのふたりに、どうせ隠すなら人に見つからない場所にしろといってください」

「あなたにはわかってもらえないだろうけど――」

わたしはまた金属ドアに向かい、縁を撫でながらいった。

「おなじ台詞を何度も聞きましたけど、はい、わたしにはわかりません。人の命が奪われたんですよ。補佐官だけでなく、パティも、そしてミルトンまで」喉が詰まり、熱くなる。

「三人もが殺されたんです。なのにあなたは胸を痛めるようすもない」

「そんなことないわ！　わたしはマークを、マーク・コーリーを心から愛していたもの。わたしの望みはね、なんとかして彼と――」

「すみません、もういいですか？」わたしはふりかえった。「わたしの望みは、なんとかして生きつづけたい、ということです。こんなことになったのは、誰のせいでしょう？　飢え死にするか、空気がなくなって死ぬか。いったいあなたは……」ドアの縁に耳を押しつけた。

「どうしたの？」

「静かにしてください」

「何か聞こえるの？」

「静かに」

ベッテンコート老人がくしゃみをした。つづいて鼻をすする音——

「ここは埃っぽいな」

聞こえたと思った音は、もうない。たぶん、必死の思いが生んだ幻聴なのだろう。

「無事に逃げてね、サージェント」冷たい金属のドアにささやく。「お願いだから」

25

「わたしたちはどうなるの？」キノンズ夫人が訊いた。父親は娘に、何か食べたいとせがみつづけ、またべつの生理的欲求も訴えはじめた。

「ここは暗いな。誰も照明をつけないのか？」

夫人はわたしたち三人しかいないのに、内緒話をするようにささやいた。

「もうちょっとだけ辛抱してね、お父さん。できるでしょ？　ね？」

安全装置を見つけるのはあきらめた。腕時計がないから、どれくらいの時間が過ぎたのかもわからない。でも知らないほうがむしろいいかも、と思ったり。

サージェントが無事に逃げきり、助けを呼んでくれるのを願うしかなかった。でもそれだったら、いまごろはもう救援隊が駆けつけているのでは？　シークレット・サービスの護衛はジャン・リュックの玄関にいるのだから、サージェントの足でもたいして時間はかからない。この分厚いドアも、そろそろ開いていいはずなのだ。

きっと、たぶん、だめだったのだろう……。わたしはドアに背をつけて、ずるずると床にしゃがみこんだ。男たちはサージェントをつかまえたにちがいない。そして殺したか。たとえ殺さなくても、どこかへ連れ去ったのだろう。だからここに、もどってこないのだ。

　護衛のミルコートとフレデリックは、わたしたちが姿を見せないのに疑問を抱くはず。そして調べてくれるだろうけど……。サンカーたちはあらかじめこの部屋を用意していたのだから、ここが発見されないような手は打っているだろう。シークレット・サービスが手掛りをさがしにここへ来たとしても、そのときまでわたしたちは生きていられるだろうか。

「息が苦しくない？」キノンズ夫人がいった。「なんだかそんな気がするんだけど」

　わたしもそう思った。でもそれは、恐怖心が招いた思いこみだと結論づけた。パニックに陥ってはいけない。空気が薄くなったと脳が信じれば、体がそれに反応してしまう。

「だったら何もしゃべらず、酸素を節約しましょう」

「しゃべらないのか？」と、ベッテンコート老人。「母にしゃべるなといわれたら、代わりに歌ったもんだよ。では、歌おうか？」

「お父さん、やめて」

「〝棚にビールが百本、百本。それが一本……〟」

「ベッテンコートさん、歌じゃなくゲームをしませんか？」

「うん、ゲームをしよう」

「はい。では……」わたしは急いで考えた。「〝暗闇に何がいる？〟をやりましょう」

「そんなゲームは知らないが」

「ゲームのリーダーが、暗闇で聞こえる音の種類を決めて、みんな静かに耳をそばだてるんです。そして最初にその音を聞いた人が、つぎのリーダーになる。とりあえず、言い出しっぺのわたしが最初のリーダーになりますね」

「よし、わかった」

「では、まず……鳥のさえずり、としましょう。いちばん先にさえずりを聞いた人が勝者です」

ありがたいことに、老人は喜んで耳をそばだてた。気持ちの集中が眠気を誘ってくれるといいのだけど……。睡眠中はたしか、酸素の消費量が少ないのではなかった？

でも静寂がつづいたのは、せいぜい二分。

「わしには何も聞こえないが」と、老人はいった。

「もう少し頑張ってみましょう。この暗闇のどこかに、小鳥はかならずいるはずですから」

それからしばらくして、老人は寝息をたてはじめた。そして一定の間隔で、いびきも。と、それとはまたべつの、違う音がした。わたしの背中、ドアの向こうからだ。

「あれは何？」

夫人に訊かれるより先にわたしは立ち上がり、冷たいドアに耳を押しつけた。だけど何も聞こえない。

「外の通りを大型トラックが走ったのかも」

するとまた、音がした。

「誰かいるんだわ」わたしは両手のこぶしを、両手の肘を、ドアに叩きつけた。

夫人が横に来てわたしの腕をつかみ、ドアから引き離そうとする。

「よしたほうがいいわ。あの人たちがもどってきたのかもしれないから」

わたしは彼女の手をふりはらった。

「びくつくだけが女じゃないでしょ?」がんがんドアを叩く。「ここよ! ここにいるわ!」

それでも十分くらいは何も起きなかった。音がして静寂、そしてまた音、のくりかえしだ。

キノンズ夫人はしくしく泣きはじめた。

「ただの機械の音よ。誰も助けになんか来てくれないわ」

いいかげんにしてほしい、と思う半面、おなじことを考えている自分がいた。ただの騒音に、過剰反応しているだけではないか。助けを求めるわめき声は、無意味どころか、貴重な酸素を無駄遣いしているのではないか。

「もっと前向きに考えましょう。できるだけのことはしないと」

「でも――」

「いつ家に帰れるんだい?」ベッテンコート老人が目をあけた。

「もうすぐよ。あとちょっとだけ、待ってちょうだい」

「おまえはおんなじことしかいわない。いいか、セシリア――」

あとの言葉は聞こえなかった。ドアの外でまた音がしたからだ。今度はまえよりずっと大きい。それもたぶん……すぐそばだ。

「いるわよ! ここにいるわ!」

音は途切れなかった。それどころかどんどん強く、激しくなり、わたしはドアから離れて耳をふさいだ。

金属のドアが開いた。あまりのまぶしさに、わたしは目をしばたたき、両手をかざした。

「誰なの？　そこにいるのは誰？」

最初に聞こえたのはサージェントの声――。

「無事でよかった！」

あとはおぼろでわからない。外に出て、車に乗って、サイレンと明かりに包まれ運ばれた先は、ホワイトハウス。


キノンズ夫人とお父さんは医務室に行った。ベッテンコート老人に大きな問題はなさそうだけど、確認するに越したことはない。

サージェントとわたしはレッド・ルームで、まえとおなじカウチに並んですわる。でも今回は、あのときよりずっと人が多くて、なかにはダグもいた。ずいぶんたくさんのシークレット・サービスがいるけれど、襟のピンはみんな金色の四角形だ。いま思えば、ジャン・リュックでサンカーのピンにすぐ気づかなかったのは、ほとんどわたしたちに背を向けていたからだろう。あれはプライバシーへの配慮ではなく、偽であるのを見破られないためだったのだ。

わたしの最大の失敗は、キノンズ夫人を信じたことだ。サージェントとわたしを売るなんて、想像もしなかった。いくら父親を守るためだろうと、してはいけないこともある。

トムが入ってきた。彼がこのミーティングを仕切るようで、みんなの正面に立つ。わたしはサージェントに顔を寄せ、「命を救ってくれて、ありがとう」とささやいた。

サージェントは前を向いたままいった――「ミルトンは救えなかった」

わたしは彼の手をそっと叩き、彼は手を引っこめることもない。

トムが咳払いをひとつして、話しはじめた。

「みんな、お疲れさま。情報を交換して、わかっていること、いないこと、今後どうすべきかを話し合いたい」

わたしは待ちきれなかった。いっしょに車に乗った捜査官たちは口が堅くて、教えてくれたのはサージェントが通報したこと、あれだけの金属ドアに通用するドリルを見つけるのに若干時間を要したことくらいだ。

「まず、サージェント氏の貴重な情報提供により――」と、トム。「ミズ・パラスと国務長官夫人、夫人の父上を救出することができた。首都警察がすでに誘拐犯を指名手配し、逃走車両は不明だが、べつの捜査チームが割り出しにあたっている」トムはわたしをふりむいた。「ミズ・パラス、金庫室にいるあいだ、キノンズ国務長官夫人から聞いた話を教えてほしい」

思ってもいなかったのでびっくりしたけど、ともかく夫人の話を再現した。夫の国務長官と秘書官がからんでいるらしいこともふくめてだ。

話しおえたところで、トムがつづけた。

「ギャヴィン特別捜査官が現在、イーサン・ナジ氏とキノンズ国務長官から話を聞いている。新しい情報が入れば、その都度共有する」

トムは救出までの経緯を話し、わたしの知らないこともたくさんあった。サージェントは金庫室から飛び出したあと、サンカーとブラッドは自分より二十歳以上は若い、走って逃げたところで追いつかれると思い、ふたりが自分をさがして道路に出るまで、机の下に隠れていた。そしてもう大丈夫と思えたところで、ジャン・リュックにいるミルコート捜査官とフレデリック捜査官のもとへ走った。捜査官たちはすぐ行動し、救出作業の開始と犯人の追跡手配が行なわれた——。

ミーティングが終了すると、トムはわたしを呼んだ。

「心配したよ、生死が不明だったから。あのドアじゃ、外からも内からも何も聞こえないしね」

わたしは大きなため息をついた。

「ほんとに感謝するわ。もうあきらめるしかないと思いはじめていたから」

「きみが？　それは信じられないな」顔を寄せ、耳打ちする。「じつはもうひとつ情報があるんだ。きみに教えたのがばれたら、彼は怒りまくるだろうけどね——きみの大親友のサージェントは、とんでもなくうろたえていたんだよ。きみが無事に救出されたとき、飛びあがって喜んだのは、この部屋のなかでは彼が圧倒的に第一位だ」

「ほんと？　わたしにはそっちのほうが信じられないわ」

「噂をすれば影だ」サージェントが近づいてきて、トムは「じゃあ、また」というと、いなくなった。

「体調はどう？」わたしはサージェントに訊いた。

「問題ない。あの凶悪犯がつかまるまで、ひきつづき護衛がつくことを聞いたか？」

「仕方ないわね」

捜査官たちはみんな引きあげ、わたしはサージェントとふたりで部屋を出た。

「きみはどうしてあんなふうにできた？　いまにも殺されそうなとき、よく冷静に判断できたな」

「冷静に判断？」わたしは吹き出しそうになった。「とんでもないわ。冷静どころじゃなかったもの」

「だがきみは戦った。よくやれるもんだよ」

銃をつきつけるブラッドに飛びかかったときの思いがよみがえった。

「何も失うものがないときこそ、すべてを手に入れるチャンス、かもね」

26

スコッロコの運転でアパートに帰った。

「ずいぶん遅い時間になりましたね」玄関前で停車して、スコッロコがいった。

彼のほうから話しかけてきたのに驚きつつ、ほほえむ。

「これくらいはたいしたことないわ」

「事件のことを考えればそうかもしれませんが。明日の朝も、外出なさる場合に備え、わたしがここで待機します」

「あしたはホワイトハウスに行くつもりなの。でもそんなに早くなくてもかまわないわ。何時くらいなら都合がいい？　九時とか……もっと遅いほうがいいかしら？」

「ミズ・パラスは明日、休日では？」

「ダグのところに行きたいの、急ぎの用件があって」

「わかりました。では九時に」

車の外にはローズナウがいた。

「ここはすべて問題なく安全です。無事にお帰りになれてほんとうによかった」

はわからない。かかってくるかどうかさえ。

は到底無理だから、電話がかかってくるのを待つしかなかった。でも、それがいつになるか

聞きたい――。いまは捜査で忙しいはずだし、わたしには徹夜の警護がついている。会うの

しさも感じている。みんなに無事を喜んでもらえても、ギャヴには会えなかった。彼の声を

「ええ、ほんとうにね」これは正直な気持ちだった。でもホワイトハウスを出てから、さび

　翌朝、九時。玄関前にはスコッロコの車。ホワイトハウスまで会話はなかったけれど、今朝はそのほうがむしろよかった。ダグとは十時にオフィスを訪ねる約束をしたので、その時刻ぴったりにドアをノックする。

「おはよう、オリー。メッセージを読んで驚いたよ。気分はどうだい？」デスクの前に並ぶ椅子を指さし、わたしは壁ぎわのひとつにすわった。

「ずいぶんよくなったわ。ところで、あとふたり呼んでいるの。ひとりはトム・マッケンジーで――」

「やあ、おはよう」トムが部屋に入ってきた。

ダグはとまどった笑みを浮かべた。「いったいどうした？　ぼくの知らないことが進行中かな？　何か問題でも？」

「ええ、そうなの。ワイアットのことなんだけど」

ダグの表情がこわばった。こうなるのを予想して、わざわざトムにも来てもらったのだ。

ダグの友人というだけで、かばうことはできない。ましてや、大きな危険が潜んでいるのだから。

「ワイアットはホワイトハウスのセキュリティを侵したのよ」

「え？　彼はソーシャル・エイドだよ。何かの間違いだろ」

「彼があなたの友人だというのは知っているけど、招待客リストからバームガートナー夫妻を削除したのはワイアットなのよ。そしてカリグラファーのリンが削除に気づくように仕向けたの」

ダグは唖然として椅子の背にもたれた。

「どうして彼がそんなことを？」

「サージェントを嫌悪しているから。それだけの、単純な話。彼の評判を傷つけたいのでしょう。ヴァージルへの取材を許可するときも、ワイアットがサージェントの名前を利用したのは知っている？　ヴァージルはその取材で、遺体の第一発見者はサージェントとわたしだとしゃべったのよ」

ダグが何かいうまえに、わたしは間をおかずつづけた。

「その記事がきっかけで、わたしたちは命を狙われたの」

ダグはかぶりをふった。「取材を許可したのはサージェントだ」

「だったら本人に確認してみてちょうだい」

トムが身をのりだした。「オリーの話を聞いて調べてみたところ、ワイアット・ベッカーが越権行為をした事例が複数見つかったんだよ。どれもサージェントの名前やアクセスコードを使っている。個人情報に関しては、サージェントにもっとしっかりするよう勧告するが、現実問題として、ワイアット・ベッカーはセキュリティを侵している」

「し、しかし……」ダグはしどろもどろになった。「ほ、ほんとうに……まちがいないのか？」

「調査は継続中だが、答えはイエスだ。現時点ですでに十分な証拠がある。ただ、極端に大きな弊害はないよ、サージェントの評判を落とす以外には。調査が完了したら、サージェントがワイアット・ベッカーによってどの程度の害を被ったのか精査する」

「あなたはまったく知らなかったの？」

「もちろん知らないよ」

トムは首をかしげた。「職務上、把握しているべきではないかな？　当然、ポールもね。彼がここしばらく家族の病気でたいへんな思いをしていたのは理解できるが。いずれにせよ、その点も確認させてもらうつもりだから」

「了解」ダグの桃色のほっぺたが赤みを増した。「すまなかった、ほんとうに」

するとノックの音がして、戸口に立っていたのはリンだった。

「お呼びでしょうか？」

ダグはとまどい、代わりにわたしが答える。

「ええ、仕事中にごめんなさいね。例の付箋について訊きたかったの。いま、職場に不満はない？」

リンは喉もとに手を当て、一歩なかに入った。

「はい、とても満足していますけど……。何かよくないことでも？」

「ううん。ただ、正直に話してほしいと思って」

リンは何度もうなずいた。

視界の端でトムがほほえむのが見える。

「招待客リストの間違いをほのめかす付箋は、ワイアット・ベッカーが貼ったのではない？」

若々しいリンの顔が暗くなり、しばらく間があってから苦しげに、「はい」といった。「彼から、誰にもいうなといわれました。これはふたりだけの秘密だよって」たちまち目が潤む。

「わたし、解雇されるでしょうか？」

ダグがそんなことはない、きみは正直に話したのだから、と安心させた。そしてリンは職場にもどった。

「ほんとにね」と、ダグ。「ホワイトハウスで秘密をもつことはできない」

それからしばらく話し合って、トムとふたりでオフィスを出た。

「名推理だったよ、オリー」

「よけいなことはするな、と叱らないの？」

「今回はね。ホワイトハウスのなかで、あってはならないことを見つけてくれたんだ。それに何より、これに関しては自分の身を危険にさらさなかった」そこでしばし考えて、わたしをふりむく。「だが、きみはサージェントの首をつないだんだよな？」

わたしはにっこりした。「たぶんね」

「だったら前言は撤回しよう。きみは引きつづき、自分を危険にさらしている」

そのあと厨房に顔を出し、バッキー、シアンに軽く声をかけておく。そしてスコッロコの運転で自宅に帰ろうと厨房を出たら——そこにギャヴがいた。

「ご苦労さま」

「え？」

「全員の身柄を確保したよ。地下鉄のブラッドと追突男のルイス・サンカー、そしてイーサン・ナジと……国務長官もだ。まったく、ここまでのことになるとはね」

「みんなつかまったの？　だったらもう警護は解除ね？」

「そう、きみは自由三昧だ」

わたしはほっとして、空を見上げた。晴れ晴れとした青い空。春らしい、美しい空。

「お祝いをしよう。どこか行きたいところはあるか？」

空気はまだひんやりしているけど良いお天気だし、十七番通りを散歩することにした。途中のお店で軽食を買う。

「すぐ食べたいわ」

ペンシルヴェニア通りを渡り、コニーのテントの前を通って、ラファイエット・パークのベンチに腰をおろした。

「いま考えるとね、あの追突男……名前は何だったかしら？」

「ルイス・サンカーだ」

「そう、そのサンカーはレキシントンの事件のあと、あのコニーのポスターを読んでいた男とおなじなの。こうなってみると、きっとわたしを見張っていたんだと思う」

「ブラッドは減刑を条件に洗いざらいしゃべったよ。事件当日、サンカーが〝追突〟してミルトンがわめいたこと、サンカーは顔を見られたことを、イーサン・ナジに報告したらしい。すでに誘拐していたベッテンコート氏は、いずれ解放する予定だった。ひとりで町をふらついていれば、心やさしい住民が助けてくれるという想定でね」

「老人の誘拐は、キノンズ夫人への警告だったんでしょ？」

「そう。楯を突くとどうなるか、良き妻でいろ、というね。ろくでもない男だよ」ホットドッグをがぶりと嚙む。

「わたしとブラッドがおなじ地下鉄に乗ったのは、偶然ではないということね」

「きみが心やさしい住民のひとりであるのは、よく知られたところだ。その点では、マスコミに感謝すべきかな。ブラッドはベッテンコート氏を連れ、地下鉄駅できみを待ち伏せた。遺体発見現場で、きみがどこまで目撃したかを確認したかったようだ」

「ばかばかしい。誰がそんなことを考えたのかしら」

「たしかにばかばかしく聞こえるが、結果は彼らの狙いどおりになった」そこでひとつため息をつく。「むしろ、それ以上かな。きみは老人を助けたお礼に、イーサン・ナジから贈り物をもらっただろう」

「ええ、ペンをもらったわ」

「あれには小さな追跡装置が仕込まれていたんだよ、きみの居場所をつねに把握するために」

「だけどあのペンは、しばらく家に置きっぱなしだったわ。でもそのせいで、彼らはアパートに侵入して、手掛かりになりそうなものを盗んでいったのかしら？　自分で気づかないうちに、彼らに計画変更させたということ？」

「きみはその道で才能があるからな」ギャヴは気軽な調子でいったけど、わたしは居場所を知られていたと思うだけで気持ちが悪かった。

「それでこれからどうなるの？」

「事実が公表されたら、マスコミは大騒ぎするだろう。キノンズは支援者が多いからね。外交の天才ともいわれている」

「外交は得意でも、家庭内の問題は苦手だったのね」

「残念ながら――。今後は彼の交渉や取引に徹底的な調査が入るはずだ」

わたしはホットドッグを二口食べた。でも食欲は一気にしぼんでしまい、どうやらギャヴもそうらしい。ホットドッグは食べ残したまま、ふたりでベンチから立ち上がった。

「ずっと考えていたんだ」と、ギャヴ。「わたしたちふたりのことを」

「ええ、わたしも」

「きみはこのまえ、苦しい時期になると、わたしたちはお互いに距離を置くといった」

わたしは黙ってうなずく。

「考えさせられたよ。初めて会ったときはあのような大事件があり、その後はふたりとも、何度も危険な目にあった。わたしはそれを承知でこの仕事に就いているが、きみはそうではない」

やっぱりかな、と思った。ギャヴはわたしが事件にからんでも非難などしなかったし、むしろ温かく見守り支援してくれた。でも今度はお説教が始まるのだろう、たぶん。

ところがギャヴはほほえみ、小さな笑い声を漏らした。

「きみもそうすればよかったんだよ」

「そうするって?」

「シークレット・サービスかFBI、CIAに勤めればよかったんだ。さっきもいったように、きみには才能があるから」そこで真剣な顔になる。「わたしはこの仕事に就いて長い。そしてきみより、年をくっている」

「七歳くらい、たいした差じゃないわ」

「自分ではもっと年をとった気分なんだよ。やりたいことをやりたいようにやる世界で暮らし、周囲に命令を下し、管理、統括してきた。だがきみは……」

「そんなあなたの世界を引っ掻きまわす?」

ギャヴの目がきらりと光った。「そのとおり。きみは秩序だった、整然とした世界を掻きまわし、わたしはどう対処すればよいのか途方に暮れている。きみはわたしが当然と思っている前提をくつがえしては、またくつがえす」

「それはいけないことなのね……」

「いつかの晩、何か自分にできることがあれば、と尋ねたとき、きみは何もない、と答えた。ミルトンの死の衝撃を、悲しみを、きみはひとりでうけとめようとした」

「あれは……」どういえばいいだろう。「わたしが慣れていないから。ああいうときの、ああいう気持ちを分かちあうことに。頼れるのは自分しかいないと、ずっと思ってきたから」

ギャヴはうなずきながら聞いていた。

「そう、きみとわたしはとてもよく似ている」

「これはあなたが、いずれゆっくり話すといったこと？」

ギャヴはほほえんだ。「ああ、そうだ」

「わたしたちはずっと友人でしかないと思った。とってもいい友人。でもそれ以上にはなれないって」

「きみはそれが望みか？」

わたしは視線をそらした。あちこちで、緑の小さな芽がのぞいている。風には春の香りがした。新たな始まりを告げる、希望の香り――。心まで、そんな春の息吹に揺さぶられ、わたしはまたギャヴとしっかり目を合わせた。

「人生を誰かとともに歩むことができたら、と思う。ふたりでいっしょに時を刻めたらどんなにいいかと。そしてその誰かはあなただと、感じたこともあったの」

「いまは感じない？」

「よくわからないわ」

彼はひとつ、うなずいた。「きっとそうだろうね」

それからしばらくは、小鳥のさえずりしか聞こえなかった。楽しげな、かわいい鳴き声。

わたしはギャヴの顔を見た。ハンサムで、自信に満ちて、瞳には人生の経験の色が満ちて
……。彼はわたしがこれまで出会い、恋したどんな人とも違っていた。この人をあきらめる
ことができるだろうか。あきらめて、忘れることが。

「きみに打ち明けたいことがある」ギャヴは口もとを引き締めて、横を向いた。言葉にする
のがつらいことなのだろう、きっと。そしてたぶん、聞くわたしにもつらいこと。

「なんでもいってちょうだい」

ギャヴはわたしを正面から見据えると、わたしの両手を大きな手で包みこんだ。彼の手は
とても強くて温かい。揺らぐことのない瞳も温かかった。

「オリー……単純なことなんだよ。きみとずっといっしょにいたい。あの晩、ひとりで椅子
にすわっているきみを見て、苦しいときにはそばにいたいと思った。そして、楽しいときも。

わたしはきみと、人生をともに歩みたい」

思いがけない言葉に、息ができなくなった。

「きみに心を開かないかぎり、いくら望んだところで無理だとわかっていた」

わたしはまばたきし、彼を見つめた。

　ギャヴの顔が苦しげにゆがむ。「きみとの間に壁をつくってきた。それは自分でもよくわかっている。だから待ってほしいと頼んだ。いずれ壁をとりはらえるときが訪れる、と思ったからだが……実際には、それをしたくない自分がいた」

「ええ、わたしもそれは感じていたわ」

「怖かったんだよ。そんなことをすれば、きみを失うような気がした」

　もうそれ以上はいわなくてもいいわ。あなたが愛する人を失った話は忘れないもの――。

「ねえ、ギャヴ」わたしは明るい声でいった。「これでも護身術にたけているのよ。知らなかった？」

「いや、気づいてはいたよ」

　わたしはにっこりした。「今度ばかりはサージェントの手を借りるしかなかったけど。きっと一生、彼にいわれつづけるわ」

「いいじゃないか。おかげできみはここに、元気な姿でいられる。孫に話して聞かせる冒険譚が、ひとつ増えたことだしね」

「孫？　ずいぶん気が早いわね」

「そんなものさ」ギャヴはわたしの目にかかった髪を払ってくれた。「どんなにきみに夢中か、隠しつづけた自分が情けないよ」

　心臓が胸から飛び出しそうになった。

「白昼夢といえば……」

「だとしたら、お互いまったくおなじ夢を見ているわけだ」そこで咳ばらいをひとつ。「白昼夢といえば……」

何かしら？

「きみの部屋に入ったとき、キッチンのテーブルに不思議な落書きを見つけたような気がするんだが」

心臓が胃の中まで落ちた。

「あれを見たの？」

「きみの名前と、わたしの名前と……数字がいくつか」

「その意味を知りたいとか？」

「いいや、意味はよーくわかっている。そしていまここでも少年の気分だが、かわいい占いよりはもう少しステップアップしようかと思う」

「どういうこと？」

「オリー、交際してください、ガールフレンドになってください、という申し込みだ」わたしを抱き寄せる。「フェイスブックに書いてもいいな」

わたしは笑った。「アカウントをもっていないくせに」

「どうして知っている？」

「探偵ごっこは得意なの」

ギャヴはこれまで見せたことのない表情でわたしの目をのぞきこむと、指先で顎を少しもちあげた。

「さすが、わたしのオリーだ」彼はそっとキスしてくれた。わたしの唇に——。

27

葬儀場には、サージェントひとりきりだった。両手を後ろで組み、大理石のスタンドに置かれた栗色の骨壺を見つめている。部屋にはやさしいハープのメロディが流れ、供花はひとつしかないというのに、なかに一歩入るなり、薔薇の香りに包まれた。ここでは花が絶えることはなく、香りが消えることもないのだろう。

わたしは祭壇のほうへ行き、サージェントの肩にそっと手をのせた。

「心からお悔やみ申し上げます」

彼はわたしのほうを見ようともしない。

「この葬儀場は待ち行列ができるほどらしいが、わたしがホワイトハウスの職員ということで、ミルトンを最優先にしてくれたよ」

「彼はきっと喜んでいるでしょう」

サージェントは骨壺を見つめたままだ。「遺骨をどうしたものか……。ともかくうちに持って帰るが、できればホワイトハウスのローズ・ガーデンに散骨を、ほんのひと握りでいいから、したいと思っている。ダグは許可してくれるだろうか？」

「こういうときは許可を得るというより、あとで許してもらえばいいのではない？」

サージェントの口の端がゆがんだ。「きみらしいな」

「そのほうが、うまくいくことが多いわ」

「たしかにね」

わたしは供花のほうへ行った。正統的なカーネーションと薔薇、百合、菊の花で、大きなリボンには〝愛する甥へ〟とある。

サージェントは話をしたいようだった。

「姉が亡くなって、あいつとふたりきりになってね。わたしにできることは、もっとあったはずなんだが」

黙って静かに耳を傾ける。

「わたしはけっしてミルトンを許さなかった」

サージェントは唇を噛んだ。たぶん、聞いてもらいたいのだろう。そしていまここで話さなければ、二度と話さないような気がして、わたしはそっとうながした。

「彼はどんなことをしたの？」

「愚かなことだ」

沈黙が流れる。

「ミルトンはわたしを、大学のレスリング・チームから追い出したくて、わたしは酒に溺れていると告げ口をした」くるっとふりむき、わたしの目を見る。「真っ赤な嘘だよ。チームは厳格で、どんな小さな違反も許さず、わたしは規則を遵守していた」

「ええ、信じるわ」サージェントがレスリングをしているところは想像がつかなかったけど、ルールを守るのは彼らしい。

「だがジェニーは、わたしのガールフレンドは、信じなかった。ミルトンに関してひとつ断定できるのは、嘘を楽しむ男ということだ。信じられないほどの尾ひれをつける。針小棒大にしゃべりまくり、真実は曖昧ではっきりしない。ピーティは毎晩、大酒を飲んでいるというふらした。そして女を追いかけまわしていると。チームはそれを信じたよ。ジェニーは男子学生に人気があったから、まわりも彼女にそれを吹きこんだ。と、そういうわけで、わたしと彼女は別れてね」さびしい小さな笑い。「そもそもわたしが、あれほどすてきな女性とつきあえていたことに、まわりは首をひねっていたからね。ジェニーはあんな男のどこがいいんだ？　というわけさ。おそらく彼女も、別れる理由をさがしていたんだろう。必然的な結果というわけだ」ため息をひとつ。「その後、彼女のような女性にはめぐりあえていない」わたしの顔を見て、もっと何かいいたそうだったけど、何もいわずにかぶりを振った。

「どうしたの？」

「彼女は自分というものをしっかりもった、芯のある人だった」ふっと顔をしかめる。そして苦笑い。「その点では、きみもおなじだな」

どう答えればいいのかわからずにいると、サージェントは背中を向け、遺灰を見つめた。

「当時の苦しみ、悲しみは、いまでもきのうのことのように思い出すよ」またかぶりを振る。

「若いころにできたしこりは硬くてね、社会に出てからもミルトンはあいかわらずで、結局わたしはあいつを許すことができなかった」

「わかるような気がするわ」

彼はふりかえった。「きみが?」

「ただのわたしの想像だけど、彼も後悔していたと思う」

「そうだな」サージェントはうなずいた。

「それで、彼を連れて帰るのね?」

「いや、そのまえにやりたいことをやろう」

サージェントは葬儀場の人に、再訪するまで遺骨を保管してほしい、ジッパー付きの袋をひとつほしいと頼んだ。葬儀場の人はやさしくほほえんで何も質問しなかったから、おなじ依頼はたくさんあるのだろう。

またふたりきりになると、わたしは袋を持ち、サージェントは骨壺を傾けた。遺灰が少し入ったところで、ジッパーを締める。

一時間後、わたしたちはホワイトハウスのローズ・ガーデンにいた。

「ほんとに気持ちのいい日ね。ようやく春らしくなってきたわ」

「ミルトンも喜んでいるだろう」

「春の青空を?」

「いいや」サージェントは袋をあけ、遺灰を風にのせながらいった。「さあ、どうだ、ミルトン。念願のホワイトハウスだぞ」

わたしはサージェントを厨房に誘った。

「少し何かお腹に入れたほうがいいんじゃない？」

サージェントは誘いを受けた。

厨房に入ったわたしたちを迎えたのは、バッキーとシアンの驚愕のまなざしだった。きょうの午前中、わたしは休みをとっていたけど、理由はふたりに話していない。

急いで簡単なランチをつくりはじめると、シアンが横に来て、「何か手伝おうか？」といってから声をおとした。「あなたたち、いつから仲良しになったの？」

「共通の体験をすると、不思議な縁で結ばれた気になるの」

シアンは目をむいた。

「友情という意味よ。きょうのサージェントには友人が必要なの」

静かな厨房に、ヴァージルの甲高い声が響きわたった。

「いったいどうなってるんだか。ぼくがいくら仕事に励もうと、彼女よりいくら腕がよかろうと、誰も彼もが、彼女はホワイトハウスの貴重な人材だといいまくってる。探偵ごっこばかりで、ろくに献立も考えないのを知っているのかな？」

「静かにしたまえ！」

全員がサージェントをふりむいた。彼はヴァージルのほうへつかつかと歩いていく。

「自分の身が大切なら、持ち前の恥ずべき態度を人目につかないように隠しなさい。この女性がどんなことをしたのか、きみはわかっているのかね？　彼女はわれわれの命を救った。そして式事室の室長の座も救った。わたしのことを嫌っていながらもだ。わたしがきみだったら、ぎゃあぎゃあわめかず、彼女に気に入られるよう全力を尽くす。それくらいのこともわからないほど、きみの頭は血のめぐりが悪いのか？」

シアンはあんぐりと口をあけ、バッキーもだ。そして、わたしも。

サージェントはわたしたちをふりむいた。

「ふむ……」背筋をのばし、胸を張り、いつもの高慢な顔つきになる。そしてわたしのほうへ近づいて、顔に人差し指をつきつけた。

「思いあがってはいけない、ミズ・パラス」眉がつりあがった。「わたしはきみから目を離さないからな」

パフ・ペイストリーを満喫しましょう

いうまでもありませんが、ホワイトハウスではさまざまな行事が催されます。フルコースが供される正餐のこともあれば、もっと気軽な形式で、美しく並べられたオードブルを楽しんでいただく場合もありますが、いずれにしても、料理の花形スターにはパフ・ペイストリーがつきもの、といっても過言ではないでしょう。

パフ・ペイストリーは驚くほどシンプルな半面、じつはなかなかてごわい。材料は小麦粉、バター、塩とお水だけなので、とてもシンプルですが、上手に仕上げるのは一筋縄ではいきません。生地に冷たいバターを挟んでは、たたんで薄くのばし、を繰り返し、それも温度が適切でないと、べとべとのかたまりになってしまいます。

できあがっても、見た目はふつうの生地でしかありません。ところがこれをいったん料理すると——バターの薄い層が溶けて空気をはらみ、きれいな焼き色のさくさくした、かつふんわりしたおいしいペイストリーに変身します。従来、料理人を目指す者はこのパフ・ペイストリーを基本レシピとして仕込まれ、それが腕のたつ料理人とそうでない者の境界線にもなりました。

でもうれしいことに、いまではスーパーで簡単に手に入りますから、どのご家庭でも楽しむことができます。ぜひ、試しに使ってみてください。ご家族もご友人も、みんなそのおいしさの虜になるにちがいありません。ただ一点、バターをたっぷり使っているので、心臓疾患のある方などはご注意ください。

ホワイトハウスでは、パフ・ペイストリーといえば当然、ペイストリー・シェフの領分ですが、エグゼクティブ・シェフにも欠かせないものですので、今回は家庭の日常の献立でも使えるものを紹介することにしました。市販品なら手軽に利用できますし、満足できるおいしいものがいくつも販売されています。毎日食べていると、ウエストまわりが気になったり、栄養バランスが偏る可能性もなくはないでしょうが、新年のパーティとか、親戚の集まり、週末のブランチなら、おいしいひとときを分かち合い、満喫できることでしょう。

最後に、パフ・ペイストリーを使う際の注意点をいくつかあげておきます。
・調理する直前ではなく、三十分から四十分ほどまえに冷凍庫から出しておく。
・ただし、冷えた状態で使うこと。温かくなりすぎると、仕上がりのさくさく、ふわふわ感がなくなる。
・カッターは切れ味のよいものを使用し、ひねったりせず、さくっと一気に切ること。そうしないときれいな断面ができず、仕上がりにふんわり感がなくなる。
・調理具もできれば冷やしておく。麺棒やカッターは、調理にとりかかる三十分ほどまえから冷凍庫に入れる。時間的には、ペイストリーを出すのとおなじころ。調理具が冷えていれば、生地の粘りと分解を防げる。
・市販品はパッケージから出したら、軽く麺棒を当てる。市販品はどうしても皺ができがちなので、ひと手間かけることでなめらかに、手作りっぽくなる。最初に軽く小麦粉を振ってから、麺棒に(または表面にもう少し)小麦粉を振って、平らにのばす。麺棒を何度かころがせば、きれいな生地の出来上がり。

●クランベリーとペカンのブリー・アンクルート
●ビーフのウェリントン風
●アスパラガスとプロシュットのパイ巻き
●夏のトマト・タルト
●ボローバン
●リンゴのシュトルーデル
●ナポレオン
●ホウレンソウの三角パイ
●チキン・ポットパイ

クランベリーとペカンのブリー・アンクルート

前菜　8個分

【材料】

パフ・ペイストリー……1袋（450～550グラム）

ブリー・チーズ（200グラム）……2個（丸いもの）

ペカン……200グラム（殻は取っておく）

クレーズン……100グラム（甘みをつけて干したクランベリー）

メープルシロップ……カップ¼

卵……1個

水……大さじ1

【作り方】

❶ オーヴンを200℃に予熱する。

❷ パフ・ペイストリー1枚に丸いブリー・チーズをひとつ置き、その上にペカンとクレーズンをそれぞれ半量のせて、メープルシロップを半量かける。生地をたたんでくるむ（生地の余分な部分は切り取る）。

❸ ボウルで卵と水を混ぜる。

❹ 油を塗っていないベーキング・シートに、❷を置く（くるんだ閉じ目を下側にする）。全体に❸の卵液を塗る。

お好みで、❷で切り取った半端な生地を好きな形にカットし、上に飾ってもいい（卵液を糊代わりに使う）。

❺ ❹をオーヴンで、黄金色になるまで焼く。目安は25分。

❻ 20分ほど冷ます。これでチーズの温度が均一になる。カットして、温かいうちにテーブルへ。

ビーフのウェリントン風

8人分

【材料】

テンダーロイン……900～1000グラム

ステーキ・シーズニング……大さじ1

卵……1個

水……大さじ1

油（キャノーラまたはオリーブ）……大さじ2

タマネギ……こぶりのもの1個（みじん切り）

マッシュルーム……200グラム（みじん切り）

パフ・ペイストリー……1袋（450～550グラム）

【作り方】

❶ オーヴンを220℃に予熱する。

❷ テンダーロインにステーキ・シーズニングをこすりつける。油をひいたローストパンに置き、オーヴンで40分。その後、1時間ほど冷蔵庫で冷やす（肉汁が全体に広がる）。

❸ ボウルで卵と水を混ぜる。

❹ フライパンに油をひいて、中火でタマネギを炒める。透明感が出てきたら、マッシュルームを加えて炒め、マッシュルームの水分がなくなったところで、3分ほどそのまま火を通してやわらかくする。

❺ パフ・ペイストリーを2枚、長辺を2センチほど重ね、❸の卵液で貼り合わせる。このとき、テンダーロインをきれいに包めるだけの広さがあるのを確認すること（ビーフより縦は15センチ、横は12センチ以上）。

❻ ❺のペイストリーに❹をのせ、その上に冷やしたビー

フをのせる。ペイストリーで全体をくるむ。3の卵液を糊代わりに使う。

7ローストパン(または縁のあるベーキング・シート)に、6の閉じ目を下にして置き、卵液を塗る。
8 7を220℃のオーヴンで、ミディアムレアなら25分、ミディアムなら32分焼く。わたしはここまでの合間にオーヴンで副菜を準備しますが、いったん切って再加熱しても。
9オーヴンから出して、肉汁が均一になるまで5分ほどそのままに。その後スライスして、温かいうちにテーブルへ。

アスパラガスとプロシュットのパイ巻き

前菜 24～30個分

【材料】

アスパラガス……700グラム

パフ・ペイストリー……1袋(450～550グラム)

クリームチーズ(ハーブ系のもの)……80～90グラム(十分に軟らかくしておく)

プロシュット……200グラム(なければ上質のふつうのハムでも。ただし、ごくごく薄くスライスして)

【作り方】


1オーヴンを200℃に予熱する。

2アスパラガスを洗って、根元の硬い部分を切り取り、布巾に置いて乾かす。

3ペイストリーを広げてきれいに平らにし、軟らかくしたクリームチーズを薄く均一に塗る。

4プロシュットを2等分し

て、半分ずつチーズの上にのせる。

❺ ❹を幅2~3センチで細長く切る。

❻ ❺のハム・チーズ面を内側にして、アスパラガスの根元のほうからくるくる、螺旋状に巻いていく。

❼ 油を塗っていないベーキングシートで❻を包む（シートは2枚必要）。

❽ アスパラガスに火がとおり、よい焼き色になるまで15分ほど。熱々のうちにテーブルへ。

夏のトマト・タルト

夏になると、旬のトマトが店頭に並びます。このトマト・タルトで夏を存分に味わってください。

前菜　16個分

【材料】

パフ・ペイストリー……1袋（450~550グラム）

トマト……4個（完熟したものを洗って薄くスライスしておく）

タマネギ……こぶりのもの1個。薄くスライスして、リング状にばらしておく。

オリーブオイル……大さじ2

エルブ・ド・プロヴァンス……大さじ1（さまざまなハーブのブレンド。市販品あり）

塩……小さじ½（わたしはコーシャー・ソルトが好みです）

バルサミコ酢……大さじ1

パルミジャーノ・レッジャーノ……30グラム（すりおろしておく）

【作り方】

❶オーヴンを190℃に予熱する。

❷ペイストリーをベーキング・シートに広げ（仕上がりがふくらむので、周囲に2〜3センチの余裕をとる）、フォークで2センチ間隔でついて穴をあける。

❸❷にスライスしたトマトを並べる、少しずつ重ね、見た目を美しく。さらにその上に、タマネギを飾る。

❹オリーブオイルとハーブ、塩、酢を混ぜて、❸に塗る。全体にチーズを散らす。

❺オーヴンで25分ほど。ペイストリーがいい色になり、トマトとタマネギに火が通って、チーズも焼けてぷくぷくする。

❻それぞれ8等分して、温かいうちにテーブルへ。

ボローバン

ボローバンは昔から、パフ・ペイストリーを使う定番レシピです。一般的には蓋をつけた丸い、ころんとした形で、フィリングは甘いものやぴりっとした香りのいいものなど、さまざまに楽しめます。クリーム・ソースのシュリンプよし、ロブスター・テルミドールよし。チョコレート・ソースやベリーならデザートになるでしょう。サイズも大小あるので、小さければひとりずつ、大きなものなら主菜やデザートとして、みんなで切り分けていただけます。基本さえマスターしてしまえば、楽しい前菜から主菜、デザートまで、アイデアしだいで多彩に応用できること請け合いです。

スーパーには冷凍の市販品もあり、手軽に利用できます。わたしは手作りのほうが好きですが、時間のないときはとても助かるでしょう。

●小さいボローバン

【材料】

パフ・ペイストリー……1袋

（450〜550グラム）

卵……1個

水……大さじ1

【作り方】

❶ オーヴンを190℃に予熱する。

❷ ペイストリーの表面をなめらかにして、7・5センチ径のビスケット・カッターでくりぬく。ない場合は広口のコップを当て、周囲をナイフで切っていく。無駄なく、できるだけたくさん切り取る。

❸ その半分をベーキング・シートに並べる。

❹ 残り半分の中央を、今度は5センチ径のカッターで切り抜く（または小口のコップを使う）。

❺ 卵と水をボウルで混ぜる。

❻ ベーキング・シートに並べた❸に、❺の卵液を塗り、❹で切り取った外側部分を重ねていく（これで円形の中央部分が少しへこんだ形になる）。重ねたら、そこにも卵液を塗る。

❼ ❹の内側部分もベーキング・シートに並べる、スペースがなかったら、新しいシートを使ってもよい。重ねたほうがフィリング用、小さな円が蓋になる。

❽ どちらもオーヴンで20〜25分焼く。ぱりぱりで、よい

色になるまで。

❾ 焼けたら冷まし、好みのフィリングを入れていただく。

フィリングあれこれ ご参考までに

●イチゴとブルーベリーのボローバン

【材料】

イチゴ……カップ2
ブルーベリー……カップ1
粉砂糖……大さじ1＋大さじ1（二度に分けて使うので）
アーモンド・エッセンス……1滴
パフ・ペイストリーで作ったケースと蓋
甘いホイップクリームとミントの小枝（お好みで）

【作り方】

❶ イチゴをスライスして、ブルーベリーといっしょにボウルに入れる。

❷ ❶に粉砂糖（大さじ1）、アーモンド・エッセンスを加えて混ぜる。

❸ ❷をケースに入れて蓋をし、残りの粉砂糖（大さじ1）をふりかける。

❹ デザート皿にのせ、お好みでホイップクリームを添える。クリームの上には飾りでミントの小枝を。

●チョコレート・サンデーの
ボローバン

【材料】

バニラ・アイスクリーム……500cc（またはクッキー&クリームやタートルクッキー、ファッジリボン・ケーキなどのようにバニラ／チョコレートであれば）

刻んだペカン……50グラム

メープルシロップ……カップ¼

パフ・ペイストリーで作ったケースと蓋

チョコレート・ファッジソース……カップ1

【作り方】

下ごしらえをしておいてから、テーブルに出す直前に仕上げます。

冷凍庫に、パイ皿2枚かクッキー・シート1枚を置けるだけのスペースを確保しておきましょう。

❶ペイストリーのケースにちょうどよい量のアイスクリームを丸くすくって、パイ皿（またはクッキーシート）に並べ、冷凍庫でしっかり固める。

❷ペカンを中火で、フライパンを振りながらあぶる。焦げないよう、手際よくやること。

❸❷にメープルシロップを入れてかきまぜ、いったん脇に置いておく（テーブルに出す直前にまた温める）。

❹仕上げは、まず丸いアイスクリームをペイストリーのケースに入れる。そこに温かい❸をのせ、さらにペイストリーの蓋を置く。チョコレート・ソースをたっぷりかける。すぐにテーブルへ。

●風味豊かな
温かいボローバン

クリームソースさえつくれば、あとはお好みでお肉か野菜、ワインやシェリー、溶かしたチーズなどを加え、ケースに入れれば完了です。以下のレシピは一例で、バリエーションは無限大。

【材料】
バター……大さじ2
小麦粉……大さじ1
ミルク（またはクリーム）……カップ1
塩……小さじ1
挽きたてのコショウ（お好みで）
シェリーまたは白ワイン……カップ¼
冷凍シュリンプ……170グラム（ここでは時間と手間を優先して冷凍に）
マッシュルーム……4つ（ごく薄くスライス）
冷凍のエンドウマメ……カップ½
パフ・ペイストリーで作ったケースと蓋
新鮮なパセリ（お好みで）

【作り方】
❶ 大きなソースパンで、中火でバターを溶かしてから小麦粉を入れ、かたまりがないようによく混ぜる。
❷ ❶に少しずつミルクを加えて混ぜる。全体がなじんだら、ゆっくりと沸騰直前まで温める。とろりとするまで、つねにかきまわしておくこと。ぐつぐつしたら弱火にし、お好みで塩、コショウを。（ここまでは基本的なベシャメルソースですが、このあとはお好みでさまざまな味つけ、香りづけをしてください）

❸シェリーを加え、解凍したシュリンプ、マッシュルーム、解凍したエンドウマメを入れて、全体が温まるまで混ぜる。

❹ペイストリーのケースをお皿に並べ、❸を丁寧に注いでいく。蓋は重ねず、ケースに斜めに立てかける。パセリを飾り、温かいうちにテーブルへ。

シュリンプの代わりに、ひと口大のチキンや、ロブスターのテールミート、サイコロ状のハムでもよいでしょう。

エンドウマメと色、味ともに相性のいいニンジンを加えても。みなさんのお好みとアイデアで、バリエーションは広がります。

リンゴのシュトルーデル

前菜　12個分

【材料】

リンゴ……4個（グラニースミスその他の料理用リンゴ。品種を混ぜると、香りや質感が豊かになる）

レモン汁……大さじ2

砂糖……カップ½

シナモン……小さじ1

挽きたてのナツメグ（お好みで）……小さじ¼

小麦粉……大さじ2

塩……小さじ½

レーズン……カップ¼

パフ・ペイストリー……1袋（450〜550グラム）

卵……1個

水……大さじ1

【作り方】

❶オーヴンを190℃に予熱する。

❷リンゴの皮をむき、芯を取って薄くスライスして、ボウルに入れる。レモン汁を加え、ボウルを軽く振って全体にいきわたらせる（リンゴの変色を防ぐため）。

❸❷に砂糖、シナモン、ナツメグ、小麦粉、塩、レーズンを加える。リンゴとレーズンに、砂糖やシナモンが均一につくまで混ぜていく。

❹パフ・ペイストリー1枚に❸の半量を、中央にまっすぐ置いてから、広げていく（シートの縁の部分は空けておくこと）。それからロールケーキの形で巻いて、ベーキング・シートに移す（閉じ目は下に）。

❺ボウルで卵と水を混ぜ、❹の全体にまんべんなく塗る。

❻5センチ間隔くらいで、斜めに切り込みを入れていく。深さは、上から⅓ほど。こうしておくと、できあがったときにフルーツが見えて食欲をそそる。

❼オーヴンで35分。黄金色でふっくらするまで焼く。

❽温かいうちにテーブルへ。アイスクリームやホイップクリームを添えるといい。クリームにはぜひシナモンを振って。

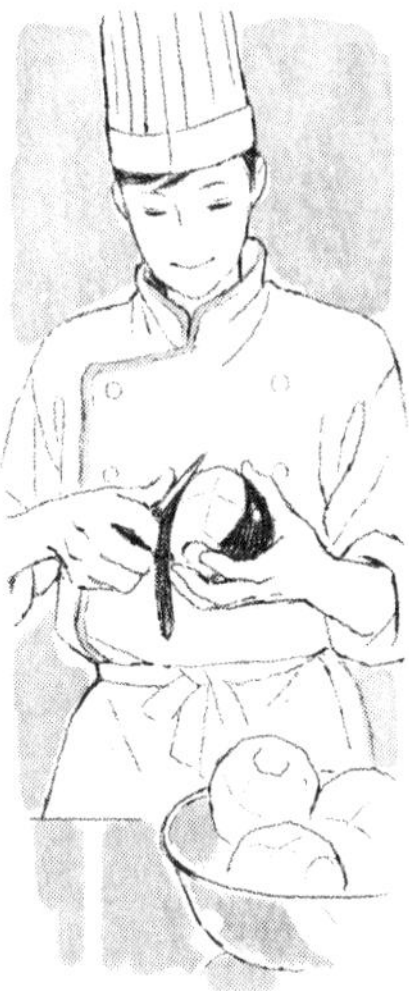

ナポレオン

とても手軽に作れるデザートで、冷凍のペイストリーを使えばなおさらです。生地を切るときも、たたんでみて、そのときの折り目を目安にすればよいでしょう。

12個分

【材料】

パフ・ペイストリー……1袋
（450〜550グラム）

砂糖……大さじ4
（2回に分けて使う）

フルーツ・ミックス……カップ2。モモのスライス、ベリー類、ナシのスライス、マンダリン・オレンジなどがお勧め。できれば旬のくだもので、色のきれいなものを。

アマレット（アーモンドふうの香りがするリキュール。お好みで）……大さじ1

クリーム……カップ1。ホイップして、粉砂糖を大さじ2加えたもの。時間がないときは、缶詰やホイップ済みのものを。

粉砂糖（お好みで）

【作り方】

1 オーヴンを200℃に予熱する。

2 ペイストリーに砂糖（大さじ2）を振る。1枚を3等分し（たたんで目安をつけるとよい）、それぞれをさらに6等分する。

3 砂糖を振った面を上にしてベーキング・シートに並べ、オーヴンで15分焼く。茶色でぱりはりになるまで。

4 スライスしたフルーツをボウルに入れて、残りの砂糖

(大さじ2)とアマレットを加え、なじませる。
❺ ❸が焼きあがったら、粗熱をとる。
❻ ❺の⅓をお皿に並べ、クリームとフルーツを置き、さらに❸をのせ、おなじことをして二段重ねにする。最後に残った❺をのせる。
❼ チョコレート・ソースをかけ、お好みで粉砂糖をふる。冷やしてからテーブルへ。

●チョコレート・ナポレオン

ホイップしたクリームにココア・パウダーを小さじ1加える。缶詰のチョコレート・ホイップクリームを使ってもいい。フルーツにはストロベリーかラズベリーを。あとは右のレシピとおなじ。

ホウレンソウの三角パイ

もともとは、ギリシャ料理のフィロ生地を使ったスパナコピタですが、このレシピようにすると手間暇かからずずっと簡単にできあがります。

前菜32個分

【材料】

ホウレンソウ(冷凍)……1袋(300グラム)
卵……3個
フェタチーズまたはリコッタチーズ……カップ½(ほぐしたもの)
タマネギ……こぶりのもの1個(みじん切り)
挽きたてのナツメグ……小さじ¼(お好みで)
塩……小さじ¼
パセリ……小さめの一束(茎を取って葉だけ、みじん切り)
水……大さじ1

パフ・ペイストリー……1袋
（450〜550グラム）

【作り方】

❶オーヴンを200℃に予熱する。

❷ボウルに、ホウレンソウ、卵（2個）、チーズ、タマネギ、ナツメグ、塩、パセリを入れ、よく混ぜる。

❸残りの卵1個と水をボウルで混ぜる。

❹ペイストリーを一辺30センチの正方形に切り、さらに縦横それぞれ¼に切る。

❺解凍したホウレンソウを❹の中央にのせる（大さじ1程度）。❸の卵液を縁に塗って、三角形にたたむ。縁はしっかり押さえるように。

❻❺をベーキング・シートに置きながら、32個分作りおえたら、三角形の頂点に❸の卵液を塗る。

❼オーヴンで20分ほど焼く。きれいなきつね色になるまで。温かいうちにテーブルへ。

チキン・ポットパイ

6人分

【材料】

バター……大さじ4
小麦粉……大さじ2
チキン・ブロス（スープ）
……カップ2
塩……小さじ½
挽きたてのコショウ（お好みで）
シェリーか白ワイン
……カップ¼
市販の調理済みチキン……

250グラム(サイコロ状)
マッシュルーム……250グラム。薄くスライスしておく。
市販のエンドウマメとニンジンの冷凍
……1袋(300グラム)
パフ・ペイストリー……1袋(450~550グラム)

【作り方】

❶ 大きなフライパンで、中火でバターを溶かし、小麦粉を入れて、かたまりがないようによく混ぜる。

❷ ❶にチキン・ブロスを少しずつ加え、沸騰する少し手前まで温める(とろりとするまで、つねにかきまわしておくこと)。ぐつぐつしたら弱火にし、お好みで塩、コショウを。

❸ シェリーを加えて軽く混ぜ、そこにチキン、マッシュルーム、解凍したエンドウマメとニンジンを入れ、全体が温まるまで混ぜる。やさしくぐつぐつしたら、そのままに。

❹ ベーキング・シートにボウルやスフレ皿など、耐熱性のものを6つ並べ、❸を注ぐ。

❺ ❹の容器サイズに合わせてパフ・ペイストリーを切り、上にのせる。

❻ オーヴンで黄金色になるまで25~30分。温かいうちにテーブルへ。

コージーブックス

大統領《だいとうりょう》の料理人《りょうりにん》⑤

誕生日《たんじょうび》ケーキには最強《さいきょう》のふたり

著者　ジュリー・ハイジー
訳者　赤尾秀子《あかおひでこ》

2017年　7月20日　初版第1刷発行

発行人　成瀬雅人
発行所　株式会社　原書房
〒160-0022 東京都新宿区新宿1-25-13
電話・代表　03-3354-0685
振替・00150-6-151594
http://www.harashobo.co.jp
ブックデザイン　atmosphere ltd.
印刷所　中央精版印刷株式会社

落丁・乱丁本はお取り替えいたします。
定価は、カバーに表示してあります。
 ISBN978-4-562-06068-9 Printed in Japan